KB271466

龍

용들의 전쟁

레디오스 新무협 판타지 소설

용들의 전쟁 5
레디오스 新무협 판타지 장편 소설

초판 1쇄 찍은 날 § 2006년 12월 13일
초판 1쇄 펴낸 날 § 2006년 12월 23일

지은이 § 레디오스
펴낸이 § 서경석

편집장 § 문혜영
편집 § 최하나 · 문정흠

펴낸곳 § 도서출판 청어람
등록번호 § 제1081-1-89호
등록일자 § 1999. 5. 31
어람번호 § 제2-1080호

주소 § 경기도 부천시 원미구 심곡1동 350-1 남성B/D 3F (우) 420-011
전화 § 032-656-4452 팩스 § 032-656-4453
http://www.chungeoram.com
E-mail § eoram99@chollian.net

ⓒ 레디오스, 2006

ISBN 89-251-0451-2 04810
ISBN 89-251-0264-1 (세트)

龍

용들의 전쟁

Fantastic Oriental Heroes

레디오스 新무협 판타지 소설

5

강시(殭屍)

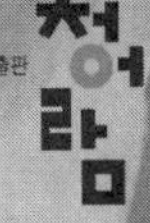

도서출판 청어람

목차

31장

귀향공의 실수

귀양공의 실수

하늘과 좀 더 가까워서인지 별들이 유독 힘내어 반짝거렸다. 겨울바람의 목소리가 한결 가벼웠고 달의 몸을 흐르는 옅은 묵빛 구름은 손을 뻗으면 닿을 듯하다. 등(燈)빛이 창호지를 뚫듯 달빛도 구름을 거쳐 골짜기의 굴곡을 감추던 그림자 옷을 벗겼다. 탁하여 더욱 하얀 골짜기의 양지는 음지의 도움을 얻어 이목구비를 가진 사람의 얼굴도 만들고 웅크린 범의 형상을 짓기도 했다. 바위에 맺힌 서리는 발을 디딜 때마다 한기를 발바닥에 심어 놀래키고 곧 그것을 가슴까지 보내어 두 팔로 감싸지 않고는 견딜 수 없게 만드는 짓궂은 놈이었다. 금영진과 악책은 문득 느끼며 서로를 돌아보곤 똑같이 두 팔로 스스로의 몸을 감싸던 중임을 알고 웃음을 터뜨렸다. 곧 금영진이 웃음을 지우고 속삭였다.

"악 오라버니, 신경 쓰이지 않으세요?"

"저 괴상한 곡주의 점괘 말이냐?"

"대뜸 죽는다는 말이 나올 줄 생각이나 했겠어요? 저는 지금도 소름이 끼친다고요."

악책은 낮게 웃었다.

"하하. 강호에 발을 담글 때부터 죽음을 얼굴에 담는 것이 당연한데 그게 왜 소름이 끼친다는 거냐."

"아니, 오라버니가 죽는 건 소름 끼치지 않아요. 단지 그런 점괘를 들은 게……. 참 괴상한 곡주라니까."

"내가 보기엔 금 매가 더 괴상하다."

금영진이 반박할 듯 입을 열었지만 목소리는 나오지 않았다. 악책이 입술 앞에 검지를 세워 조용할 것을 요구했던 이유다. 금영진의 시선은 다시 처음의 자리로 돌아갔다. 단 하나의 방이 있는 작은 건물이었는데, 사방에 창이 있고 문이 있어 두 사람의 그림자가 훤히 비쳤다. 악책이 방 안 그림자를 주시하며 중얼거렸다.

"대체 용 아우와 양 곡주가 어떤 인연이 있었던 건지 궁금하다. 분명 전에 만났으니 저리 하실 텐데."

"저는 아까부터 엿듣고 싶은 걸 참는 중이에요."

"어림없는 소리 말자. 양 곡주는 공작왕의 역대 제자 중에서도 제일 출중한 재능을 가졌던 자라고 했다. 작혈왕이 파천되자마자 바로 제일제자로 삼았던 것을 보면 모르겠냐? 엿듣는 걸 모를 리 없지.”

“성격이 좋아 보이더라고요.”

“들킬 걸 염두에 두고 듣는 것은 엿듣는다는 말을 쓰지 않는다. 게다가…….”

“게다가?”

“주기적으로 광증이 있는 것 같기도 했는데…….”

금영진이 고개를 끄덕이더니 ‘풉!’ 하고 웃음을 터뜨렸다. 오히려 그 모습이 더 재밌다고 여긴 모양이다. 둘은 막당과 양진목이 대화를 나누고 있을 ‘애방(愛房)’이라는 다분히 불안한 이름을 가진 건물 쪽으로 걷기 시작했다. 마침 옅었던 구름마저 달을 벗어나서 갈 길이 훤히 보였다.

“노랫소리가 들리는데요?”

“나도 들린다. 뭐지? 애 데리고 공연하나?”

구채구(九寨溝)의 천 개 호수 속에서 내 님 눈에 담긴 두 호수를 먼저 보았지.

출렁이는 물결 속에 나무와 산과 하늘이 거꾸로 섰으나 내 님만은 바로 섰네.

가을 단풍아, 호수에 불을 붙인 것만 아니라 내 가슴에도 불을 붙였구나.

악일랑(諤日朗)의 슬픈 노래 속에서 내 님 입술에 맺힌 깊은 속 삭임을 먼저 들었지.

포옹하는 안개 속에 호수의 손과 몸이 끝없이 엮였으나 내 님 손은 내게 있네.

측백나무야, 오랜 기다림이 너뿐 아니라 내 마음에도 맺혀 있구나.

양진목이 노래를 마쳤을 때, 막당도 장단을 그치던 중이었다. 양진목은 다소 붉어진 얼굴을 손등의 차가운 기운으로 식히며 자신의 의자를 찾았다. 둘은 노래와 장단을 즐겼을 뿐, 한 번도 말을 주고받지 않았다. 양진목은 제갈당숙과의 약속을 지키기 위해 스스로를 다스리는 노래를 불렀고—사실은 대부분 사랑을 주제로 노래해서 더 열이 올랐다—막당은 상대가 노래를 부르니 당연하다는 듯 장단을 맞추거나 춤을 추었다.

"이러다 밤새겠어요."

양진목이 손뼉을 치며 말했다. 밖에서 귀 호강을 하던 이리와 하각사가 헛기침 소리를 내더니 안으로 들어왔다. 양진목은 차갑게 식은 차를 물리고, 새로 차를 들이라 명령했다. 이제껏 귀암곡에서 장로가 차 심부름을 한 예는 없었다. 하지만 양진목은 정도맹의 손님, 특히 막당을 대함에 있어 그 정도의 대우가 필요하다 여겼다. 또한 두 장로도 당연하다는 듯 받아들였다. 두 사람이 밖으로 나가자 양진목이 막당 쪽으로 상체를 숙이며 낮은 목소리로 말을 시작했다.

"혹시 막 대협께서는 강랴드득! 이라는 이름을 가진 무사를 아시나요?"

중간에 목소리가 거칠고 높았으며 이를 가는 소리까지 섞인 데에다, 그 위치가 가장 핵심인 곳이어서 막당의 대답은 정해져 있었다. 막당은 자신이 가장 많이 사용하는 대답을 꺼냈다.

"무슨 말씀이신지 모르겠습니다."

"잠깐만요."

양진목은 가슴에 손을 얹고 막당을 외면한 채 여러 번 심호흡했다. 그리고 미리 눈을 감고 미소부터 지은 뒤 얼굴을 막당에게로 돌렸다.

"강량이라는 이름… 혹시 모르시나요?"

막당이 잠시 고민했다. 고개를 몇 번 기울더니 모르겠다는 듯 양진목을 향해 저으면서 손뼉을 쳤다.

"아, 생각났습니다."

"말과 행동을 통일하란 말야!"

탕!

양진목이 탁자를 후려치며 벌떡 일어섰다. 방에 불을 피우지 않았기 때문에 한기가 가득했다. 덕분에 양진목의 험악한 얼굴 중앙에 있는 코에서 두 줄기 김이 매섭게 뿜어져 나왔다. 화가 날 수밖에 없었다. 자신의 가슴에 오랜 시간 사랑과 아픔의 씨앗을 심은 이름이다. 그런데 이 망할 놈은 한참 고민을 하며 '그런 별 볼일 없는 놈의 사소한 이름 따위를 접한 적이 있어야 하나?' 라는 생각―양진목의 주관적인 해석으로―을 하다니! 막당은 양진목의 위세에 겁먹고 힘차게 고개를 끄덕이는 중이었다.

"생각납니다! 생각납니다! 저에게 그 이름을 말씀하시고 안 부끄럽다며 싸웠습니다! 그리고……."

"그리고요?"

"용서를 빈다고 하셨습니다."

막당은 말을 마치자마자 몸을 움찔하더니 죄를 지은 사람처럼 몸을 움츠렸다. 자신이 강량을 죽였다는 사실을 되새긴 이유다. 그동안 양진목은 막당의 말을 꿰어 맞추는 중이었다. 부끄럽지 않은데 용서를 빈다고? 짧은 말이라서 고민할 것도 별로 없었지만 두 장로가 차를 들고 올 때까지 고민을 해도 해석이 되지 않았다. 양진목은 밖으로 나가던 하각사를 불러 세우고 숙제를 냈다.

"안 부끄럽다며 싸웠는데 용서를 빈다더라. 무슨 뜻인지 해석해라."

"예, 곡주님."

하각사는 대답을 마치자마자 길게 한숨을 쉬며 몸을 돌렸다. 평소 하각사를 존경하던 이리가 귀엣말로 '상대가 약해 보이지만 그래도 창피하다 여기지 않고 싸우겠다고 했는데, 정작 싸워보니 생각보다 강해서 거만했던 것을 용서하라는 뜻이 아니겠습니까? 라고 말했다. 하각사는 문을 닫기도 전에 잽싸게 몸을 돌리며 화색을 보였다.

"우리 량아가 거만하다고?"

양진목의 말에 하각사는 말 한마디 꺼내지 못하고 그냥 나갔다. 문이 닫히자마자 양진목이 막당을 돌아보았다.

"막 대협께서는 지금 정도맹에 계신 건가요? 아까 악 대협께서는 신성육장이 정사마에 연을 두지 않았다 하셨어요. 그게 막 대협께도 해당되는 얘기인지 궁금해요."

"저는 정도맹입니다."

막당의 대답에 양진목이 쓴웃음을 지었다. 이로써 사형과의 약속은 지킬 필요가 없어진 것이다. 하지만 그 대답으로 인해 양진목을 혼란시키는 부분이 있었다. 제갈당숙에게 무술을 배운 녀석이 왜 정도맹으로 갔지? 양진목은 다시 물었다.

"정도맹 소속이 되신 특별한 이유라도 있나요?"

"사부님께서 정도맹으로 가라 하셨습니다."

이놈의 사형이 미쳤나! 양진목은 머릿속으로 고함을 질렀다. 사부에게 죽고 싶어서 환장을 한 게 아니고서야 어떻게 공작천의 계보를 잇는 녀석에게 정도맹으로 가라고 할 수 있단 말인가. 양진목은 두 손으로 뺨을 매만지는 시늉을 하다가 살짝 입을 가린 뒤 '아드득!' 하고 이를 갈았다. 막당이 조심스럽게 눈치를 살피며 물었다.

"노래는 더 안 하십니까?"

양진목은 두 손을 치워 미소를 보인 뒤 '안 해요'라고 답했다. 막당이 실망하며 찻잔에 서린 김을 손끝으로 긁어모아 방울을 만들고 탁자 위에 낙서했다. 이제 양진목이 선택할 일은 하나였다. 막당을 죽여 강량의 복수를 하는 것. 하지만 이 선택의 이유는 존재해선 안 될 것이었다. 공작왕의 제자들은 '복수'가 금기 사항이었다. 양진목이 막당을 죽이려면 차라리 '볼 때마다 마음에 안 들어서' 같은 이유를 드는 게 더 안정적이었다. 게다가 지금은 막당이 손님으로 온 상황이라 결코 죽여서는 안 될 인물이다. 양진목은 찻잔을 들어 입가에 가져가며 마지막으로 확인했다.

"그럼 막 대협께서는 영원히 사도맹의 무공을 배울 일이 없겠네요. 제가 막 대협께 몇몇 무공을 선물하고 싶었는데 아쉬워요."

"앗! 가르쳐 주십시오!"

"푸웁!"

마침 마시던 차가 몽땅 다 막당의 얼굴로 날아가 버렸다. 막당이 오른손만 들어 살쾡이처럼 세수하며 물었다.

"왜 배우면 안 됩니까? 저는 무공을 배우고 싶습니다."

“정도맹에 들어가신 분이 사도맹의 무공을 배우시겠다고
요?”

“예. 배우고 싶습니다. 저는 무공을 배우는 것이 너무 좋습
니다. 다들 저한테 무공 가르쳐 주려고 안달이셨습니다.”

양진목은 막당의 마지막 말에 속이 끓었지만 자신이 감지
하고 있는 상대의 정신연령을 떠올리며 분기를 가라앉혔다.
진정이 되고 보니 의문이 들었다. 양진목은 좀 더 막당을 탐
색해야겠다는 생각으로 말꼬리를 물었다.

“호호호. 다들… 막 대협만 보면 무공을 가르치고 싶어 한
다고요?”

“예. 할아버지도 그러셨고, 금 누님과 악 형님도 그러셨습
니다. 신검대협과 진양 아저씨께서도 조금이지만 무공을 가
르쳐 주셨습니다.”

동방진상과 동방진양이 막당에게 무공을 가르쳐 준 것은
사실이었다. 하지만 그것은 동방세가의 모두가 배우는 기본
무공이며, 막당이 정도 무공의 기본기를 갖추지 못했기 때문
에 가르쳐 준 것이다. 게다가 두 사람이 가르쳐 준 기본기는
당연히 같은 내용이었고, 그것도 딱 한 번뿐이었다. 그 내력
을 알지 못하는 양진목으로서는 속으로 경악할 수밖에 없었
다. 본의 아닌 허세에 넘어가 버린 양진목은 긴장을 감추지
못한 채 조급한 얼굴로 말했다.

“막 대협께서는 대단한 자질이 있으신가 보군요. 좋아요.

저도 무공을 가르쳐 드리겠어요. 하지만 지금은 어려워요. 신성육장이 정도맹 중경 지원군의 문제를 모두 해결하여 이 지역이 확실한 금전 구역이 되면 그때 귀암곡을 찾아오세요. 육개월은 머물 각오를 하셔야 될 거예요. 처음 석 달은 무공을 배우지 않고 귀암곡에서 저와 함께 생활하셔야 해요. 그 다음 석 달은 막 대협과 제 마음이 맞아야 무공을 배울지 안 배울지를 결정하게 될 거예요.”

막당이 무공을 배우겠다고 말한 이상, 양진목은 삼 개월을 지켜봐야 할 의무가 있었다. 신성육장과의 사이가 어떻게 되건 말건 삼 개월 후에도 막당이 마음에 들지 않으면 가차없이 죽일 생각이었다. 막당은 흔쾌히 응하며 즐거워했다. 양진목은 더 이상 막당과 얘기할 것이 없다고 판단하여 몸을 일으켰다.

“기억해 두세요. 제가 막 대협께 선물할 무공은 으으윽! 윽! 익! 강량무(姜良舞)예요. 이 무공은 공작천의 무공도 아니고 귀암곡의 어느 누구에게도 가르쳐 주지 않았어요. 막 대협의 마음에 들었으면 좋겠군요.”

막당이 뭐라 대답하기도 전에 양진목은 야멸친 동작으로 몸을 돌려 밖으로 나갔다. 문을 여니 금영진과 악책이 제법 떨어진 곳에서 차가운 바람을 맞으며 서 있는 것이 보였다. 양진목은 살짝 포권하여 대화가 끝났음을 알렸다.

세 사람이 귀암곡에서 돌아오자마자 악책은 신성육장과

중경 지부의 주요 인사를 소집하여 '금전 구역'에 대한 문제를 논의했다. 삼 일 만에 구체적인 사항이 정리되었고, 금영진은 그 내용을 귀암곡에 보냈다. 양진목은 금영진의 서신을 받은 뒤 일 다경도 채 되기 전에 모든 사항에 동의한다는 회신을 건넸다. 악책이 중경 주변의 정도맹 세력과 동방세가 측에 '금전 구역령'을 알리니, 수많은 편지들이 정도맹 중경 지부를 날아다녔다. 동방세가에서는 노골적인 불쾌감을 내비치며 예정대로 삼백의 지원군을 보내겠다고 답신했다.

"곧 오겠지? 금전 구역령을 내린 지 거의 한 달이 다 되어 가네."

금영진이 꿈틀거리는 장강의 문양을 즐기며 혼잣말했다. 곁에 막당이 있었지만, 막당이라서 혼잣말이었다. 막당은 금영진이 실수로 명령한 '장강 물결에서 뾰족하게 솟구치는 형태를 가진 놈이 몇 개인지 세어보기 놀이'에 열중이었다. 막당이 '제발 움직이지 마!'라고 고함치는 순간, 금영진은 길게 한숨을 쉬며 중얼거렸다.

"이제 그만 세."

"저 깃발도 세어야 합니까?"

"아니, 그만 세라고! 응? 깃발?"

금영진은 막당이 검지로 가리키는 방향을 따라 고개를 돌렸다. 정말로 붉은 깃발이 장강 물결의 끄트머리에서 돛처럼 세워져 있었다. 며칠 전부터 기다리던 깃발이었기에 금영진의 가슴이 두근거렸다.

"올 것이 왔어, 당아야."

"깃발 말입니까?"

"응."

깃발은 자신이 보낸 탐색선의 것이었다. 정도맹 지원군이 도착하기 전에 마음의 준비를 하기 위한 방책이다. 금영진은 뒤쪽에서 보초를 서던 무사에게 악책 호출과 수비군의 소집을 명령했다.

쏴아아아아!

중경 지부를 향한 깃발은 동방인에게도 보였다. 동방인은 선두의 배에 승선하고 있었으며, 뱃머리에 놓아둔 의자에 앉아서 술을 즐기던 중이었다. 따뜻하게 데운 술잔의 김이 바람에 흐트러졌다. 동방인은 오랜 시간 깃발을 응시하다가 천천히 고개를 돌렸다. 동방진양이 타고 있는 배는 다른 배에 가려져 돛조차 보이지 않았다.

"후후후, 재미있는 생각이야. 금전 구역이라니."

동방인의 입가에 즐거움인지 비아냥인지 모를 묘한 느낌의 미소가 번졌다. 곧 시작될 만남을 기대하는 미소임엔 틀림없다. 동방인은 탁자에 잔을 내려놓자마자 느릿느릿한 동작으로 몸을 일으키더니 뒷짐을 졌다.

"무대에 오를 시간이 되었구나, 후후후후후."

누구도 듣지 못할 정도로 낮은 혼잣말이었다. 동방인은 선실로 걸으며 수하들에게 배의 속도를 늦추라고 명령했다. 곧 뒤쪽 배들이 자연스레 앞서며 동방인의 배를 감쌌다.

"왔습니다! 왔습니다!"

다섯 척의 배를 보고 막당이 호들갑을 떨었다. 전형적인 전투선인지라 이전에 중경을 오가던 폭 넓은 배와는 사뭇 달랐으니 막당이 즐거워하는 건 당연했다. 죽엽처럼 늘씬하지만 상선보다 두 배는 더 큰 동방세가의 배는 연해주에서 몇 번 해전(海戰)의 위용을 뽐낸 적이 있었다. 하지만 중원의 전쟁에 해전이 벌어지는 경우는 흔치 않았기에 대부분 무인들의 수송선으로 애용되는 편이었다. 육십 년 전에 동방성이 항주의 사도맹 세력과 해전을 벌이지 않았다면, 이 배들은 존재조차 하지 않았을 것이다.

"후우우."

금영진은 길게 한숨을 쉬었다. 악책 또한 잔뜩 굳은 얼굴로 점점 더 다가오는 동방세가의 배들을 응시하는 중이었다. 저들은 이곳이 금전 구역임을 알고 있으며, 그 조항 속에 무엇이 있는지도 들었으리라. 배들이 도착하는 순간부터 큰 시비가 일게 되리라.

"하선을 불허한다고?"

동방인의 얼굴에 노기가 서렸다. 선실을 나와 뱃머리에 설 때까지 동방인은 눈매를 찡그린 채 이를 악물고 있었다. 신성육장이 부두에 횡으로 서 있다. 동방인은 신성육장의 시선이 자신에게 머물러 있음을 알고 좀 더 강하게 눈살을 찌푸렸다.

"여기 서신이 있습니다."

뒤에서 참모가 다가와 편지를 내밀었다. 동방인은 신성육장을 노려보면서 손만 뻗어 그것을 받았다. 서신으로 시선을 옮기는 순간에 동방인의 입가에 미소가 어리는 것을 아무도 보지 못했다. 서신이 얼굴을 가렸기 때문이다. 동방인은 서신에 얼굴을 묻듯 가까이 붙인 채 말했다.

"흥! 젊은것들이라 아직은 장난기를 지우지 못했군."

그 음성이 너무도 커서 삼 장 넘게 떨어져 있던 신성육장의 귀에도 들렸다. 신성육장의 오(伍)가 흐트러졌다. 악책이 눈썹을 꿈틀거리며 반 발 나섰고, 녹지현은 겁에 질려 한 발 물러섰기 때문이다. 동방인은 빠르게 눈알을 굴려 중경의 무사들 모두를 훑었다. 동공의 마지막 맺음은 막당에게 머물렀다. 동방인이 매서운 눈을 막당에게 머문 채 말했다.

"마음에 들지는 않지만 젊은 애들답게 독특한 마중이구나. 자, 오랜 여행으로 아이들이 지쳤으니 서둘러 안내해라. 오늘 저녁에 청성파 공략에 대한 회의가 있으니 지체할 시간이 없다."

그 말에 악책과 금영진이 당혹감을 감추지 못했다. 동방세가를 떠날 때부터 분명히 금전 구역에 대한 이야기를 들었을 것이다. 그런데도 저런 말을 하다니. 악책과 금영진은 속으로 이를 갈았다. 중경 책임자의 결정이 저자에게는 한낱 어린애의 호기로밖에 보이지 않았단 말인가.

"하선해라."

중경 지부의 누구에게도 대답이 나오지 않았건만, 동방인은 수하들에게 명령을 내렸다. 배 위의 무사들이 '그럼 그렇지'라는 거만한 표정으로—개중엔 웃음을 터뜨리는 자들도 있었다—부두에 다리를 내렸다. 부두에 서 있던 중경의 무사들이 어찌할 바를 몰라 당황하는 모습을 보고, 금영진은 차분히 숨을 들이켰다.

"오늘이 회의라 하시니 서둘러 하선하셔야겠군요. 어서 하선하십시오."

금영진의 말에 악책이 놀랐고, 한보가 눈을 부릅떴다. 동방인도 눈매를 살짝 찌푸렸다.

'빌어먹을. 내가 너무 고압적으로 굴었나? 실수다. 저렇게 쉽게 포기할 줄이야.'

그때 금영진이 말을 이었다.

"내리시는 분들은 모두 저희 안내자에게 무기를 맡기시는 것도 잊지 마십시오."

그 말에 악책과 한보가 안도하며 고개를 끄덕였다. 동방인

또한 내심으로는 안도했다. 하지만 동방인의 얼굴은 싸늘하게 굳어 있었다.

"뭐라고?"

"누구도 무기를 지닌 채 중경 지부 안으로 들어오실 수 없습니다. 단검과 수리검조차 용납지 않으니 반드시 맡기십시오."

이것이 정도맹 지원군과 중경 지부가 서로 대치하는 이유였다. 금전 구역령의 조항 속에는 귀암곡과 협의한 숫자 이상의 무장군(武裝軍)이 서로의 본대에 배치되는 것을 금하고 있었다. 동방인의 싸늘한 시선은 이제 배 위에 있는 무사들에게로 향했다.

"무기를 맡기는 자는 내 손에 죽는다. 하선해라."

이어 악책이 명령했다.

"무기를 맡기지 않고 땅에 발을 딛는 자는 적이다."

"신성육장… 요행으로 큰 이름을 얻은 젊은것들 여섯이 뭉쳤다는 얘기는 들은바 있으나 그저 그뿐. 이를 믿고 기고만장하니 그 앞길에 놓인 것은 관뿐이구나."

동방인의 시선은 이제 악책에게 머물러 있었다. 악책은 금영진보다 좀 더 강한 위세로 동방인에게 맞섰다. 당장 동방인의 신형이 뱃머리를 박차고 쌍검과 함께 날아들 것만 같다. 악책은 외쳤다.

"본시 이곳은 팔기금문과 청성파, 그리고 복양문(福陽門)의

소지(小地)를 통합하여 정도맹의 지부로 만들었습니다! 때문에 팔기금문과 복양문의 주요 인물이 돌아가며 지부장을 맡았습니다. 나, 악책은 천하악문(天下岳門)의 자식으로 복양문에게 위임받아 이곳 부장을 보좌하고 있습니다. 그 외에 정도맹 중경 지부의 결정을 바꿀 수 있는 존재는 청성파의 인물과 정도맹주뿐입니다. 하나 청성파는 지금 정도맹에 반하는 공적이 되었으니 남은 인물은 맹주 무량검뿐입니다. 쌍검선생께서 맹주의 핏줄이라 하여 호가호위(狐假虎威)하심은 동방세가의 위명을 땅에 떨어뜨리는 것! 더 이상 위세를 보이려 하지 마시고 중경의 법을 따라주십시오!"

"흥! 정말로 중경을 금전 구역으로 만들 셈이냐?"

"이미 결정된 사항이며, 귀암곡과도 합의를 보았습니다."

동방인은 좀 더 날카로운 눈으로 악책을 노려보다가 '깍락깍!' 하고 입속에서 혀 터는 소리를 냈다. 그때 다른 배에서 동방진양의 외침이 들렸다. 무슨 일인지를 묻고 있었지만, 신성육장과 동방인은 서로 눈싸움을 하느라 대답하지 않았다. 참다 못한 동방진양이 신형을 날려 배와 배 사이를 넘나드니 부두 이곳저곳에서 감탄의 소리가 흘러나왔다. 동방진양은 동방인의 곁에 서며 물었다.

"왜 하선을 하지 않는 것입니까, 둘째 형님."

동방인은 이번에도 대답하지 않았다. 동방진양이 다시 한 번 재촉했을 때, 동방인은 대답 대신 우렁찬 목소리로 명령을 내렸다.

"배를 돌려라! 중경을 지나서 진을 세울 것이다!"

"예?"

동방진양이 어이없는 듯 되물었지만, 주변에서 상황을 지켜보던 선원들은 급히 방향을 돌렸다. 동방진양은 궁금증을 감당하지 못하고 또 한 번 몸을 날렸다. 동방진양이 착지한 곳은 금영진이 서 있는 곳에서 세 치쯤 떨어진 '바로 앞'이었다. 이제까지 침착하게 굳은 얼굴을 고수하던 금영진이 안색을 급히 붉히며 몸을 흔들었다. 동방인의 목소리가 들렸다.

"그 녀석에게도 무기를 빼앗아보시지."

그 말을 듣고서야 동방진양은 사정을 알게 되었다. 동방진양은 허탈한 표정으로 고개를 돌리며 동방인을 질책했다.

"그깟 무기쯤이야 잠시 맡겨도 되는 것 아닙니까? 중경 지부에서 내린 결정을 손님의 입장에서 따르는 것이 당연합니다. 아우는 이들의 금전 구역령에 대해 호감을 가지고 있습니다. 형님께서 참으시지요."

"무사가 무기를 놓는 순간, 이미 무사라 할 수 없다. 어린 것들의 소꿉장난이 부럽다면 너 혼자 남아 있거라."

동방인은 끝내 배를 돌려 중경의 부두를 지나쳤다. 동방진양을 포함하여 중경의 부두에 있던 모든 이들이 그 모습을 물끄러미 지켜볼 수밖에 없었다. 장강의 형태를 찍어누르는 산허리 속으로 다섯 척의 배가 모두 가려졌을 때, 동방진양이 크게 한숨을 뱉었다.

"내 이럴 줄 짐작은 했지만, 너무 노골적이군요."

"아!"

그때까지 넋놓고 배를 응시했던 이들이 정신을 차렸다. 금영진은 곁에 있던 동방진양을 향해 급히 포권했다.

"같이 가지 않으셔도 되겠어요?"

"원하는 곳에 있는 것이 더 낫겠지요. 어차피 저 무사들 모두가 둘째 형님을 크게 따르는 이들이니, 제가 없음을 더 편히 여길 겁니다. 그건 그렇고 세가에서 서신을 제일 먼저 접한 게 접니다. 하하하! 역시 신성육장은 제 기대를 저버리지 않는군요."

"아… 금전 구역령 말씀이신가요?"

"그렇습니다. 하하! 아버님도 무척 즐거워하셨습니다."

동방진양의 말에 악책이 당황하며 외쳤다.

"그럴 리가요!"

"모르셨습니까? 아버님은 자기 하고 싶은 대로 하는 사람을 제일 좋아합니다."

금영진과 악책이 웃음으로 응수하면서도 식은땀을 흘렸다. 동방량은 마음에 드는 사람이 있으면 비무를 청하는 버릇이 있다는 소문을 기억했기 때문이다. 중경의 대표자 두 명이 모두 긴장하고 있을 때, 갑작스레 한보의 고함 소리가 들렸다.

"이제 얼굴 풀어, 당아야! 됐어. 끝났어!"

순간 막당이 '쿠아아아!' 하고 거친 한숨을 쉬더니 바닥에 주저앉았다.

"힘들어서 죽었습니다."

"죽을 뻔했습니다야."

한보가 투덜거리자 주변 사람들이 일제히 웃음을 터뜨렸다. 덕분에 긴장의 여운이 모두 가셔 버린 부두의 인물들은 제각각의 몸짓으로 경직되었던 몸을 다스릴 수 있었다. 악책은 웃음의 끄트머리에 한숨을 담으며 가슴을 쓸었다.

"저는 여기서 사생결단이라도 있을까 걱정했습니다. 쌍검 선생께서 의외로 순순히 물러나신 게 신기합니다만, 그래도 이리 결론이 나서 얼마나 다행인지 모르겠습니다."

"악 오라버니 말이 맞아요. 저도 속으로는 얼마나 떨었다고요."

"실은 저도……."

동방진양이 고개를 끄덕이며 두 사람의 말에 수긍할 때였다. 뒤에서 도저히 인간의 음성 같지 않은 목소리가 들렸다.

"나 때문이야. 내가 놈에게 귀찮게 하지 말라고 전음을 보냈다."

모두가 깜짝 놀라며 고개를 돌렸다. 거의 동시에 한보가 입을 쩍 벌리며 고함쳤다.

"끄엑! 저게 뭐야!"

"네 태사부다, 이것아!"

"그러니까요! 어쩌다 그렇게 되셨어요?"

담뱃대를 물고 있는 귀향공은 반송장의 몰골이었다. 그러한 몰골이 되기 전까지 막당 외의 누구도 귀향공을 본 적이 없었으니, 다들 놀라는 것이 당연했다. 동방진양은 금영진에게 눈짓하여 '누구냐?'는 물음을 던졌다. 곧 금영진이 귓말로 귀향공의 신분을 알렸고, 알리는 순간에 동방진양은 이미 무릎을 꿇은 채 포권하고 있었다.

"대선배를 뵙게 되어……."

"시끄럽고… 거기 너."

귀향공은 동방진양의 말을 중간에 끊어버린 뒤 송장처럼 퀭한 눈으로 막당을 노려보았다. 뼈다귀에 살색 분을 칠한 것 같은 검지가 분노에 떨며 막당의 이마를 가리키고 있다. 다들 긴장하고 있는데, 정작 지적당한 장본인만 태연했다. 막당은 고개를 기울였다.

"저 말입니까, 할아버지?"

"그래, 너. 오늘 이 시간에 나랑 뭐 하기로 하지 않았나?"

"아!"

막당이 허벅지를 치며 웃었다.

"예! 뭐 하기로 했습니다. 근데 뭐가 뭡니까?"

"뭐긴 뭐야! 뭐지! 당장 따라오지 못해?"

막당은 귀향공의 호통에 몸을 펄쩍 띄우며 용서를 빌었다.

막당이 자신의 허벅지께에 바짝 달라붙자 귀향공은 흡족한지 미소를 지었다. 백골 그 자체라 해도 이상할 게 없는 얼굴에 미소가 번지자 다들 몸서리를 쳤다. 백골도 미소를 지을 수 있는 거구나. 속으로 그 생각을 하던 금영진이 '으극!' 하며 낮은 비명을 질렀다.

"태사부님, 좀 적당히 공부하세요. 그러다 제명대로 못 사세요."

한보와 태목구가 이구동성으로 불평했지만, 귀향공은 이미 귀를 닫고 있었다. 막당을 찾은 귀향공의 관심은 이제 동방진양에게로 향했다.

"네가 동방가의 넷째렷다."

"예, 선배님. 진양입니다."

"흘흘, 천하제일미가 헛말은 아니구나. 이런 기재가 세상에 나올 수 있다니."

"과찬이십……."

동방진양은 이미 몸을 돌려 가버리는 귀향공의 뒷모습에 말을 맺을 수 없었다. 마치 강아지처럼 쫄랑거리며 귀향공을 쫓는 막당의 뒷모습이 우스웠던 탓도 있다. 두 사람이 사라지자, 동방진양은 거칠게 한숨을 쉬며 말했다.

"귀향공이 여기에 계실 줄은 꿈에도 몰랐습니다. 그런데 몸이 많이 불편해 보이시는군요."

"그렇지도 않아요."

한보가 볼을 부풀리며 입술을 삐죽 내밀었다. 태목구도 쓰게 웃으며 한보의 뜻을 거들었다.

"예전에 목장에 계실 때도 저런 모습을 보이신 적이 몇 번 있습니다. 시익. 아마 몇 달 지나면 다시 원상복귀될 겁니다."

"그렇다면 다행이군요. 그런데 막 대협은 어째서……."

"무슨 실험을 해야 된다네요. 쟤 아니면 안 된대요. 당아한테 무슨 일 생기기만 해봐라. 태사부고 뭐고 칵, 그냥."

한보의 불만 가득한 목소리에 동방진양은 더 이상 묻지 않았다. 귀향공과의 첫만남만으로도 정신이 혼란스러웠던 이유다. 무엇보다 지금은 동방인의 다음 행보에 대해 걱정할 때가 아닌가.

"후후후후후."

동방인의 낮은 웃음 바람에 촛불이 흐트러졌다.

"귀향공이 있었다니. 덕분에 의심받지 않고 쉽게 물러설 수 있었군. 후후후."

동방인은 선실 한쪽에 자리 잡은 창을 통하여 하늘을 보았다. 구름이 가득하여 눈이라도 쏟아질 것만 같은 하늘이었다. 동방인이 제일 좋아하는 하늘이다. 동방인은 마냥 깨끗하고 마냥 높은 척하는 하늘이 싫었고, 그것을 가려주는 구름이 좋았다. 특히 궂은일을 마다하지 않아 짙게 더럽혀진 먹구름이.

동방인은 먹구름을 향해 웃음을 던졌다.

"싹을 밟을 때까지 계속 머물러 있으면 좋겠군. 후후후후후."

철써억!

장강의 물결이 점점 거칠어지고 있었다.

촤! 싸아아!

마치 바다의 파도처럼 기슭을 후려치는 강물은 지금 당장 얼음이 되더라도 이상하지 않을 만큼 차가웠다. 막당은 강물에 발목이 잠기자 귀향공을 돌아봤다. 귀향공이 눈매에 힘을 준다. 막당은 입술을 삐죽 내밀었다.

"꼭 들어가야 합니까?"

"돼지만도 못한 놈. 저놈은 이미 강따라 흘러가며 풍류를 즐기지 않느냐. 넌 왜 못해?"

"하기가 싫습니다."

"그래도 해야 된다."

"예."

울상을 지으면서도 순순히 물을 향해 걷는 막당의 어깨가 재미있었다. 세상 모든 것을 체념한 듯 축 늘어졌다가도, 강물의 차가운 기운이 새살을 덮을 때마다 느끼는 한기에 '움찔' 올라선다. 그렇게 상하 운동에 열심인 어깨만 빼고는 몸 전체가 곧 부서질 겨울 잡초처럼 흐늘거리며 강으로 전진했다. 어깨마저 물에 잠기자 귀향공은 가볍게 몸을 날려 곁으로 다가갔다.

"온고조식이라고 했지? 그걸 쓰면 안 된다. 절대 내력을 갈무리하거나 방출하지 말아라."

"무, 무슨 말인지 모르겠습니다. 춥습니다!"

"온몸의 힘을 빼고 한기에 내맡기라는 얘기다. 추워도 그냥 참아. 바로 이거야! 온고조식 쓰지 말라고 했잖느냐! 죽을래? 여기 평생 있어볼 테냐?"

막당은 몸을 억제하며 낙화동에서 배웠던 기식법을 멈췄다. 순간, 차가운 한기가 전신의 살을 찢을 듯 매서운 공세를 펼쳤다. 저절로 이빨이 맞부딪쳤고, 전신이 요동쳤다. 막당이 고통과 겁에 휘말린 눈으로 귀향공을 응시했지만, 노인은 그것마저 용납하지 않았다. 막당의 고개를 정면으로 향하게 만들어 차갑게 물결치는 강물과 그 위를 부유하는 초구를 보게 만든다. 그리고 귀향공 스스로는 막당의 뒤에서 기합성을 터뜨렸다.

"허어업!"

턱!

귀향공이 혈을 누르는 순간, 막당은 본능적으로 다시 시전하려던 온고조식법이 불가능해졌음을 깨달았다. 혈이 막혀 운기행공이 불가능해지자 막당은 물속에 잠긴 아이처럼 미친 듯 버둥거렸다. 또 한 번의 점혈이 그러한 움직임마저 막았다. 근 한 달 가까이 귀향공에게 실험체 인생을 영위하는 동안 이렇게까지 괴로운 경험을 한 적은 없었다. 막당은 귀향공이 원망스러웠지만, 더는 저항할 수 없음을 알고 전신의 힘을 뺐다. 그것은 귀향공이 원하는 바였다.

"혈류는 그 맥에 따라 음의 기운이 있고 양의 기운이 있으니, 이를 운용하는 성향에 따라 음이 양이 될 수 있고, 양이 음이 될 수 있다. 하지만 네놈이라면 이미 모든 것이 정해져 있을 터. 역시 그렇군. 자! 이제 극양의 혈맥이며 네 몸의 재생을 다스리는 열아홉 혈의 기운을 돕겠다. 그곳에 길을 만들어 중궁(中宮)으로 보낼 것이다."

전혀 알아들을 수 없는 말이었지만, 대답을 바라고 하는 말이 아님은 알 수 있었다. 귀향공이 실험할 때, 늘 혼잣말로 뭔가를 떠드는 버릇이 있었기 때문이다. 막당은 귀향공이 혈을 점할 때마다 한기가 더 심해지는 것을 느꼈다. 하지만 몸은 떨지 않았다. 이미 시체가 된 것처럼 굳어버렸기에 두려움이 몰려들었다. 하지만 귀향공의 목소리가 또렷하게 들렸으니 죽지는 않은 듯했다.

"재생은 주변의 기를 흡수하여 새로운 기와 살과 피를 만든다. 즉, 중궁에 모이는 기운들은 흡혈의 성격을 가지고 있다. 토(土)의 기운을 가진 강궁(降宮:중궁의 다른 해석)은 비장과 위장에 있으니, 이들은 음식을 파해하는 놈들이지. 보골. 뭬! 뭬뭬! 음, 너무 깊이 들어왔나? 좋아. 좋은 한기야. 파해하

고 방출하는 음의 중궁에 양혈의 기운이 모두 모여 충돌을 일
으키면 네 의지와 상관없이 충돌과 조화가 일어날 것이다. 그
배분에 따라 네 몸은 일시적으로 정도 소림의 금강기(金剛氣)
를 이루거나 아니면 마도 마교의 흡기공(吸氣功)을 시전하게
될 것이다. 이번엔 음에 육을 두고 양에 사를 두어 금강기 쪽
으로 가보자!"

귀향공이 말을 마치는 순간, 막당의 하복부에 뜨거운 기운
이 일었다. 곧 귀향공은 막당의 하복부에 내력을 보내며 알아
들을 수 없는 말로 떠들기 시작했다. 돌마을에 살 때 라마승
에게서 가끔씩 듣던 범어(梵語)인 건 분명한데, 말하는 속도
가 너무 빨라서 단어의 일부를 알아듣는 것도 어려울 정도다.
하지만 막당은 그 속에서 익숙한 단어를 잡아챘다. 숫자들.
귀향공이 떠드는 범어의 상당수는 숫자가 들어 있었다.

"으윽! 으! 악!"

갑자기 막당이 비명을 질렀다. 귀향공은 깜짝 놀라며 막당
에게 취하던 일을 급히 멈췄다.

"이, 이런! 아혈이 벌써 풀려? 잠자코 있으라고 했잖느냐,
이 멍청한 놈아!"

"아픕니다! 보고록! 퀘! 취! 코에 물이 들어갔습니다!"

"아, 좀 참으라니까! 아니, 그전에 입 좀 다물어! 계산이…
계산이……! 으악! 어디까지 계산했었지?"

막당의 몸속에서 진행되던 순서를 알기 위해 귀향공은 급

히 우수를 뻗었다. 단전을 짚었던 우수에서 불덩이처럼 뜨거운 기운이 몰려든다. 귀향공은 모든 것이 크게 잘못되었음을 깨닫고 급히 손을 떼었다. 막당의 얼굴에 한기가 맺힌다.

"제기랄! 오늘은 포기다!"

귀향공은 막당을 안고 신형을 날렸다. 강물 바닥은 진탕이었는데, 그것을 딱딱한 평지처럼 내치며 수면 위 반 장 가까이 솟구쳤다. 단숨에 강기슭으로 도착한 귀향공은 막당의 몸을 살폈다. 기가 막힌 일이 벌어진 상태여서 귀향공은 절로 혀를 찼다.

"염병할. 내가 이놈 내공을 빨아먹었네. 아, 미안해 죽겠다."

"이젠 안 춥습니다."

막당이 낮은 목소리로 중얼거렸다. 당연하다. 몸의 내력이 방출되는 과정에서 강한 열기가 만들어졌을 테니. 귀향공은 막당을 들쳐 업으며 알아들을 수 없는 말로 불평하다가 갑자기 눈을 부릅떴다.

"어라? 그러고 보니 이놈의 몸만 갖고 실험했던 게 왜 나한테까지 영향을 미친 거지? 계산이 완전히 틀어진 거잖아?"

"에쿠!"

귀향공에게 업혀 있던 막당이 바닥으로 떨어졌다. 하지만 생각에 잠긴 귀향공은 그것을 전혀 의식 못했다. 막당의 젖은 몸이 다시 한기를 느끼고 있었지만, 이미 귀향공은 걷고 있었다. 마치 막당을 업고 있다는 듯한 몸짓으로.

"저기……."

막당이 힘겹게 손을 뻗었으나 귀향공의 뒷모습은 멀어지고 있었다.

"춥습니다."

아무도 없는 강기슭에서 막당이 울먹거렸다. 막당은 고개를 저으며 '다시는 할아버지를 돕지 않을 겁니다' 라고 여러 번 중얼거렸다.

"초구야, 이리 와. 너무 추워서 움직일 수 없어."

막당이 차가운 땅바닥에 누운 채 말했다. 강물 출렁이는 소리가 들린다. 초구가 오는 소리는 분명했는데, 그 여유자적한 물결의 노래가 암담했다. 분명 느긋하게 헤엄치는 소리리라. 막당은 초구가 도착하려면 한참을 기다려야 한다는 것을 깨닫고, 몸에 힘을 주었다. 초구가 도착할 때까지 감당할 한기가 아니었던 이유다.

"이익!"

몸의 내력이 빠져나간 상태라는 것은 막당도 알고 있었다. 몸에 기운이 없어서 큰 병에 걸린 것 같은 기분이었다. 그래도 온고조식의 운기행공이 가능한 상태임을 알자 막당은 최선을 다해 가부좌를 틀었다. 체온 조절은 예전만큼 쉽지 않았다.

휘이이이잉!

바람은 드셌지만, 강물은 오랜 시간 잔물결만 내세웠다. 겨울 안개에 머물던 적색 화기(火氣)가 달이 몰고 온 청색 수기(水氣)에 밀려 꺼진다. 안개가 가린 노을은 곧 진청색 공기에 짓눌려 사라졌고, 아직 쪽물이 이르지 않은 하늘에 희미하게나마 별이 붙었다. 막당은 꼼짝 않은 채 운기행공으로 한기를 다스렸다. 오랜 시간 감았던 눈을 뜨니 정면에 달이 보였다.

출. 처억! 추우울. 차.

물결 소리와 희미한 나뭇가지 부대끼는 소리 외에 막당의 귀를 어지럽히는 잡성은 없었다. 그것조차 시간이 흐를수록 귓바퀴를 맴돌기만 할 뿐 소리로서 귓구멍에 들어서지는 않았다. 막당이 소리를 거부하고 있었다. 이제는 깜빡이지 않는 두 눈에 오직 하늘이 맺히고 오직 달이 맺혔다. 그나마 하늘이 막당의 동공과 같은 색인지라 외로운 달만 소리없이 막당의 곁에 있었다. 초구는 아직 오지 않았다.

"차갑습니다."

우직.

막당이 낮게 말하며 어깨를 비트는 순간, 옷에 달라붙은 얼음이 부서지는 소리가 났다. 그것이 제갈당숙의 혼쭐내는 소리처럼 느껴져 막당은 급히 자세를 바로잡았다. 또 한 번 '우직' 소리가 나고, 더 이상의 소리가 들리지 않는다. 막당은 두려워졌다. 낙화동 주변의 모든 나무를 베어 넘기라는 육모탕의 명령이라도 들은 기분이었다. 어제 느꼈던 기의 수준에 이르러야 온고조식을 마칠 텐데, 아무리 노력해도 그 자리를 찾을 수가 없었다. 그 자리가 까마득한 저편에 놓인 것은 알고 있다. 그곳으로 가는 길도 알고 있다. 하지만 힘들었다. 나무를 베고 베었거늘, 그 뒤로 나무 가득한 산 하나가 떡하니 버티고 있는 듯하다. 막당의 턱이 살짝 들렸다. 저 달이 이월 보름을 자랑하듯 막당의 동공을 가득 채웠다. 이제 막당이 달인지 달이 막당인지 분간할 수가 없었다.

우직.

옷에서 또 한 번 소리가 났다. 강물에 젖은 막당의 옷은 전신이 얼음 칠 되어 움직일 때마다 소리가 났다. 막당은 놀라운 사실을 깨달았다. 주변에 남이 없었다. 꽃을 따기 위해 필요한 ‘어머니’가 없었고, 미움받고 매를 맞기 위해 필요한 ‘누님’이 없었다. 땔감을 만들기 위해 필요한 ‘육모탕과 두 사저’가 없었고, 수련하다가 언제 맞을까 두근거리기 위해 필요한 ‘제갈당숙’이 없었다. 초구를 잊었다. 그저 달이 있었고, 내가 보이지 않았다. 달 또한 나를 볼 수 있으나 자신을 볼 수 없을 것이다. 막당은 달이 외롭다고 생각했다. 막당은 자신이 외롭다고 생각했다. 홀로, 자신이, 스스로를 위해, 나에게, 내가, 달이 운기행공을 하다. 세상에 혼자 있어 이 차가운 몸을, 이 차가운 달을 따뜻하게 감싸려고 운기행공을 한다. 막당은 따뜻해지는 것을 느꼈다.

직. 지지직.

움직이지 않았건만 옷이 스스로 비명을 질렀다. 막당의 옷이 구겨지는 지점에서 물방울이 떨어지기 시작한다. 달이 새로운 것을 비추었다. 막당의 옷에서 김이 흐르고 있었다. 잠시 후 막당의 옷이 아우성치더니 주변에 물이 고였다. 막당이 앉아 있는 연고동색 흙이 점점 짙어졌다. 막당의 이마에서 땀이 흘렀다. 당장 수풀을 헤쳐 방울 소리를 내며 폭포수로 뛰어들고 싶을 만큼 더웠다. 막당은 두 눈에 힘을 주었다.

"됐다."

벌어진 입술이 도달을 알렸다. 결코 닿지 않으리라 여겼던 어제의 경지에 간신히 몸이 닿았다. 그러나 막당의 입술은 만족을 알리지 못했다. 아쉬웠다. 저곳에 뭔가 또 있었다. 막당은 손을 뻗으려 애썼다. 조금만 더! 조금만 더!

"당아야!"

막당은 눈을 질끈 감았다. 보아야, 잠깐만. 나 지금 뭐 하는 중이야. 잡힌다! 잡힌다!

픽!

막당은 눈을 크게 떴다. 초구야, 그만! 나 지금 뭐 하는 중이야! 멀어진다! 멀어진다!

픽픽! 첨벙.

열기에 거의 말랐던 옷이 다시 강물을 받아들였다. 초구가 또 한 번 들이받아 강물에 빠뜨렸던 것이다. 막당은 '허푸' 거리며 몸을 일으키곤 초구를 향해 외쳤다.

"초구야, 싸우자!"

초구가 덤빌 듯 땅을 차다가 막당의 외침을 듣고 실망한 듯 몸을 돌렸다. 막당이 '약 올리지 마!'라고 외치며 초구를 향해 신형을 날렸다. 뒤쪽 허공에서부터 달을 등진 막당의 그림자가 초구의 전신을 가렸다. 그 순간 초구는 '퍽!' 하며 앞발로 땅을 차더니 몸을 돌리지도 않은 채 뒤로 돌진하여 막당의 허벅지를 엉덩이로 들이받았다. 막당은 고꾸라졌고, 초구는 엎어진 자의 등 위에 느린 동작으로 앞발을 들어 끝내 올려놓았다. 분명 피할 수 있는 일격이었으나, 너무 오랜 운기행공이 역효과를 불러일으킨 듯 막당은 꼼짝도 할 수 없는 상태가 되어 있었다.

"대체 여기서 뭘 한 거냐? 태사부님도 돌아오신 지 한참이나 지났는데."

"앉아 있었어, 보아야."

"앉아서 뭐 했는데?"

"운기행공했어."

"그 정도로 강하면 됐지 뭐가 그렇게 아쉬워서 미친놈처럼 수련만 하냐?"

한보가 일어나라고 했지만, 막당이 말을 듣지 않았다. 막당의 몸을 살핀 한보는 운기행공에 미쳐 탈진한 사람을 처음으로 만나는 영광을 얻었다.

"이 멍청아!"

한보는 막당을 들쳐 업으며 엉덩이를 꼬집었다. 탈진된 터라 아무 반항도 할 수 없었다. 한보는 막당을 업은 채 걷기 시작했다. 태목구의 키만 한 담벼락이 길게 이어져 막당과 한보와 초구의 그림자를 그렸다. 그림자는 고요히 담을 흘렀다.

"근데 넌 소양인(少陽人)인가 보다. 그 차가운 강물에 빠진 지 일 다경이 약간 지났을 뿐인데 이렇게 따뜻해졌냐?"

"내 몸 따뜻해, 보아야?"

"따뜻해. 하지만 앞으로는 그렇게 물어보지 마. 징그러워."

"그렇구나."

막당이 한보의 등에 볼을 붙인 채 중얼거렸다.

"그래서 늘 손이 시려울 때마다 내 손을 잡고 있었구나."

"누, 누가! 그 사저들?"

급작스레 걸음을 멈추고 눈알만 뒤로 돌린 채 호통치는 한보에 비해 막당은 덤덤하게 아니라고 대답했다. 한보는 더 심각해졌다.

"그럼 누가 그랬어!"

"녹 형님이."

"……."

한보는 다시 고요해져서 침묵한 채 걷기 시작했다. 하지만 얼마 걷지 않아서 등에 업은 막당을 팽개치며 '그것도 수상해!' 라고 소리쳤다. 담에 비친 돼지의 앞발 그림자가 등 그림자 위에 얹혀졌다.

32장

기습(奇襲)

기습(奇襲)

　동방진양은 삼 일 동안 중경에 머물렀다. 동방인의 분기탱천을 걱정한 신성육장이 기분 상하지 않도록 조심스럽게 중경을 떠날 것을 제안했지만, 동방진양은 고개를 저었다. 자신이 마음에 드는 곳은 이곳이라며 '신성칠장론'을 주장할 때는 금영진이 어지러워 쓰러지기까지 했다. 삼 일째 되는 날, 혈무력 구십육 년의 이월 십팔일 아침에 정도맹 중경 지부는 한 통의 편지를 받았다. 그것은 동방인이 보낸 편지였다.

　"읽지 않는 게 정신 건강에 좋을 겁니다."

　동방진양이 그렇게 말하며 봉인도 뜯지 않은 채 태워 없애자는 제안을 했다. 하지만 금영진과 악책이 동시에 고개를 저었다.

"중경의 경계를 벗어나서 진을 이룬 것만으로도 고마운 일이에요."

"그렇습니다. 이 편지는 저희가 당연히 지원해야 할 물자와 화살을 보내 달라는 내용일 것입니다."

두 사람의 말에 동방진양은 '그럴 수도 있겠군요'라며 고개를 끄덕였다. 편지를 읽는 몫은 동방진양이 맡았다. 동방진양은 가벼운 손놀림으로 수작을 부려 봉인을 뜯지 않은 상태에서 내지만을 뽑아냈다. 마치 모산파의 술법을 보는 듯하여 금영진과 태목구가 감탄했다. 태목구의 박수 소리는 편지를 읽는 동방진양의 얼굴빛에 의해 죽어들었다.

"가야겠군요."

동방진양이 신음성을 터뜨렸다. 금영진은 심상치 않은 느낌을 받고 조심스레 걸음을 옮겨 편지의 글을 읽었다. 그리고 악책을 향해 비명을 질렀다.

"아악! 청성파가 도장에 있던 모든 도사들을 이끌고 진을 공격했대요, 악 오빠!"

악책도 창백한 얼굴이 되어 예절에 상관없이 동방진양에게서 편지를 빼앗았다. 편지를 끝까지 읽은 것 같지도 않았는데, 악책은 그것을 금영진에 품으로 던지며 고함쳤다.

"서두르자, 금 매! 어서 돕지 않으면 쌍검선생께서 큰 낭패를 보실 거야!"

"그래요!"

중경을 벗어나면 언제든 싸움에 임할 수 있도록 훈련을 시켰기 때문에 금영진은 한 시진 남짓한 시간으로 지원군의 준비를 갖췄다. 그사이에 악책이 군량과 화살을 준비하여 포장까지 끝내놓았다. 한보, 막당, 태목구, 녹지현은 각각 이분되어 이 둘의 일을 도왔다. 여섯이 다시 모이자 군의 선두에 동방진양이 섰다. 동방진양은 말안장에 꼿꼿이 서 있었지만 발바닥과 안장이 하나의 물건인 양 조금도 흔들리지 않았다.

"시간이 급하니 서두르자!"

동방진양이 검을 뽑으며 고함쳤다. 며칠 전까지만 해도 동방세가의 또 다른 자, 동방인에게 살기의 위협을 느꼈던 중경군이다. 이들은 동방세가의 인물이 자신들을 이끄는 지금 상황이 그렇게 반가울 수가 없었다. 수많은 무사들이 일제히 함성을 지르며 각자의 병장기를 높이 세웠다. 동방진양은 제자리에서 가볍게 도약하더니 안장에 엉덩이를 붙였다. '히렷!' 하는 외침과 함께 동방진양의 말이 힘차게 앞발을 들었다.

쿠두두두두!

동방진양의 뒤에 붙은 선봉군은 삼십 명이었다. 이의 좌우에 금영진과 태목구가 붙었고, 중경군의 본대라 할 수 있는 팔십 명의 중군은 악책, 한보, 막당 외 네 명의 부장이 맡았다. 물자 수송은 당연히 녹지현이 맡았고, 그로 인한 피해를 예방하기 위해 네 명의 부장이 함께했다.

“제 잘못이 큽니다. 예정에 없던 진을 이루느라 적의 공격
에 대처하지 못하셨을 겁니다.”

동방진양의 곁으로 말을 몰며 악책이 용서를 빌었다. 동방
진양은 고개를 끄덕여 악책과 금영진의 죄를 인정했다. 하지
만 호의적인 눈매로 돌아보는 것도 잊지 않았다.

“공(功)으로 갚으십시오!”

“물론입니다!”

쿠두두두두!

오랜 여행으로 피곤했을 텐데 동방인은 예상외로 많은 시
간 동안 배를 몰았다. 편지에 적힌 장소는 기마군이 쉬지 않
고 달려도 하루를 넘길 정도로 멀었다. 그러한 거리였지만 금
영진과 악책은 고집을 부리며 수송대를 포함한 전군이 이틀
내로 도착할 계획을 잡았다. 오히려 동방진양이 무리한 계획
이라며 만류했는데, 금영진은 끝내 고집을 부렸다.

“중경은 사마와의 시비가 적어 병력의 위세를 걱정했었는
데, 이제 보니 호북 무한의 정예에 못지않습니다! 이런 기동
성이라니!”

이튿날 아침의 행군 도중에 동방진양이 감탄하며 외쳤다.
기동성이라면 수시로 지원군을 보내는 동방세가의 정도맹군
을 능가할 군이 없을 것이다. 그런데 지금 자신과 함께하는
중경의 이백 군사도 정주군의 기동성 못지않았다. 말을 몰고
있는 자들뿐 아니라 구령을 외치며 달리는 무사들의 눈에 피

곤의 기색이 보이지 않는다. 평소에 쉬지 않고 체력을 단련했음이 분명했다.

"앞에, 배가 보입니다!"

무염공(無髥公)이 칠십여 장 떨어진 언덕 위에서 고함쳤다. 무염공은 중경에서 가장 빠른 말을 갖고 있는 자라서 '적토마를 탄 미염공(美髥公) 관운장' 을 빗대어 지은 별호다. 덕분에 이자가 맡는 임무는 늘 선두에서의 정찰이었다. 동방진양은 무염공이 서 있는 곳으로 급히 말을 몰아서 장강 유역을 확인했다. 정말로 네 척의 배가 장강 어귀의 적당한 곳에 자리를 잡고 있는 것이 보였다. 이상한 것은 그 주변이 널찍하여 진을 만들기 좋았는데 동방진양이 서 있는 언덕 위에서는 그러한 흔적이 보이지 않았다. 동방진양은 품에 있던 둘째 형님의 편지를 꺼내어 위치를 확인했다.

"저기서 강을 따라 좀 더 서북쪽으로 가야겠구나. 멀지 않았다."

동방진양은 낮게 중얼거리며 힘차게 말을 몰았다. 무염공이 어깨를 나란히 하며 자신이 앞서서 정찰하겠다는 뜻을 보였다. 하지만 동방진양은 무염공에게 선두군으로 돌아갈 것을 명령했다. 이제부터는 위험 지역이니 자신이 직접 정찰하겠다는 뜻이었다. 무염공은 포권으로 수긍의 뜻을 보인 뒤 빠르게 말머리를 돌렸다.

"음."

동방진양은 선두군보다 십 리가량 앞서며 편지에 적힌 위치를 살폈다. 이해가 되지 않았다. 그곳은 주변에 굴곡이 심한 언덕과 산봉우리라 불러도 이상하지 않을 정도의 높이를 가진 땅도 있어서 정찰당하기 쉬운 곳이었다. 편지에 적힌 내용대로라면 길의 우측을 막고 있는 커다란 언덕─끝내는 산과 이어지는 언덕─을 돌아서자마자 제법 넓은 평지가 보일 것이다. 돌아설 언덕 부근까지 접근했는 데도 그러한 평지의 끄트머리조차 보이지 않는다는 것은 그곳이 언덕과 바짝 붙어 있거나 아니면 예상보다 더 우측에 있다는 얘기가 된다. 하지만 어젯밤 막사에서 악책이 보여준 지도에는 저 언덕의 우측면을 장강이 뒤덮고 있었다.

"히럇! 하!"

두두두!

동방진양은 가슴 한켠이 막히는 듯한 불안감을 억지로 지우며 좀 더 말을 재촉했다. 저 언덕과 바짝 붙은 땅에 진을 세운다면 그야말로 기습을 해달라고 제사를 지내는 꼴이다. 청성산과도 이어지는 언덕 위에서 공격을 가했을 때, 무슨 수로 막는단 말인가! 게다가 배가 정박한 위치도 이상했다. 진의 바로 옆에 강이 있는데 왜 굳이 십 리도 더 떨어진 곳에 배를 정박해 뒀을까?

슈!

"으윽!"

팍!

동방진양은 바람의 위협을 느끼고 급히 우수를 뻗었다. 촉이 없는 화살이 일직선을 그리며 어깨를 노렸지만, 표적을 맞추기도 전에 동방진양의 손에 잡혔다. 동방진양은 화살을 버리고 매서운 눈으로 고개를 돌렸다. 언덕에 드리워진 앙상한 나무들 틈새에서 누군가의 모습이 보였다. 놀랍게도 상대는 어린아이의 손목 굵기조차 되지 않은 가지의 끝을 디딘 채 자신을 바라보고 있었다. 동방진양은 상대의 정체를 확인하자마자 비명처럼 외쳤다.

"둘째 형님!"

"내게로 와라."

동방인의 전음에 차가운 기운이 서려 있다. 동방진양은 힘차게 말머리를 돌려 언덕 위를 달렸다. 삼십의 나이에 어울리지 않는 노련한 기마술로 가파른 언덕을 오를 때, 동방인도 나뭇가지 사이를 뛰어넘으며 다가왔다. 둘이 삼 장 가까이의 거리를 두고 멈췄을 때, 동방진상은 말에서 내렸고 동방인은 앞을 막듯 손을 뻗었다.

"여기서 기다려라."

"대체 어떻게 된 겁니까, 둘째 형님! 군은 어찌 되었습니까? 청성파는!"

"곧 얘기해 주마."

동방인은 가벼운 몸놀림으로 동생을 지나쳤다. 동방진양

은 입을 반쯤 벌린 채 자신의 둘째 형이 펼치는 무위를 감상했다. 믿어지지 않았다. 나뭇가지에서 나뭇가지로 이동하는데 손가락만 한 가지들이, 그것도 겨울의 찬바람에 생기를 잃고 말라붙은 가지들이 미동도 하지 않는다. 동방세가의 네 명 형제들 중 가장 내력이 높다고 알려졌던 동방천도 저 정도는 아니었다. 오히려 저런 경공이라면 아버지이자 강호의 절대자인 동방량 쪽에 더 가까울 것이다.

"오는군."

형님의 무위에 놀라 정신을 놓았던 사이에 동방인의 웃음 섞인 목소리가 들렸다. 동방진양은 그제야 정신을 차리고 주변을 살폈다. 저 멀리서 먼지구름이 피어오르더니 중경의 군사들 그림자가 드러났다.

"대체 둘째 형님은 무슨 생각을 하고 계신 걸까?"

동방진양은 낮게 중얼거리며 눈살을 찌푸렸다. 저리도 멀쩡한 동방인의 모습은 기습을 당하여 위기에 빠졌다는 편지의 내용과 너무 큰 거리가 있었다. 동방진양은 나무 아래로 뛰어내리는 둘째 형의 뒷모습을 보며 고민하다가 급작스레 눈을 부릅떴다.

"아뿔싸!"

언덕. 배. 길. 진. 동방진양은 중경의 선두군이 도달하는 지점을 보며 경악성을 터뜨렸다. 저곳을 지날 때부터 동방진양은 편지의 내용에 대한 의심을 떠올렸었다. 그 지점에서부터 보이는 지형들이 편지의 내용, 그리고 일반적인 진형에 대한 기본 지식과 어긋나기 때문이다. 분명 선두군에 있는 금영진도 자신처럼 편지의 내용과 동방인 군의 진지에 대한 의심을 갖기 시작할 것이다. 문제는 그 의심을 갖기 시작하는 위치 자체가 언덕에서 공격받기에 가장 적절한 곳이었다. 동방진양이 힘껏 외쳤다.

"둘째 형님, 그만두십시오!"

"홍!"

이미 동방인은 허리에 품었던 쌍수를 힘껏 뻗고 있었다.

꽈아아아앙!

"크억!"

동방진양은 눈으로 보고도 믿을 수 없었다. 완만한 언덕에 자리 잡고 바닥에 쌍장을 뻗는 모습까지는 동방인의 계획이 뭔지 감을 잡기 어려웠다. 그저 저 행동으로 인해 언덕 어딘가에 숨어 있을 정도맹의 군사들이 중경군에게 기습하리라 여겼을 뿐이다. 하지만 동방인의 행동은 그 자체가 공격이었다. 땅을 치는 순간 천지를 진동시키는 굉음이 울리더니, 마치 그 안에서 벽력탄이라도 폭발한 듯 흙과 나무가 허공으로 치솟았다. 안개도 이슬도 모두 말랐을 시각이다. 허공으로 치솟은 흙덩이들 중 상당수가 땅에 내려서기 전에 먼지처럼 흩어졌다. 그것은 일대 무리를 형성하여 적갈색의 구름처럼 천하를 덮었다.

"저게 뭐야!"

굉음에 놀라 언덕 쪽으로 고개를 돌렸던 선두군이 일제히 외쳤다. 하늘이 무너지고 있다. 하늘에 있어야 할 갈빛 구름이 자신들을 향해 '뭉게뭉게' 몰려들고 있었다.

쿠브브브브.

"모, 모두 고삐를 꽉 잡아!"

콰! 타타타타타타!

엄청난 흙 폭풍이 선두군을 후려쳤다. 말이 날뛰고 무사들이 상체를 깊게 숙인 채 폭풍에 맞섰다. 몇몇이 말에서 떨어진다. 금영진이 폭풍 속에서 크게 호령하여 혼란을 수습하려 했으나, 워낙 말들이 심하게 날뛰는 터라 쉽지 않았다. 그때 언덕 위 어디선가 동방인의 외침이 들렸다.

"쏴라!"

"쏘라고?"

금영진의 얼굴이 창백해졌다. 금영진은 급히 말에서 뛰어내리며 고함쳤다.

"모두 피해라! 언덕 쪽에서 화살이 날아온다!"

금영진이 외쳤을 때와 폭풍이 가라앉는 시기가 비슷했다. 사방에 날리는 흙의 위세를 무시하고 눈을 뜰 수 있을 정도가 되었을 때, 모두 다 지휘관의 외침을 상기하며 언덕 위로 고개를 돌렸다. 처음에는 짙은 언덕 색으로 인해 볼 수 없었으나, 곧 하늘과 경계를 이루는 곳이 뭔가를 드러냈다. 외따로 뜯겨진 솔잎처럼 가느다란 무리들이 창공을 더럽히고 있었다. 그것들의 수효는 점점 늘어나며 언덕 위 푸르름을 채웠다. 무사들은 창백한 얼굴이 되어 비명을 질렀다.

"활이다! 살[矢]이야!"

"피해라아아!"

사방에서 들려오는 아우성을 빼고는 모든 시간이 정지한 것만 같았다. 찰나의 폭풍전야였다. 창공 비단을 고요하게 미끄러지는 검은 바늘들은 이윽고 언덕의 경계로 다시 들어가며 모습을 감췄다. 착시가 끝나자 날카로운 은빛 머리를 번득이는 화살들이 작년 여름의 폭우 소리와 함께 군을 덮쳤다.

콰콰콰콰콰콰!

'히힉! 히이힝!'

콰콰콰!

철화살[鐵矢]이었다. 말의 몸통 뒤로 숨은 자들도 화살에 가슴이 꿰뚫리며 하나로 엮여 쓰러졌다. 제법 단단한 땅이었건만 화살촉이 박혀 말뚝처럼 세워진 채 굳는다. 검을 들어 가문(家門)의 검술, 무문(武門)의 초식을 펼쳤으나 고목을 쪼개는 벼락처럼 빠르고 강하게 날아드는 놈을 감당하기 어려웠다. 당연했다. 지금 활을 쏘는 자들은 다른 누구도 아닌 정도맹의 본산 동방세가의 천라궁수부(天羅弓手部)였다.

"모두 다 언덕으로 붙어!"

금영진은 화살들을 피해 달리며 고함쳤다. 팔기금문의 모든 병장기술을 배웠던 금영진은 선두군의 어떤 자들보다 동체 시력이 뛰어났다. 비록 금영진만큼은 아니었지만, 태목구도 멀리서부터 포물선을 그리며 날아드는 화살 정도는 경로를 예측할 수 있었다. 태목구는 화살들을 뭉뚱그려 시야에 넣은 뒤, 그것들의 경로를 짐작하여 가장 밀집도가 적은 곳으로 달렸다. 그리고 자신이 지나치는 곳의 모든 이들에게 금영진의 명령을 전달했다.

콰콰콰콰콰! 콱!

마지막 화살이 땅에 박혔을 때, 수많은 말과 무사들의 시체가 이곳저곳에 깔려 있었다. 무려 스물한 명이 목숨을 잃었고, 두 명이 움직일 수 없을 정도의 부상을 입었다. 살아남은 말은 오직 하나뿐이었는데 그 주인인 무염공은 목과 가슴이 꿰여 죽어 있었다. 금영진은 언덕 굴곡에 바짝 등을 기댄 상태에서 동료들의 시체를 보며 치를 떨었다. 그때 동방인의 웃음소리가 들렸다.

"후후! 후후후후후! 이제 젊을 때의 치기도 적당함이 있어야 제 맛을 냄을 알았느냐?"

"동방인!"

금영진은 눈물 글썽이던 두 눈에 핏줄을 담고 고함쳤다. 입술과 목구멍이 떨려 욕조차 제대로 나오지 않았다. 저 멀리서 사람들의 고함 소리가 들린다. 본대도 공격을 받는구나! 금영진은 아랫입술을 깨물며 땀이 흥건하게 맺힌 검의 손잡이가 부서질 듯 쥐었다. 저들이 두 번째 시위를 당기고 있음이 분명할진대, 금영진은 분연히 몸을 일으켜 검을 세웠다.

"네놈 뼈를 씹지 않으면 팔기금문의 극락화가 아니다!"

"네년이 한 발짝을 움직이면 나 또한 쌍검선생이 아니다. 후후후."

쓰으… 쾅!

"크어억!"

순식간에 벌어진, 그것도 금영진과 전혀 관계없는 지역에서 터진 폭음이었다. 폭음에 놀란 금영진이 첫발을 내민 채 창백한 얼굴로 경직되었다. 동방인은 만면에 노기를 띠며 동방진양을 돌아봤다.

"네가 미쳤느냐! 감히 나의 암검에 수를 쓰다니!"

금영진을 향해 날렸던 암검이 동방진양에 의해 막혔던 것이다. 동방인은 쌍수에 쥐어진 검끝을 동생에게로 향하며 살기를 뿌렸다. 반면 동방진양은 두 손으로 자신의 가슴을 부여잡은 채 신음을 흘리고 있었다. 입가의 붉은 기운이 좀 더 짙어지더니 곧 한줄기 선혈이 턱으로 흘렀다. 동방진양은 고통을 참기 위해 이를 악문 채 말했다.

"누가 미쳤다 하십니까! 저희가 둘째 형님을 도우러 왔거늘 어찌 이런… 패악한 짓을……. 아니, 그보다 형님은 대체 어떻게 된 것입니까! 그 암검은… 그 내공은! 지금 형님의 무공은 사십삼 년의 세월로 얻으실 수 있는 게 아닙니다!"

“흥! 함부로 나서지 말아라. 네가 다치면 내가 더 곤란하니까.”

“대답해 주십시오! 형님이 감춘 것이 무엇입니까! 혹시 형님께서 천외천의 첩자입니까!”

“알면 됐다.”

쾌액!

동방인은 동생에게서 몸을 돌리며 금영진을 향해 다시 한 번 암검을 쏘았다. 동방진양은 넋 나간 얼굴이 되어 막을 생각조차 못했다.

막당은 넋 나간 얼굴로 허공을 응시했다. 수많은 화살들이 비처럼 쏟아지고 있었다. 막당이 멍하니 서서 화살을 바라보고 있는 것도 모른 채, 악책은 주변 무사들에게 피하라며 악을 쓰고 있었다. 경황이 있을 턱이 없다. 선두군의 처절한 비명을 똑똑히 들었지 않은가.

쏴쏴아아아!

“어서!”

악책은 금영진과 마찬가지로 언덕을 향해 최대한 빨리 달리라는 명령을 내렸다. 선두군보다는 훨씬 더 여유가 있었다. 그 이유는 선두군을 공격한 화살 무리를 막당이 먼저 발견했었기 때문이다. 잠시 산허리를 가로지르던 화살들이 비탈로 모습을 감추자마자 들렸던 선두군의 비명. 악책은 선두군의

생사 여부를 걱정하기에 앞서 그와 같은 공격이 자신들에게
도 몰아치리라 예상했다. 덕분에 좀 더 빠르게 대처할 수 있
었다.

"허억!"

"당아야!"

모든 자들이 몸을 낮춘 채 언덕을 질주할 때였다. 악책과
한보가 뒤늦게 막당을 보았다. 막당은 여전히 그 자리에 서
있었고, 수많은 화살들이 날아들던 중이었다.

"이 미친놈아!"

한보가 벽력같이 고함을 지르며 몸을 돌렸다. 하지만 화살
이 더 빨랐다. 무겁고 튼튼한 철화살들이 언덕을 매섭게 찍었
다.

콰콰콰콰카!

언덕이 철화살에 패어 먼지를 일으킨다. 상황을 알지 못한
채 멍하게 있던 말들은 몸통과 목과 머리가 꿰여 울부짖었다.
그 울음소리가 선두군의 비명만큼이나 끔찍하여 아수라장이
아직 끝나지 않았음을 증명했다.

"미친… 놈아……."

막당을 향해 다시 외치려던 한보의 목소리가 잦아들었다.
막당이 천천히 언덕을 향해 걸어오는 중이다. 다른 자들도 아
닌 동방세가의 천라궁수부가 날린 화살들 속을 덤덤하게 걷
고 있었다. 악책은 봤다. 막당이 파리 쫓듯 손을 휘저어 자신

의 얼굴로 날아들던 철화살 하나를 치워 버리는 모습을. 초구도 같은 흉내를 내며 막당 곁에서 오는 중이었지만 눈에 들어오지 않았다. 막당의 덤덤한 표정이 너무도 신기했던 이유다. 막당이 한보의 곁을 지나치려다가 갑자기 뭔가 생각난 듯 어깨를 움찔하더니 돌아본다. 한보는 몸을 낮추고 있었기에 막당의 시선이 높았다. 천지사방에 가득한 살기가 전혀 느껴지지 않는 듯, 막당의 허리는 조금도 굽혀지지 않은 상태였다. 막당이 말했다.

"빠를 때 느리대."

"그게 무슨 말……."

한보는 막당에게 물음을 던지려다가 입을 다물었다. 귀향공이 자신에게 겹화금강을 건네며 했던 말이 생각났다.

"너 혹시 태사부님께 청화를 배웠냐?"

콰투툭!

모든 화살들이 땅에 박혔다. 그사이에 악책을 비롯하여 수많은 무사들이 언덕 위로 달려가고 있었다. 비록 겨울이었으나 산비탈에 고목이 제법 많아 활로 공략하기 쉽지가 않다. 이미 산 위의 흉수들은 접근전을 준비한 듯 병장기를 뽑아 든 채 함성을 지르고 있었다. 한보와 막당만 저들과 동떨어진 채 마주 보는 중이다. 한보가 다시 물었다.

"청화를 배웠어? 살기를 느낄 때 예민해지는 감각을?"

"몰라, 보아야. 그런데 정말로 빠른 게 느려."

생을 위협하는 기운이 엄습할 때, 감각이 예민해지는 그 순
간을 말하는 것이 분명하다. 한보 또한 청화를 다루면서 구동
준에게 그 감각을 위한 수련을 받았었다. 하지만 지금의 막당
만큼 뛰어난 경지에 이르지는 못했다. 아직까지 몸을 낮추고
있던 한보는 자신을 내려다보는 막당의 모습이 불쾌했다. 서
로가 동떨어진 세계에 있는 듯하여 마음이 아팠다. 막당은 다
시 고개를 앞으로 향하더니 초구를 불렀다. 그리고 걷기 시작
했다.

"싸울 거야."

막당이 스스로 말했다. 한보가 뒤늦게 허리를 펴며 친구이
자 형제의 뒤를 쫓았다. 허리를 곧게 펴니 가슴이 편안해졌
다. 다른 세계가 아닐 거야. 내가 곧 따르면 돼! 한보는 막당
의 곁에 바짝 붙으며 웃었다.

"이번에는 누굴 지키려고 싸우는 거야? 나? 악 오빠?"

"금 누님이랑 악 형님이랑 너랑 태목구랑 녹 형님이랑 벽
아저씨랑 장 아저씨랑 금돌이랑……."

"그만! 됐어!"

한보가 손을 휘젓지 않았다면 막당은 선두군의 모든 사람
들과 모든 말, 그리고 중규의 모든 사람들과 모든 말의 이름
을 다 나열했을 것이다. 중경에서의 막당은 엄청난 인기가 있
었다. 모두들 막당을 신룡이라 부르며 크게 대접했기 때문이
다. 막당도 이에 보답하듯 많은 사람들과 친분을 가졌으니,

선두군의 비명 소리는 투보(鬪步)를 하기에 충분한 이유였다. 그러나 막당의 얼굴이 덤덤하여 수상했다. 막당은 굳은 얼굴로 비탈을 걸었다. 한보는 막당의 얼굴이 왜 저렇게 무표정할까 고민하다가, 자신이 지금 친구 얼굴만 살피고 있을 때가 아님을 깨달았다. 한보는 막당을 앞서며 비탈을 달렸다.

"이 망할 자식들아아! 이런 비열한 수작을 저지르고도 계속 청성파라 할 거냐!"

콰아!

한보의 우철권이 나무등걸을 후려친다. 그 반동으로 여인의 몸은 활처럼 쏘아졌다. 가장 앞에서 검을 휘두르던 자가 한보의 철권에 밀려 일 보 후퇴했다. 마침 한보 주변에 가까이 있던 악책이 상대의 정강이를 빠르게 걷어차며 외쳤다.

"청성파가 아니라 동방세가야! 우리가 쌍검선생에게 속았어! 천라궁수부의 화살을 보고도 모르겠느냐!"

"뭐요?"

한보의 얼굴이 잠시 핏기를 잃었다. 곧 그 얼굴에 혈색이 돈다 싶더니 과다하게 돌기 시작했다. 한보는 시뻘게진 얼굴로 이를 갈았다.

"같은 편한테 활을 쐈단 말야? 이 죽일 놈들아!"

윽박지르는 목소리와 철권의 바람 소리가 너무도 맹렬하여 정면의 상대는 막을 엄두도 내지 못했다. 가까이 있던 나무 뒤로 재빨리 몸을 날려 보호를 받았는데, 한보가 그래도

주먹을 휘두른다. 설마했는데 나무에서 '꽝!' 하는 소리가 나
더니 '쩌적!' 소리가 뒤를 이었다. 그리고 철권은 갈 길을 계
속 갔다.

퍼억!

나무를 부순 철권이라 속도가 둔화됐지만, 장정 허리만 한
나무를 부술 것이라고는 꿈에도 생각 못한 자는 불시에 안면
을 당했다. 차가운 기운이 뺨에 느껴지더니 입술 밖으로 이빨
네 개가 튀어나왔다. 아픈 것은 둘째 치고 너무도 기가 막혔
기에, 이빨을 잃은 무사는 급히 고개를 원위치로 돌리며 한보
를 노려봤다. 하지만 한보 대신 반대쪽 철권이 시야를 가득
메웠다.

뻑!

나머지 이빨들도 겨울바람을 맞이했다.

창! 캉! 카륵. 퍽!

사방이 병장기 부딪치는 소리와 비명 소리로 가득 찼다. 산
비탈은 적과 아군을 식별할 수 없을 정도로 난장판이 되어 있
었다. 서로의 의복이 비슷했기 때문에, 오랜 훈련을 함께하여
익숙했던 얼굴을 믿고 적을 구분했다. 그 속에 초구와 막당이
끼어들었다. 적인지 아군인지 알아보기 가장 쉬운 둘이어서,
그만큼 달려드는 자들도 많았고 도와주려는 자들도 많았다.
막당은 자신을 사이에 두고 칼부림을 하는 이들에게 말했다.

"저는 누구와 싸워야 합니까?"

아무도 대답해 주지 않았다. 각자가 바빴기 때문일 수도 있지만, 검날이 난무하는 곳을 기막히게 피하며 돌아다니는 막당의 모습이 신기했던 이유가 더 컸다. 막당은 바닥에 깊이 가라앉아 뱀이 될 때가 있으면, 나무의 도움을 받아 원숭이가 될 때도 있었고, 술 취한 신선처럼 비틀거릴 때도 있었다. 먼 곳에서 본다면 그 움직임 자체가 필사적이었지만, 가까이 있는 자들은 결코 그렇게 생각할 수 없었다. 이것저것 묻는 막당의 목소리가 너무 여유만만했기 때문이다.

쐐애액!

그런 막당의 머리를 정확히 노린 화살이 날아왔다. 숱한 화살 무리를 대수롭지 않게 뚫고 왔던 막당이었지만, 이번에는 두 눈을 동그랗게 치켜 뜨며 화살을 맞이한다. 전신을 매섭게 휘돌리며 화살의 경로에서 빠져나왔는데, 그 화살이 막당을 지나치고도 한참을 일직선으로 날아가 두 개의 나무를 꿰뚫었다.

"역시 신룡대협!"

천라궁수부의 삼부장 이민협은 새로운 화살축을 막당의 가슴에 견주고 있었다. 손끝에서 튕긴 실이 맑은 소리를 내는 순간, 다시 한 번 막당에게로 화살이 날아갔다. 첫 번째 화살을 피하여 공중제비를 펼쳤던 몸이 아직 중심을 잡지 못한 상황이었다. 막당의 발이 땅에 닿기도 전에 화살은 가슴을 향하여 일직선으로 뻗어 나갔다. 그리고 초구의 입에 물려 반쪽

났다.

"역시 신돈!"

이민협은 낮게 감탄하면서도 새로운 화살을 겨누었다. 하지만 이번에는 시위를 놓지 못했다. 좌측 아니면 우측을 선택해야 할 상황이었는데, 좌측의 막당과 우측의 초구가 똑같이 반 장도 못 되는 거리에서 자신을 바라보고 있었기 때문이다.

"하아압!"

이민협이 활시위를 놓는 대신 화살 끄트머리를 붙잡아 손끝으로 튕겼다. 동시에 철로 만든 활대를 힘껏 휘둘렀다. 튕겨진 화살은 막당의 가슴을 향해 뻗어 나갔고, 활대는 반원을 그리며 초구의 머리통을 후려칠 듯 휘둘러졌다.

턱. 툭.

막당은 당연하다는 듯 화살대를 잡아챘다. 초구도 당연하다는 듯 활대를 물어서 빼앗았다. 마침 천라궁수부의 부하들이 돕기 위해 달려오지 않았더라면 이민협은 큰 낭패를 보았을 것이다. 다섯 무사들이 초구와 막당을 각각 노리고 활대를 휘둘렀는데, 철로 만들어진 그것은 근접전에서 도(刀)로 사용될 수 있는 도구이기도 했다. 동방량이 천라궁수부를 달갑지 않게 생각하는 이유가 바로 이 시간(矢幹:화살대)의 다양한 사용법 때문이었다.

"천지염라회류진(天地閻羅回流陣)!"

"윽?"

"헉!"

갑작스런 막당의 외침에 놀란 것은 둘째 치고, 초구와 막당
의 움직임이 독특하여 이민협을 포함한 여섯이 모두 눈을 치
켜떴다. 둘은 서로 소용돌이처럼 엮이듯 맴돌았는데, 마치 사
람 둘이 협심한 듯 서로의 배후를 견제했다. 막당과 초구가
새로운 다섯을 상대할 수 있도록 자리를 잡을 때까지 아무도
공세를 펼치지 못했다. 애초에 이민협이 막당을 노린 것은 큰
실수였다. 막당은 누구와 싸워야 할지 모르는 상황이었는데,
이민협이 자초하여 선택을 도와준 셈이 되었기 때문이다. 게
다가 공격 지휘를 맡은 자가 바로 이민협이었다. 중경의 정도
맹군이 예상외로 뛰어난 무위를 보이며 선전하는 지금, 자신
이 할 일은 상황을 침착하게 살피고 그에 맞춰 지시를 내리는
것이 옳았다.

"파천쌍익붕!"

콰애액!

"흐윽!"

싸워야 할 적이라고 판단한 막당은 공격을 개시했다. 허공
으로 높게 치솟는가 싶더니 '파황제일권!' 이라 외치며 가장
가까이 있던 자에게 일권을 뻗는다. 매서운 일격이었지만 상
대도 녹록한 자가 아닌 데다가 주변 동료들이 가만히 구경만
하고 있지는 않았기에 실패로 돌아갔다. 하지만 막당은 곧
'만불천하(萬佛天下)' 라 외치더니, 파황제일권의 일격을 대신

막았던 두 동료를 한꺼번에 공격했다.

툭, 탁!

막당의 좌우수가 활대에 막히는 순간,

"파황제일권! 굉천암파왕처벌(轟天暗破王處罰)!"

뻐어억!

끝내 한 사내가 막당의 연계를 막지 못하고 가슴을 당했다. 이민협은 부하가 당한 것보다 더 불쾌한 것이 있었다.

"대체 뭐 하는 짓이오, 신룡대협! 무슨 수작이냔 말이오!"

"뭐가 말입니까?"

막당이 반문하면서도 다음 공세를 위해 허리를 비틀고 있었다. 이민협은 그것이 자신을 향한 공세임을 알고 눈살을 찌푸렸다. 당연히 질문을 이어갈 수 없었다. 막당이 외쳤다.

"지옥파탄공(地獄破綻功)!"

"이것 말이오!"

공세가 매서웠기에 이민협은 삼 보나 후퇴하여 상황을 모면한 뒤 외쳤다.

"왜… 왜 대체 무공명을……. 지금 저를 가르치고 계시는 거요, 아니면 저를 헷갈리게 하기 위한 심공(心功)이오?"

막당이 연계 공격을 펼치려다 말고 쭈뼛하게 선 채 울상을 지었다.

"자꾸들 부상어소라 하시고… 독상일주에 공작천 운운하시니까 이러지 않습니까? 앞으로도 이럴 겁니다!"

막당이 무슨 말을 하는지 알아들을 수 없었다. 이민협은 막당만큼이나 울상이 되고 말았다. 괴로웠다. 막당의 초월적인 생각을 감지할 수 없어서가 첫 번째 괴로움이고, 옆에서 막당의 흉내를 내어 몸을 움직일 때마다 '꿀꿀' 거리는 초구가 얄미웠던 것이 두 번째 괴로움이고, 지금 주변 정황이 점점 중경군에게 유리하게 돌아가고 있음을 느낀 것이 세 번째 괴로움이었다.

턱.

발이 느릿한 동작으로 내려서며 마른 가지들을 '우적' 소리 내어 밟았다. 동방인의 눈썹이 매섭게 꿈틀거리는 중이다. 금영진이라면 자신의 암검을 육안으로 확인할 수 없을 게 분명했다. 하지만 둘 사이를 막고 있는 나무들, 그리고 잔가지들의 움직임이 암검의 경로를 알려주고 있었다. 서로의 거리가 너무 멀었다. 금영진은 자신에게 날아들었던 두 개의 암검을 모두 피했다. 가지가 부러지고 땅에 머문 낙엽의 일부가 진공의 힘에 튀는 것만으로도 회피가 가능했던 것이다. 직접 몸을 날려 거리를 좁힌 뒤 단숨에 끝내고 싶었지만, 언덕 저편에서 들려오는 병장기 소리가 심상치 않았다. 아무리 적게 잡아도 백오십가량의 세력이 싸우는 소리가 아닌가. 천라궁 수부의 공격이 완벽하게 실패해야만 들릴 수 있는 소리다. 동방인은 금영진과 동방진양을 번갈아 보며 이를 갈았다.

“흥! 그래도 신성육장이랍시고 보일 재주는 있었나 보군.”

동방진양은 우권을 형에게 내밀며 경계의 보를 취했다.

“지금이라도 마음을 돌리십시오, 둘째 형님. 천외천의 수작이 강호에 먹힐 거라 여기시면 오산입니다. 아버님이 건재하시며 신성의 빛이 강호를 지키고 있습니다.”

“후후후후후.”

동방인은 자신의 왼쪽으로 돌아서는 동방진양에게 웃음을 던졌다. 이미 속셈을 간파당한 것이다. 둘을 내버려 두고 중경군의 본대와 싸우는 이들을 돕기 위해 자리를 떠날 참이었는데, 그 경로를 동방진양이 막고 있었다. 동방인은 때가 되었다고 판단했다. 아니, 중경의 정도맹군을 공격할 마음으로 편지를 쓰던 그날, 이미 때는 오고 말았다. 앞길을 막은 자를 방심시킬 목적, 그리고 때가 왔음을 알릴 목적을 날카로운 두 눈에 담은 동방인이 천천히 입을 열었다.

“그런 정의로운 말씀은 소주군과 어울리지 않습니다.”

“예?”

동방진양이 당황한 낯을 띠면서도 저 말이 수작이라 여겨 방심을 품지 않았다. 하지만 동방인의 다음 말은 세상을 하얗게 지워 버릴 만큼 충격적이었다.

“천외천의 독자(獨子)이자 통일 강호를 다스릴 유일한 분께서 어찌 저런 잡스러운 것들에게 정을 주십니까?”

“그, 그게 무슨!”

휘익!

매서운 광풍이 불었고, 동방인이 동방진양의 몸을 지나쳤다.

"후후후후후."

동방인의 웃음소리가 잔성으로 남아 언덕을 뒤흔들었다. 사방에 널린 나무들, 가지들이 일제히 동방인으로 변하여 웃음을 터뜨리는 것만 같다. 동방진양은 고개를 흔들며 자신의 정신을 추슬렀다.

"이런 멍청한. 저런 거짓말에 넘어가다니! 내가 이런 정신을 가지고도 정도맹주의 아들이라 할 수 있는가!"

동방진양은 급히 신형을 날려 동방인의 뒤를 쫓았다. 하지만 가슴이 두근거려 보법을 제대로 펼치기가 어려웠다.

"같이 가요!"

뒤에서 금영진의 고함 소리가 들린다. 귓불이 미처 버리지 못한 소리의 잔영이 금영진의 음성과 섞였다. 소주군. 천외천의 외동아들! 동방진양은 갑자기 발을 헛디뎠다. 자신을 부르는 금영진의 음성이 더 가깝게 들리고, 갑자기 오른쪽에서 인영이 드러난다. 깜짝 놀란 동방진양이 급히 고개를 돌렸다. 태목구가 어깨를 나란히 하고 달리다가 동방진양을 돌아보고 놀라 물었다.

"괜찮습니까? 안색이 좋지 않습니다."

"괘, 괜찮습니다."

동방진양은 얼굴을 붉히며 답했다. 정신이 산만해진 탓에 전속력으로 달렸으면서도 후배의 경공에 추월당하다니. 동방진양은 짐짓 귀를 털며 동방인의 목소리를 모두 버렸다. 비로소 땅을 차는 위세 속에 광풍이 깃들었다.

쿠와하!

태목구와 금영진은 폭풍을 등에 달고 달리는 동방진양의 등을 보며 중얼거렸다.

"같이 가자니까……."

"약올린 것 같은데요, 금 누님? 기다려 주다가 저렇게 달리시는 걸 보면."

"설마! 지금 죽은 사람만도 몇십 명인데 우리에게 장난을 치셨을까!"

"그렇다면… 왜 저렇게 빨리 달리셨을까요? 마치 도망치듯."

고개를 기울이던 태목구의 중얼거림이 끝을 맺는 순간이었다. 금영진과 태목구는 서로를 바라보며 입을 쩍 벌렸다. 고개를 돌리니 예상대로 백 명의 궁수들이 활을 겨눈 채 쫓아오고 있었다.

"달려!"

두 명의 신성은 빛이 무색할 정도로 쾌속을 발했다.

메마른 땅바닥이 깊게 파였다. 그 속에 감춰진 진흙이 동방진양의 발끝에 짓눌렸다.

투!

저편 나무가 피곤한 듯 가지 하나를 늘어뜨리고 있다.

터! 터! 투후!

가지가 미친놈처럼 앞으로 다가왔다. 빛살처럼 빠른 하얀 손, 푸른 소매가 가지를 내치자, '딱!' 소리를 내며 우측 어디론가 사라졌다. 발에 튀긴 흙덩이는 잠시 무릎께를 머물다 가랑이 사이를 쾌속으로 질주하며 모습을 감췄다. 하늘만 보여주던 언덕 끄트머리가 뒤에 감춘 구름, 그리고 지독한 빛을 조금씩 보였다.

콰사사사사!

모든 것들이 미친 듯 달려왔다. 땅의 문양들이 일직선을 그리며 갈 곳을 알렸고, 앞을 막은 나무는 매섭게 곡선을 그리며 길을 비켰다. 저 멀리서 나풀거리며 떨어지던 갈색 낙엽 하나가 '쐐액!' 하며 볼을 지나치고, 은빛 돌이, 멋모르고 떠들던 새가, 바람 없어 흐늘흐늘 졸고 있던 잡초가 일제히 곁을 스쳤다.

콰콰!

언덕 끄트머리에서 오랜 세월의 한 면으로 고요히 잠들던 바위가 현실에 들어서자 크게 노했다. 그림자 드리워진 곳에 눈이 서리고 이끼가 서린 그것은 밟고 뛰기 딱 좋은 경사면을 가지고 있었다. 하지만 동방진양은 저놈의 경사면으로 만족하지 않았다. 도약하기 좋은 태갈(苔碣)이 바위 측면의 움푹 파인 커다란 틈새를 채우고 있었는데 그놈이 마음에 들었다.

타!

동방진양이 태갈의 경사면을 밟자, 여기저기 달라붙었던 이끼들이 함께 하늘을 날았다. 담처럼 급격한 경사로 앞을 막았던 언덕 경계가 점차 낮아지고 그 뒤에 감춰진 세상이 천천히 모습을 드러냈다. 하늘이 넓어졌다. 수많은 나무가 박힌 땅이 보였다. 병장기를 부딪치며 싸우는 수많은 자들의 모습도 보였다. 저들의 광경이 한꺼번에 보일 만큼 높은 곳이어서 시야의 움직임이 극히 느렸다. 마치 스스로가 보이지 않는 계단이라도 밟고 내려서는 것처럼 세상 모든 흐름이 서서히 흘렀다. 그러나 바람만큼은 달랐다.

쐐에에에에에에!

동방진양은 귓불을 스치는 매서운 바람 소리를 느끼며 경사가 심한 땅에 추락했다. 저편에서 동방인의 뒷모습이 보였다. 이제 시야 속에 하늘이 보이지 않았다. 모든 세상이 땅이며 모든 정면이 나무와 흙과 싸움터였다. 더 많은 나무들이 앞길을 막았으나 스스로 비켜서듯 이리저리 곡선을 그리며 옆으로 지나갔다. 동방진양의 눈에 보이는 것은 오직 동방인의 등이었다.

"멈추십시오!"

동방진양은 동방인의 우수가 뒤로 당겨지는 것을 보고 대경하여 외쳤다. 하지만 동방인은 귀라도 먹은 듯 아무런 망설임도 없이 우장을 뻗었다. 이제 동방진양의 시야가 상대의 머리를 넘어서며 그 앞에 펼쳐진 격전장으로 향했다. 안력을 돋우니 달릴 때보다 더 빨리 온 세상이 몰려온다. 나무가 갈색빛이 되고, 나뭇가지는 아예 보이지도 않았다. 흙은 고동색의 화살 무리라도 되는 양 수많은 일직선의 무리가 되어 시야 구석으로 달렸다. 낙엽이 산산조각으로 부서진다. 보는 것만으로도 세월이 겹겹이 쌓여 있는 육중한 나무 하나가 '쿠콱!' 소리와 함께 반원의 흔적으로 파괴되고 있다. 보이지 않는 강맹한 기운은 검을 치켜드는 사내의 등을 향해 쾌속으로 날아가고 있었다.

짜아아앙!

"끄!"

왼쪽 등을 얻어맞는 순간, 사내의 등이 기형적으로 꺾였다. 그 순간에 이미 사내는 죽었고, 비명도 끝을 볼 수 없었다. 쓰러지는 사내의 등에서 동방인의 암검이 보였다. 강기를 심어놓은 암검의 위력은 이제까지 동방진양이 보아왔던 그 어떤 것보다 강했다. 여전히 달리고는 있었으나, 스스로가 왜 달리고 있는지 이해할 수 없었다. 가서 뭘 어쩐단 말인가! 보는 것만으로도 무력감이 느껴지는데 저 무공을 직접 상대하면 얼마나 큰 초라함을 느끼게 될까. 멀리서 흐느적거리던 낙엽하나가 화살처럼 날아와 입술을 후려친다. 그 감각에 깜짝 놀란 동방진양은 낙엽을 떨치는 입술 바람 속에 자신 속 두려움을 모두 날려 버렸다. 이길 수는 없겠으나 바꿀 수는 있다!

"하아아아아!"

촤차차착! 팡!

앞으로 내민 동방진양의 왼발 끝이 안쪽으로 강하게 비틀어졌다. 발날에 걸쳐진 땅이 크게 파이며 둔덕이라 할 만큼 많은 흙들이 치솟았다. 동방진양이 멈춰 섰을 때, 그 앞으로 무릎 높이까지 흙더미가 놓여질 정도였다. 심상찮은 기운이 뒤에서 몰려들자 동방인은 또 한 번 날리려던 암검을 회수하고 몸을 돌렸다. 언덕 위쪽에서 동방진양이 몸을 비틀고 있었다. 어깨 뒤로 감춰진 쌍수에게서 살기가 느껴졌다.

"저와 해볼 셈이십니까, 소주군."

동방인은 입가 끝을 말아 올렸다. 곧 동방진양이 쌍수를 힘껏 뻗었고, 검이 화살처럼 쏘아졌다.

쐐!

검신이 너무도 맑아 윗면은 하늘을 담고, 아랫면은 땅을 담는다. 그것들이 모두 검의 속도에 휘말려 바람의 형상으로 비추어졌다. 검을 던지자마자 동방진양이 신형을 날렸다. 동방인은 자신에게 날아드는 검에게서 수작이 숨겨져 있음을 알았다. 자신의 가슴을 노리고 일직선으로 날아들 형세였으나, 결코 그 경로를 따르지 않을 것이다. 예상대로 동방진양의 검은 동방인이 피하기에 좋은 방향을 선택하여 급작스레 비틀

어졌다. 동방인은 움직이지 않은 채 검날이 오른쪽으로 지나
가는 것을 허용했다.

콰칵! 탕! 씨이잉!

"음?"

동방인의 관자놀이에서 식은땀이 흘렀다. 소리가 이상하
다! 자신의 곁을 지나친 검이 어딘가에 부딪치며 또다시 방향
을 뒤튼 것이 분명했다. 적어도 자신의 주변 일 장 이내에서
벌어진 일이었다. 고개를 뒤틀어 검의 방향을 확인할 시간은
없었다. 동방인은 생각했다. 내가 달리면서 저편에 싸우는 놈
들을 향해 두 번째 암검을 쏘는 순간을 노렸구나. 그 순간만
큼은 주변 배경을 의식하지 못하고 있었을 테니까. 튕겨진 검
이 무엇에 부딪쳤을까. 그리고 어디로 날아들 것인가. 이번에
는 내 자리를 노릴까? 아니면 가장 여유가 많은 왼쪽으로 회
피할 지점을 노리는 걸까? 그걸 예측하고 정반대로 움직일 나
를 염두에 둔 공격은 아닐까? 동방인은 결정했다. 내 실력을
좀 더 보여줘야겠구나.

휘!

검날이 교묘한 수평을 그렸기 때문에 바람과 충돌하는 소
리는 거의 나지 않았다. 하지만 고목과 부딪치면서 탄력을 일
으켜 잠시 휘었던 검신이 바로 잡히는 소리만큼은 감출 수 없
었다. 동방인은 짧게 울리는 소리를 통하여 위치를 감 잡았
다. 동방인이 원하는 것은 검의 높이였다. 머리를 노릴 듯 날

아왔던 검이 지금은 가슴보다 낮은 위치에 있었다. 즉, 그것은 허리나 그 아래를 노리게 될 것이다. 동방인은 뒤를 향해 매섭게 손을 휘저었다. 손의 위치는 어깨의 위쪽이었으니 검에게 당할 리 없었다. 이제 남은 것은 동방인의 손이 쥐고 있던 검이 강기 분출을 통해 흉기의 위치와 형태를 알아내는 일이었다.

'여기다!'

동방인은 아직까지 남아 있던 동방진양의 검 주변 강기를 느꼈다. 강기가 부딪치자 '휘이!' 하며 바람 부대끼는 소리가 들렸다.

콰라라라랑!

동방인은 몸을 돌림과 동시에 검의 방향도 뒤틀면서 동생의 검을 완전히 제압했다. 검이 노렸던 지점은 동방인이 피하기 가장 좋은 방위였다. 하지만 그대로 서 있었다면 강기의 일부에 허리를 베였을 것이다. 우수로 동방진양의 검을 쥔 동방인은 조롱하듯 웃으며 몸을 돌렸다.

"소주군의 실력이 날로 늘고 있……."

말을 마칠 수 없었다. 상대방이 바란 것은 검 따위와 놀아나는 것이 아니었기 때문이다. 동방진양이 검을 지나치게 한 뒤 반탄으로 공세를 펼친 것은, 그저 동방인이 공격을 의식하여 제자리에 서게 하고 등을 보이게 만들기 위함이었다. 동방진양은 반 장 앞 허공에서 쌍장을 치켜든 채 추락하는 동생을 보고 눈을 부릅떴다.

"이런!"

콰콱! 콰!

동방인은 쌍검과 동생의 검을 버리고 쌍장을 내세웠다. 동방진양의 일격이 동방인의 도포자락 속에 가려졌다. '쾌해!' 하고 돌풍이 일었다. 공기가 물결이라도 되듯 동방인의 몸은 보이지 않는 파문을 일으키며 고요히 물러섰다. 마치 연못 위를 머물던 이파리를 잡기 위해 손을 뻗으니 물결이 슬그머니 그것을 치우는 듯한 모습이었다. 동방진양은 의미없이 허공을 부유하는 괴이한 기분을 느끼자마자 곧장 비탈길을 굴렀다.

콰두두! 칵!

두 바퀴를 구름과 동시에 급히 자세를 잡고 몸을 일으키니, 뒤에서 소름 끼치는 기운이 흐른다. 몸을 돌리는 순간, 동방인이 바로 앞에서 미소 짓는 게 보였다. 병장기가 부딪치는 소리, 비명 소리, 고함 소리들이 언덕에 세워진 나무들의 도움을 받아 사방에 울려 퍼졌다. 마치 그 소리를 즐기듯 동방진양의 앞에 있는 동방인은 눈을 감은 채 미소 지었다.

"앙탈을 부리시면 곤란합니다, 소주군. 이러시다 다치면 제가 곤란합니다."

"더 이상 저를 능욕하지 마십시오, 둘째 형님!"

동방진양은 화를 내며 우권을 털 듯 단타를 날렸다.

팍!

뭔가에 의해 우권이 튕겨진다. 튕겨진 힘을 이용하여 경로를 비틀었다. 우권은 또다시 단타로 상대의 허리를 노렸는데 동방인의 몸이 기울어지며 붉은 잔상을 일으키더니 피한다. 좌권과 우권, 심지어는 쌍각을 모두 사용하여 여러 번 단타를 날렸다. 하나하나의 공격이 육안으로 확인하기 어려울 정도로 빨랐다. 하지만 그 모두가 더 빠른 정체불명의 수작과 여유 가득한 느린 움직임으로 인해 파해되었다. 실력의 격차가 여실히 느껴졌기에, 공격을 가하면 가할수록 동방진양의 얼굴에서 핏기가 사라져 갔다.

"계속하실 마음이 있으십니까?"

승기를 잡았다고 생각했는지 동방인이 싸늘한 목소리를 던졌다. 공경의 자(字)를 사용했으나, 어투는 꾸짖을 때의 둘째 형님과 같았다. 덕분에 동방진양은 정신을 차렸다. 자신이 동방세가의 사람임을 의식한 것이다. 지금 중경군을 공격하는 자들 중에는 천외천의 부하가 아닌 동방세가의 인물도 있을 것이다. 그렇다면 내가 지금 명령을 내려도 들으리라! 동방진양의 다리에 힘이 들어갔다.

팍!

동방진양은 매섭게 땅을 박차 도약하여 동방인과 거리를 벌렸다. 뒤를 향해 도약하는 인영에게서 우렁찬 외침이 터져 나왔다.

“동방진양이 명령한다! 정도맹 본대는 당장 싸움을 중지해라!”

캉! 창! “크악!” “하아아!”

“중지해라! 중지하란 말이다!”

여러 번 외쳤으나 상황은 변하지 않았다. 땅에 착지했을 때, 동방진양의 등에는 식은땀이 가득 배여 있었다. 믿어지지 않았다. 다른 자들도 아닌 천라궁수부와 철신팔십호(鐵身八十號)까지 자신의 명령을 무시하고 있다. 저들 중에는 개인적 친분을 다진 이도 있는데, 그 모두가 천외천의 세력이었단 말인가!

“소주군.”

동방인의 목소리가 들렸다. 조용하고 차분한 목소리였다. 그것이 더 불쾌하여 동방진양은 격하게 반발했다.

“그렇게 부르지 말란 말입니다!”

“이 싸움에 개입하지 마십시오, 소주군.”

“어림없는 소리입니다! 내가 목숨을 잃는 한이 있어도 이 싸움은 중지되어야 합니다! 신성육장의 뜻이 거슬린다면 아버님을 설득하십시오! 이렇게 피로써 뜻을 보이는 건 죄 없는 문파를 학살했던 그때의 만행과 다를 게 없습니다! 아버님께서 말씀하지 않으셨습니까! 다시는 그때 같은 일이 없을 것이라고!”

“관계없습니다, 소주군. 애초에 저들이 그런 짓을 하지 않았더라도 똑같은 결과가 나왔을 겁니다. 단지 청성산에서 일을 벌이느냐, 여기서 일을 벌이느냐의 차이일 뿐이지요.”

“하!”

동방진양은 기가 차서 웃음을 뱉었다.

“처음부터 중경의 정도맹 지부를 몰살시킬 계획이었다? 그런 것입니까, 둘째 형님?”

“후후후. 그렇습니다, 소주군.”

드디어 동방진양의 두 눈에 친형을 향한 살기가 담겨졌다. 동방진양은 핏발 서린 눈으로 형을 쏘아보며 이를 갈았다.

“또 한 번 소주군이라 부른다면 예상치 못한 대가를 치르게 될 겁니다, 둘째 형님. 그것을 제가 이루지 못하더라도 아버님을 통해 반드시 이루어질 겁니다.”

“후후후후후. 대화가 필요하겠군요. 후후.”

동방인은 동생의 살기를 무시하듯 뒷짐을 지더니 천천히 발을 내밀었다. 동방진양을 향해 다가가는 걸음걸이가 너무도 가벼워 아침 산책을 하는 듯 느껴졌다. 몇 걸음 걷기도 전에 동방인이 잠깐 걸음을 멈췄는데, 그 이유는 뒤쪽에서 들리는 발소리 때문이었다. 금영진과 태목구가 달려오는 소리다. 동방인은 더 이상 여유를 부리지 않고 동생에게 비밀을 털어놓았다.

“소주군께서 말씀하시는 아버님… 무량검 동방량은 소주군의 아버지도, 그리고 제 아버지도 아닙니다. 특히 제게는 아무런 관련도 없는 늙은이에 불과하지요."

"으익!"

"주먹을 펴십시오, 소주군. 아직 얘기가 끝나지 않았습니다."

"더 이상은 들을……!"

"무량검 동방량을 아버지라 부르지 마십시오. 오히려 동방량이 소주군에게 숙부님이라 불러야 옳습니다."

"끕!"

천 근 구름을 실은 벼락이 뒤통수에 떨어지는 기분이었다. 동방진양은 분노를 싣고 내밀려던 주먹조차 떨구며 비틀거렸다. '웅웅' 거리는 바람의 아우성 속에서 동방인의 다음 말이 가까스로 들렸다. 하지만 너무도 큰 비밀이 담겨진 말인지라 바람의 아우성이 스스로 입을 다물었다.

"아셨습니까, 소주군? 소주군의 아버님이자, 저의 주군이신 천외천은 절대검존(絶對劍尊) 동방성입니다."

무릎에 힘이 빠졌다. 동방진양은 자신도 모르게 무너지듯 주저앉으며 비탈길을 반 장 가까이 미끄러졌다. 천외천이 자신의 증조부 동방성이라고? 자신의 증조부로 알던 분이 사실은 아버지라고? 혈무력 원년에 검을 들어 천하를 백 년 전쟁에 빠뜨린 존재가 아직까지 살아 있다고? 모든 세상이 뒤집히는 듯하여 속이 울렁거렸다. 거짓말이다! 거짓말이야! 동방진양은 둘째 형님의 세 치 혀가 뱉어내는 거짓말이 불쾌하여 우

장에 살기를 담았다. 하지만 기가 온전히 모이지 않아 역효과
가 났다. 동방진양은 급격하게 굳어버린 우수를 부여잡고 인
상을 찌푸렸다. 그사이에 동방인은 가볍게 땅을 박차며 격전
장으로 신형을 날렸다.

"대협!"

금영진과 태목구가 땅을 박차며 동방진양의 곁에 섰다. 황
망한 얼굴로 허공을 바라보는 모습이 심상치 않다고 여긴 듯
했다.

"괜찮으세요?"

금영진의 걱정 담긴 음성이 귀를 데우자 비로소 정신이 돌
아왔다. 동방진양은 도둑질을 하다 들킨 사람처럼 서둘러 고
개를 끄덕거렸다. 안심한 태목구가 말했다. 지금은 괜찮을 때
가 아니라는 논지였다.

"어서 가야 합니다! 저희들 뒤쪽에!"

쐐액! 팍!

화살 하나가 금영진의 몸에서 열 촌쯤 떨어진 허공을 가로
질렀다. 그것이 동방진양의 정신을 바로잡는 데 큰 도움이 되
었다. 언덕 너머에서 모습을 드러낸 자들이 다섯 발의 화살을
더 쏘았는데, 그 살기가 눈물이 날 정도로 반가웠다. 역시 거
짓말이다! 내가 천외천의 아들이라면 그 부하들이 화살을 쏠
리가 없지 않은가! 동방진양은 매섭게 땅을 박차며 화살들을
향해 신형을 날렸다.

"귀면신장께서 후군을 불러오십시오! 금 여협은 중군을 도
와……."

"알았어요!"

서로의 소통이 빠르게 이루어졌다. 동방진양이 홀로 육십
명의 천라궁수부들을 향했으나 금영진과 태목구는 가차없이
자신들의 갈 길로 달렸다. 누가 누굴 걱정할 상황이 아니다.
삼십 명의 선두군은 이제 아홉만 살아남았으며 그나마도 두
명은 전투 불능이다. 그리고 금영진의 정면에 동방인을 포함
하여 백오십 명이 넘는 무리가 팔십 명의 중경군과 격전을 벌
이고 있었다. 가장 필요한 것은 물품 수송과 방어, 그리고 지
원을 위해 가장 많은 수가 모여 있는 구십 명의 후군이었다.
이들이 빨리 전투에 참여하여 지금의 상황을 반전시켜야만
했다.

"너희들까지 천외천의 부하들이란 말이지."

동방진양은 흔들던 두 손을 천천히 들어올리며 옷깃을 쥐
었다. 화살을 겨눈 채로 달려오는 자들이 동방진양을 알아봤
으나 시위를 내리지 않는다. 하지만 쏘지도 않았다. 그것이
더욱 불쾌하여 옷깃을 쥔 두 손에 힘이 들어갔다. 쏴라. 어서
쏘아라. 동방진양은 두 팔을 힘껏 펼쳤다. 너희들은 내 적이
다. 쏴라!

쏴아아아아!

옷이 좌우로 찢어지며 동방진양의 상체 속살을 모두 드러

냈다. 마치 몸속에 용의 몸뚱이를 구겨서 숨겨놓은 듯했다. 팽팽한 근육마다 두툼한 실핏줄이 꿈틀거렸고, 그 전체가 바위처럼 단단해 보인다. 동방진양은 놈들을 향해 성큼성큼 걸으며 외쳤다.

"쏘아라, 이놈들아!"

꽈아!

비탈 아래서 도약했건만, 그 정점에 이른 자를 향해 고개를 들어야 했다. 천라궁수부들은 더 이상 망설이지 않고 치켜들었던 시위를 놓았다.

쐐쐐쐐!

수십 개의 철화살이 바람 위에 올라타며 동방진양의 몸뚱이로 날아들었다.

그때 한보는 막당의 멱살을 쥐고 있었다. 싸울 때 무공명을 외치는 바보가 어디 있냐며 몇 번이나 윽박을 질렀지만, 막당은 듣지 않았다. 고집스럽게 악다문 막당의 입술이 너무도 단호하게 느껴져서 한보의 두 눈에 이슬이 맺힐 지경이다. 막당은 이민협을 초구에게 맡긴 채 주변의 천라궁수부와 철신팔십호를 상대하던 중이었다. 물론 그 상대를 선택하는 것은 한보의 몫이었다. 막당은 한보가 지정하는 상대만을 선택하여 달려들었다. 그 덕에 적들은 막당의 주먹보다 한보의 손가락이 더 미웠다.

“아무튼 그 얘기는 나중에 다시 하자. 그게 얼마나 멍청한 짓인지 알게 되면 넌 부끄러워서 장강에 들어가 나오지 못할 거야.”

“그래도 할 거야.”

“내가 미쳐.”

한보는 막당의 멱살을 놓는 대신 자신의 가슴을 치며 한탄했다. 한보가 이렇게 여유를 부릴 수 있었던 이유는 악책이 지휘하는 중경군이 눈에 띄게 승기를 잡아서였다. 강호에 이름 높은 천라궁수부와 철신대가 한낱 지부에 불과한 중경의 정도맹군에게 맞상대에서 밀리고 있는 것이다. 중경군이 훈련을 하루도 게을리하지 않은 탓도 있었지만, 그보다는 지휘관의 역량 탓이 컸다. 적들의 지휘관 이민협은 아직도 초구를 상대하느라 고전 중이었고, 악책은 주변을 살피며 쉴 새 없이 명령을 내리는 여유를 부렸다. 그 덕에 서로가 비슷한 인원이었음에도 불구하고, 정작 전투는 중경군이 서너 배 많은 인원으로 싸우는 듯한 효과를 불러왔다. 악책이 전술적으로 적들의 효율을 떨어뜨려 뭘 해야 할지 몰라서 방황하는 이들을 만들기도 했고, 아군이 쉽게 협공할 수 있는 배치로 조작하기도 했던 것이다. 한보는 악책에게 눈짓을 보내어 자신의 다음 역할을 물었다. 악책이 잠시 고민하더니 길게 내쉬는 한숨과 함께 명령했다.

“너희 둘 다 금 매에게 가봐라! 이곳은 내가 마무리 지을 수 있겠구나!"

"아차!"

그제야 한보가 금영진과 태목구를 떠올리곤 급히 고개를 끄덕였다. 막 몸을 돌려 선두군이 있을 산비탈 너머에 마음을 두었을 때 누군가 보였다. 상대를 확인한 한보의 얼굴은 차갑게 굳었다.

"후후후후후. 제법이다, 애송이들!"

동방인은 우렁찬 목소리로 악책의 군을 칭찬했다. 하지만 그 음성 속에 담겨진 살기가 너무 독하여 소름 끼칠 정도였다.

"쌍검선생! 당신의 속내를 알 수 없어 이제는 대접도 못해 드리겠소."

악책이 차갑게 외쳤다. 그 외침의 뒤를 이어서 악책의 입에 비명이 터져 나왔다.

"으아악! 제기랄!"

악책의 뒤쪽에 있던 무사 한 명이 동방인의 암검에 당하여 핏물에 절인 고깃덩이로 변해 있었다. 악책이 동방인의 허리를 보고 있지 않았다면 자신이 고깃덩이가 되어 있었을 것이다. 동방인은 암검을 피한 악책에게 경탄하면서도 또다시 허리춤으로 손을 가져갔다. 하지만 경계하는 악책의 눈을 보고는 쓸데없는 짓이라 여겼는지 두 팔을 펼쳤다.

저벅.

동방인은 두 팔을 느릿하게 펼쳤던 동작에 어울리게 천천히 걷기 시작했다. 동방인이 말했다.

"비상각 악책. 신성육장의 이름을 빌어 기고만장할 때, 곧 이 꼴이 되리라는 것은 짐작했겠지. 너무 애석하게 생각할 필요는 없다."

"애석?"

악책은 웃었다. 그리고 한보와 막당에게 한 번씩 시선을 주었다. 자신보다는 한보와 막당이 동방인과 가까운 거리에 있었기 때문이다. 주의하라는 뜻이기도 했지만, 상황에 따라서는 공격을 펼치라는 의미이기도 했다. 그렇게 눈알을 한 번 굴리는 짧은 시간이 악책에게는 큰 실수였다.

'아차!'

동방인에게 시선을 고정했을 때, 악책은 후회했다. 느긋하게 걸어오던 동방인의 쌍수가 아까처럼 허리춤에 닿아 있었기 때문이다.

'암검이다!'

악책은 생각과 함께 몸을 뒤틀었다. 느끼고 움직이면 끝이다. 동방인의 암검에게 약점이 있다면 너무도 정확하다는 것이었다. 악책은 온 힘을 다하여 자리를 벗어났고, 그와 동시에 뒤쪽에 있던 나뭇가지가 '콰카!' 하는 격한 소리를 냈다.

"네놈은 극락화보다 한 술 더 뜨는군. 후후후후후! 이렇게 가까운 거리에서 피하다니!"

슈하!

말과 함께 바람 소리가 들렸다. 이번에는 명검(明劍)이었
다. 동방인의 우수가 절반도 채 휘두르지 않았는데, 날카로운
살기가 주변 일 장 반경을 동그랗게 후려쳤다. 그 순간까지
한보와 막당은 아무런 방해도 못했다. 한보는 명검조차 인식
하지 못했고, 막당은 명검을 느끼고서야 깜짝 놀라며 신형을
날린 것이 전부였다.

"크아학!"

악책은 두 번째 공격을 피할 수 없었다. 암검을 피하기 위
해 몸을 뒤트는 순간 다섯 치가량 허공으로 몸을 띄운 상태였
는데, 그때 날아든 공격이었기 때문이다. 후끈한 통증이 팔뚝
을 지나 옆구리까지 몰아쳤다. 고통보다 더 큰 충격이 악책을
괴롭혔다. 자신은 지금 동방인의 검에 베인 것이 아니었다.

쿵!

악책은 바닥에 무릎을 꿇으면서 낮게 신음했다.

"검기(劍氣)!"

주변 반경 일 장을 베어버리는 검기라니! 악책이 내기(內
氣)의 반탄으로 견뎌내지 못했다면 팔이 잘렸을 것이다. 그래
도 베인 것이나 다름없었다. 악책의 팔뚝과 옆구리의 신경이
검기를 감당하지 못하고 파열된 상태였기 때문이다.

"점점 신성육장이 마음에 든다. 네놈은 온전한 몸으로 시
신이 되겠구나."

동방인은 웃음 섞인 음성으로 중얼거렸다. 조롱하는 것이 분명했으나 화를 내기 어려웠다. 시간이 지날수록 팔과 옆구리의 통증이 더 심해지고 있었다. 이미 동방인은 쌍검을 머리 위로 치켜올리며 악책의 가슴과 머리를 베려는 중이었다.

혹!

낮은 바람 소리. 그와 같은 살기. 피해야 한다는 전신의 외침. 악책은 고통 속 어딘가에 감춰진 감각의 목소리를 듣고 움직이려 했다. 하지만 몸이 말을 듣지 않았다. 가장 통증이 심할 때였던가. 악책의 눈이 절로 감겼다.

후아악!

악책의 가슴과 머리로 휘두르던 쌍검이 급히 방향을 틀었다.

쾌! 홰! 화!

세 개의 바람 소리가 각각 동방인의 주변을 휘감으며 매서운 폭풍을 일으켰다.

"무성신법!"

동방인의 눈에 제일 먼저 들어온 자는 막당이었다. 그리고 제일 먼저 사라진 자도 막당이었다. 가슴이 철렁 내려앉을 지경이었다. 지금 이곳에 있는 자들 중에 내 시야에서 순식간에 사라질 만큼 뛰어난 무공을 지닌 자가 있다고? 이놈은 누구냐! 그리고…….

"이 돼지는 뭐냐!"

꿰에!

또 하나의 검으로 후려쳤던 정체불명의 공격자는 돼지였다. 분명 좌수의 검으로 몸통을 베었다고 생각했는데, 놈이 검면을 따라 회류하여 뒷다리의 허벅지 부위만 살짝 베였다. 초구는 비명을 지르며 날아든 방향 그대로 계속 달려갔다. 상상도 못할 통증에 겁먹고 도망치는 게 분명했다.

"후후후, 저놈이 초구로군."

동방인은 초구의 꽁무니를 보며 미소 지었다. 초구가 동방세가를 쏘다닐 때, 동방인은 그곳에 없었다. 소문은 익히 들었기에 관심을 갖고 싶었으나 이제는 그럴 필요가 없었다. 초구의 허벅지를 벤 검에는 삼 보만 걸어도 절명한다는 극독이 묻어 있었으니까. 남은 관심은 막당이었다. 막당이 갑작스레 시야에서 사라지며 검을 피했던 건, 놈이 예상외로 빨랐다기보다 피하는 경로가 일반적이지 않아서였다. 달려들던 자가 갑자기 바닥에 엎드린 채 그 속도를 유지한다면, 그 모습을 처음 보는 사람은 누구라도 '사라졌다' 라고 느꼈을 것이다.

"거기냐!"

동방인은 악책을 무시한 채 막당을 찾아 검을 휘둘렀다. 이번에도 매서운 검기가 막당의 허리를 노려 날아갔다. 그때 막당은 뱀의 동세로 동방인의 좌측면을 달리던 중이었는데, 검기가 날아들자 게처럼 옆으로 기어서 피했다.

콰콰콰콱!

땅이 검기에 파이며 호선의 자국을 남겼다. 동방인의 눈살이 절로 찌푸려졌다. 뱀처럼 엎드려 달리는 것도 신기했는데, 몸의 방향도 비틀지 않고 직각으로 경로를 바꿔 달리다니! 동방인은 이 혼전 상태의 전장 속에서 가장 뛰어난 무공을 지닌 자가 막당임을 확신했다.

두두! 두두둑!

막당은 게처럼 옆으로 기어 달리다가 나무등걸에 발을 걸치더니 머리를 아래로 한 채 거꾸로 등걸을 기어올라 갔다. 나무 끄트머리까지 올라갈 듯 매섭게 등목하던 막당은 급작스레 신형을 멈추고 두 다리로 등걸을 끌어안았다. 그리고는 거꾸로 자세를 유지한 채 상반신만 반쯤 들어서 동방인에게 대치했다. 이미 동방인은 막당을 향해서 검기를 날리던 중이었다.

콰싸!

"파천쌍익붕!"

쿠투트트트!

동방인의 검기가 나무를 베었다. 그 괴상한 자세에서 허벅지의 탄력만으로 허공에 날아간 막당은 자신이 외쳤던 무공명만큼이나 화려하게 비상했다. 나무가 쓰러지고 막당의 그림자가 하늘을 덮고 동방인의 검이 파천(破天)할 듯 허공을 베었다. '씨이' 하는 소리와 함께 막당이 날아갈 곳으로 위협적인 살기가 선을 그렸다. 막당이 정말로 날개를 달고 있는

‘붕(鵬)’이 아닌 이상, 동방인의 검기를 향해 그대로 날아가서 악책과 같은 꼴을 당할 상황이었다.

푸덕! 푸더덕!

“괴물이군!”

동방인은 경악하며 외쳤다. 막당이 정말 새라도 된 것처럼 두 팔과 다리를 파닥거리더니 검기가 지나갈 때까지 속도를 늦췄던 것이다. 보기에는 정말로 꼴불견이었으나, 결과만큼은 동방인을 감탄하게 만들었다. 저 꼴이 된 상태에서 세 번째 공격까지 피할 수 있으려나 시험하고 싶었지만, 그보다 자신을 노리는 존재를 상대하는 것이 우선이었다. 누군가가 뒤에서 위협적으로 달려오고 있다! 동방인은 빠르게 고개를 돌린 뒤 검을 휘두르려다가 경악했다.

“어떻게!”

쾌핵! 쐐!

초구였다. 초구가 시뻘겋게 충혈된 눈에 거품을 문 입으로 득달같이 지나갔다. 속도를 감당하지 못하고 삼 장 넘게 더 달리던 초구가 앞에 있던 나무를 아예 ‘쿵!’ 하고 들이받아서 멈춘다. 그러더니 다시 몸을 돌려 앞발로 땅을 차기 시작했다. 허벅지의 통증만큼이나 화가 난 것 같았다. 동방인은 저 모습을 믿을 수 없어서 주변을 살폈다. 어디 저놈과 닮은 또 한 마리의 돼지가 죽어 있지는 않을까?

“신물이라더니… 만독불침(萬毒不侵)이란 말인가!”

검을 쥔 쌍수에 힘이 들어갔다. 이제는 놀리듯 싸울 때가 아니었다. 이제까지의 동방인은 방심 상태였고, 저들은 그 태도를 아낌없이 비판하는 중이다. 게다가 왼쪽에서 느껴지는 또 다른 살기는? 동방인은 자신도 모르게 '으극!' 하고 이를 갈았다.

"막 아우, 잘했어!"

금영진이 탄성을 지르며 공작 날개를 펼쳤다. 극락화! 동방인으로서도 소문만 들었지 극락화의 모습을 직접 본 적은 없었다. 팔기금문의 여섯 신병 중에서 네 개를 전수받고, 두 개는 복제품을 가지고 있는 금영진이다. 동방인을 향해 달려오면서 금영진은 그 모두를 조립했다. 검, 도, 창, 봉, 금도(金刀)가 금영진의 등 뒤에서 공작 날개처럼 펼쳐져 있었고, 편곤(鞭棍)은 두 손에 들려진 상태였다. 여섯 병기 모두가 금빛인지라 별호 그대로 극락에서 핀 꽃처럼 보였다.

"하!"

촤라라락!

금영진은 동방인의 예상을 처음부터 뒤집었다. 원거리 공격을 위해 창을 쓸 것인지, 봉을 쓸 것인지, 아니면 관운장의 청룡언월도(靑龍偃月刀)를 연상시키는 금도를 쓸 것인지 고민했던 동방인은 여섯 병기 모두가 한꺼번에 휘둘러지자 신음성을 터뜨리고 말았다.

"흠! 이것이 팔기금문의 극락화로군!"

치랑. 창. 스라항!

손이 무기를 다루는 것이 아니라 무기가 무기를 다루고 있었다. 마치 육수신장(六手神將)이 손마다 무기를 들고 공격하는 듯하여 급작스레 대처하기가 난감할 지경이다. 동방인은 금영진의 무기들이 서로 부딪치는 소리가 명인의 악기 연주곡 같다 여겼다. 천상의 음악일까. 쇠로 만들어진 저 무기들의 공명음은 바람 소리를 감추고 있어서 소리를 통해 날아드는 경로를 예측하지 못하게 만들었다. 하지만 열 번의 공세를 막고 나니 허점들이 보이기 시작했다. 동방인은 웃었다.

"후후후, 견식 잘했다."

콰학!

매서운 바람 소리와 함께 동방인의 쌍검이 금영진의 좌우 허리를 노렸다. 결코 있을 수 없는 허점이라 여긴 만큼, 금영진으로서는 피할 겨를이 없었다. 자신은 공세를 통해 방어세까지 취하는 입장이었다. 이 다양하고 끝없는 공세 속에서 허점을 찾아내어 반격할 수 있다면, 그것이 곧 금영진의 죽음이었다.

퍽!

"으흑?"

금영진의 허리를 베기 직전에 동방인은 일 보 후퇴했다. 자신의 혈의에서 세찬 먼지가 일었다. 먼지 무리가 흩어지자 한 사내가 자신을 바라보며 미소 짓는 게 보였다.

“이제야 제대로 인사하여 죄송합니다, 쌍검선생.”

“비상각……. 그 몸으로 이런 각력을 보일 수 있다
니…….”

악책의 창백한 얼굴 속에 담겨진 저것은 미소가 아니라 결
의였다. 동방인은 싸움이 쉽지 않다 여기고 이를 악물었다.
이미 막당과 초구가 달려드는 중이며, 한 여인이 쌍철권에 불
을 담고 뛰어온다. 아직 위협적이지는 않을 거리지만, 또 하
나의 낯선 살기도 자신을 노리는 게 분명했다. 발을 구르는
악책, 괴이한 신법의 막당, 만독불침의 신물 돼지, 극락화를
연주하는 금영진, 불의 날개를 펼친 한보, 귀신처럼 눈을 부
릅뜨고 달려오는 중인 태목구. 이 모두를 상대해도 충분히 이
길 것이라고 확신했던 동방인은 그것이 자만심에 불과했음을
확실하게 깨달았다. 이 상황에서 동방진양까지 가세한다면
그것은 자신에게 있어서 필패(必敗)였다.

“흥!”

콰!

다리를 노리는 악책의 공격을 회피하기 위해 치솟는다.

쨍!

금영진의 절곤에 얽힌 금도와 철봉이 쌍검에 가로막힌다.
그 탄력을 이용하여 좀 더 높이 치솟는다.

쾌핵!

고개를 숙인다. 머리 위로 돼지가 스쳐 지나가며 억울해 미

치겠다는 듯 '꽤꽥!' 소리를 낸다.

"파천쌍익붕!"

후아앙!

막당의 일권이 아슬아슬하게 다리를 건드리지 못한다. 이미 이 장 가까이 도약한 상태이니 누구라도 자신을 건드릴 수 없을 것이다. 동방인은 우수의 검을 허리에 채우며 재빨리 나뭇가지를 잡았다. 그리고 매서운 발차기로 등걸을 튕기면서 더 높게 솟구쳤다. 마침 지나치던 곳 아래에서 불꽃의 여인이 뭔가를 던진다. 좌수의 검을 휘둘러 베었는데, '띠항!' 소리가 나며 손이 저렸다. 그 감각에 등골이 오싹하여 착지가 제대로 이루어지지 않았다. 왼쪽 발목을 삐었지만 동방인은 내색하지 않고 달리기 시작했다.

"후후후후후, 잊혀지지 않을 기분이로군. 잠시 후 너희들 시체와 마주하면 그 배에 내 기분을 적어두지. 후후후."

동방인이 낮게 중얼거렸다. 어찌 되었든 자신이 나타난 덕에 주변의 상황은 역전되고 있었다. 초구에게서 벗어난 이민협이 정신을 차리고 무리를 수습한 것도 있지만, 동방인의 등장으로 인해 중경군의 사기가 크게 떨어진 상태다. 악책은 저들이 진형을 갖추는 것을 보고 퇴각할 때가 되었다 여겼다. 하지만 고함을 지를 여력이 없을 정도로 몸이 괴로웠다.

"그, 금 매!"

간신히 외쳤을 때, 금영진이 악책의 곁에 붙었다. 굳이 묻지 않아도 악책이 무엇을 원하는지 짐작한 금영진은 부하들에게 고함쳤다.

"퇴각! 천천히! 엄폐 지대를 잘 이용해서 물러선다!"

너무 거리를 두는 것도 문제였다. 적들 속에는 천라궁수부가 있기 때문이다. 금영진은 악책의 창백한 얼굴을 보면서도 퇴각에 대한 자세한 지시를 듣고 싶을 지경이었다. 그때 마침 언덕 아래쪽에서 마지막 신성육장의 고함 소리가 들렸다.

"준비!"

"녹 오라버니!"

금영진이 언덕 아래쪽을 보고 환성을 질렀다. 도망은 안 갔군. 그것만으로도 감격해 주려던 참인데, 후군을 모두 이끌고 와서 언덕 위를 향해 시위를 겨누라는 명령을 내리고 있는 것이다. 후군은 물자를 지키거나 수송하는 임무를 맡은 비전투 인원이 더 많았다. 하지만 중경군의 전투에 참여하는 이들은 병을 치료하는 의료 대원마저 훈련을 받아왔다. 게다가 후군이 수송하는 물건들은 동방인의 정도맹군을 지원하기 위한 무기와 식량이 아닌가.

"제기랄!"

아래쪽을 확인한 동방인은 이를 악물었다. 실패. 동방인은 비로소 자신이 실패에 이르렀음을 깨달은 것이다. 천산의 녹 상문을 칠 때도, 정의신검의 상관문을 무너뜨릴 때도, 구천대제 혈혼객을 배출했던 만천신장 우양호의 세력을 무너뜨릴 때마저도 겪지 못했던 실패의 순간이 지금이다. 뭐라고 이름조차 댈 수 없는 이따위 잡스러운 존재들에게 천하의 동방인이 실패하고 있는 것이다! 동방인은 외쳤다.

"퇴각하는 놈들을 쫓지 말고 서쪽 언덕으로 이동해!"

발악하듯 날카로운 외침이었다. 화가 나서 입술이 부들부들 떨렸다. 자신이 데리고 있던 서쪽의 천라궁수부들은 뭘 하고 있단 말인가! 아무리 늑장을 부렸어도, 지금쯤이면 신성육장의 뒤쪽 언덕에서 모습을 보였어야 하는 게 정상이다. 서쪽 언덕의 꼭대기에서는 분명 천라궁수부들이 누군가를 향해 시위를 당기는 게 보인다. 하지만 그 앞쪽에 살짝 솟은 또 하나의 언덕이 가린 곳에서 무슨 일이 벌어지고 있는지, 아무도 두 번째 둔덕에 모습을 드러내지 않았다. 기가 막혔다. 정도맹 중경 지부. 어린것들이 호기에 뭉친 것에 불과한 신성육장 따위! 천라궁수부와 철신팔십호를 데리고 해치우는 것도 창피하다 여겼던 자신이 아닌가! 저들이 철신팔십호와 천라궁수부를 상대로 하여 크게 밀리지 않는 이유는 무공 수위의 문제가 아니라 훈련의 문제임이 분명했다. 저들은 중경의 휴전기 속에서도 전투 훈련을 쉬지 않은 것이다.

"일단 내가……."

동방인은 신음 소리 비슷하게 혼잣말을 뱉었다.

"이곳을 빨리 벗어나 지원을 받아야겠다."

무위와 전투는 작은 영향을 미칠 수는 있겠으나, 전세를 좌

우할 수 없었다. 그것이 좌우될 수 있는 경우라면 신성육장이
나 동방인 자신, 또는 동방진양만큼의 뚜렷한 차이가 있어야
만 했다. 난전이라는 혼잡한 상황에서 도움이 되는 것은 약간
이나마 뛰어난 무위가 아니라, 전투에 대한 훈련과 경험이 더
크다. 동방인은 기가 막혔다. 결국은 자신의 탓이 아닌가! 동
방세가의 어느 누구보다 뛰어난 지략을 가지고 있다고 자부
했는데, 그 자부심이 지금의 패인이 되어버린 것이다. 중경군
의 선봉과 중군에게 한 치의 오차도 없이 화살 공세를 펼쳤다
면 이런 결과는 나오지 않았으리라. 어중간한 힘의 균형이 오
히려 문제가 되리라 여겨서 중군 공격을 맡은 천라궁수부의
구성원을 초입자에게 맡긴 것이 결정적인 패인이었다. 만약
선봉군 삼십 명을 맡은 자가 초입자고, 중군 공격을 숙련자가
맡았다면 공격 시기가 보다 적절했으리라. 동방인은 중군 공
격을 맡은 천라궁수부의 지휘관 이민협이 만약 살아서 천외
천의 요새를 찾아온다면 자신의 손으로 죽이겠다고 마음먹었
다.

　쾅!

　동방인은 분노와 수치가 만들던 생각 속에서 벗어났다. 연
기가 가리고 있는 서쪽 언덕에서 엄청난 폭음이 들렸기 때문
이다. 흙더미가 솟구치는 것도 희미하게나마 보였다. 여전히
서쪽의 천라궁수부는 모습을 드러내지 않았다. 동방인은 뒤
늦게 그곳에 남아 있을 자를 떠올렸다. 동방인의 가슴이 두근

거렸다. 설마 동방진양이 그 많은 수를 상대하여 아직까지 버
티고 있단 말인가! 그렇다면 곤란하다!

"빌어먹을!"

예상과 다른 결과가 나올 수 있다. 자신이 직접 천라궁수부
의 숙련자들을 이끌고 선봉군을 노렸던 이유 중 제일 큰 것이
바로 동방진양의 안전 때문이었다. 숙련자들은 오랜 경험을
통해 동방세가의 자식들을 해쳐서는 안된다는 것을 잘 알고
있었다. 동방진양이 홀로 막는다면, 부상만 입히고 명줄을 끊
는 일은 하지 않을 게 분명했다. 하지만 동방진양이 백 명의
움직임을 봉쇄할 정도로 필사적인 지랄을 해버린다면 얘기가
달랐다. 저들은 어쩔 수 없었다는 변명을 가슴에 안고 마음껏
살심 담은 화살을 쏘아버릴 것이다. 철신팔십호나 천라궁수
부 모두가 죽어도, 아니, 어쩌면 동방인 스스로가 목숨을 잃
어도 동방진양만큼은 죽어서는 안 된다. 후퇴를 생각하고 동
쪽 언덕을 향해 달렸던 동방인은 급히 몸을 돌려 서쪽으로 달
려갔다. 연기, 아우성과 비명, 그리고 신성육장의 모습! 그 모
든 것의 뒤에 놓인 언덕 하나가 불길한 기운을 끊임없이 뿜었
다.

"앗! 그분이 또 오십니다!"

"나쁜 놈이니까 그분이라고 하지 마!"

"나쁜 놈이 지나가셨습니다!"

"막거나 잡았어야지! 쫓아가!"

　동방인은 막당과 금영진의 대화를 뒤로하고 매섭게 땅을 박찼다. 언덕이 눈앞이다. 당장 도약하여 저 언덕 뒤에서 무슨 일이 벌어지는지 확인하고만 싶었다. 하지만 가슴이 두근거리고 뒤쪽 신성육장의 추격이 신경 쓰여 도약할 수 없었다. 그저 두 발에 한껏 공력을 실어서 있는 힘껏 땅을 박차는 것이 고작이었다.

　“으. 후후후.”

　둔덕을 넘어서며 작은 평지나 다름없는 지역에 들어섰을 때, 동방인은 신음성 담겨진 웃음소리를 흘렸다. 본인의 의도와 관계없이 저절로 튀어나온 웃음소리였다.

　“기다리고 있었습니다, 둘째 형님.”

　동방진양이 고개조차 돌리지 않고 말했다.

33장

천외천과의 만남

천외천과의 만남

마치 동방인의 혈의처럼 붉게 물든 동방진양의 상체가 눈부실 정도였다. 그저 등을 보인 채 서 있는 모습일 뿐이었으나, 동방인은 눈앞에 있는 자의 뒷모습을 통해 주군의 모습을 보았다. 바닥은 풀과 땅 대신 천라궁수부의 몸뚱이와 활, 화살이 뒤덮었고, 동방진양의 너머에는 칠십 명가량의 천라궁수부들이 창백한 얼굴로 주춤거리는 중이었다. 동방인은 아랫입술을 물었다. 부끄러웠다. 무공의 수위만큼은 자신이 훨씬 위다. 그런데 자신은 신성육장 따위에게 밀려 도망을 쳤고, 동방진양은 백 명을 홀로 상대하여 삼십 명을 바닥에 눕힌 것으로도 모자라 나머지 칠십 명을 두려움에 떨게 만드는 중이다. 동방진양의 뒷모습은 마치 태산 하나를 세워놓은 것만 같았다. 드디어 태산의 신(神)이 고개를 뒤로 돌렸다.

"제가 누구의 아들이건 상관없습니다. 태어나 뜻을 얻은 것이 아니라 살면서 뜻을 찾은 것이니까요."

"후후후후. 역시⋯⋯."

동방인은 쓰게 웃으며 우수를 치켜들었다. 이제는 어쩔 수가 없었다. 동방진양을 제압하지 않으면 지금 열심히 이곳으로 달려오는 패퇴자들이 저들 칠십 명과 합류해도 별 도움이 되지 않을 것이다. 손가락을 몇 번 까닥여서 물러나라고 지시한 동방인은 좌수에 쥔 검을 앞으로 내밀었다. 동방진양이 완전히 몸을 돌린다. 순간, 동방인이 숨을 뱉으려다 급히 들이켰다. 어깨와 옆구리, 그리고 가슴 한가운데에 화살이 박혀 있었다. 저런 부상을 입고 서 있다는 것 자체가 기이했으니, 비로소 칠십 명의 얼굴에 담겨진 두려움이 이해되었다.

"꺄악!"

동방인의 뒤에서 금영진이 비명을 질렀다. 마침 올라온 막당도 깜짝 놀라며 겁도 없이 동방인을 지나쳤다. 동방인은 신성육장과의 싸움을 다시 떠올리곤 속으로 탄식했다. 오늘은 무엇이든 내 뜻대로 할 수 있는 게 없구나. 이제 동방인이 취할 것은 결정되어 있었다.

"퇴각해라!"

퇴각해라. 퇴각해라. 동방인의 내력이 담긴 음성이 비탈을 뒤덮었다. 어디로 퇴각해야 할지 결정할 사람은 무리들의 부관이었다. 각자가 사람들을 피해 달리기 시작했다. 우습게도 서쪽을 향해 달렸던 백여 명의 정도맹군과 동방진양과 마주했던 칠십 명의 궁수부들은 그 사이에 있는 신성육장과 동방진양을 피하는 경로를 택했다. 그러한 움직임 덕에 동방인 홀로 포위되는 결과가 나왔다.

"대체!"

금영진이 유리한 상황을 놓치지 않고 동방인을 다그쳤다.

"아무리 우리가 중경에 머물지 못하도록 박대했어도, 이렇게 패악한 짓으로 보복하다니! 당신이 그러고도 정도맹의 무인이라 할 수 있겠습니까!"

동방인은 아무 답도 하지 않았다. 그저 차가운 눈빛으로 동방진양만을 응시할 뿐이었다. 이들이 살아서 돌아가는 순간부터 자신은 더 이상 동방세가의 자식으로 활동할 수 없을 것이다. 성급했다. 당연히 중경군과 신성육장을 전멸시키리라 여겼는데 패전이라니. 이제 동방진양의 입을 통해 이들 모두가 자신의 정체를 알게 되겠지. 동방인은 경고의 눈빛을 지우지 않은 채 두 다리에 공력을 불어넣었다. 삔 발목에서 통증이 느껴지니 그것이 실패를 꾸지람하는 친부의 목소리처럼 여겨졌다.

툭! 투!

일순 모두가 눈을 치켜뜨며 고개를 들었다. 무릎조차 굽히지 않은 채 공력만으로 치솟는 모습을 구천대제 아닌 다른 자에게서 볼 줄은 꿈에도 몰랐기 때문이다. 동방인은 반 장가량 치솟은 상태에서 빠르게 몸을 휘돌렸다. 순간, 동방진양이 외쳤다.

"피해!"

암검이었다. 모두가 급작스런 살기를 피하여 몸을 날렸고, 그로 인해 벌어진 틈새로 혈선이 그려졌다. 핏빛 옷자락을 펄럭거리며 달려가는 동방인에게 누구 하나 쫓을 생각을 하지 않았다. 애초에 신성육장은 동방세가의 둘째를 죽일 생각이라고는 눈곱만치도 없었기 때문이다. 하지만 동방진양은 달랐다. 지금 당장 동방인을 제압하여 세가의 심판을 받게 만들어야 한다는 욕구에 사로잡혔던 것이다. 동방진양이 동방인의 뒤를 쫓지 않은 것은 몸의 부상이 심각해서였다. 동방인의 뒷모습이 멀어지자 악책이 말했다.

"서둘러 돌아갑시다. 대협의 몸에 박힌 화살부터 처리하지 않으면 큰 낭패를 볼 것입니다."

"저보다 악 대협이……."

동방진양은 힘겹게 말했다. 악책이 쓰게 웃으며 조심스레 몸을 기울이고 있다. 동방진양은 악책의 목소리를 통해 부상의 심각성을 짐작하고 있었다. 분명 어딘가의 혈맥이 끊긴 상태다. 지금 저 사람은 온전한 정신으로 서 있는 것조차 기적일 것이다. 뒤늦게 한보와 막당이 악책의 부상 여부를 살폈고, 금영진은 동방진양의 화살로 손을 내밀었다.

훅. 직! 퍽!

내심 흠모하던 이의 가슴 속살에 손을 붙일 때도 금영진은 얼굴색 하나 변하지 않았다. 하지만 철살을 뽑을 때 살이 찢기고 피가 튀니 눈물이 맺히는 것을 참지 못했다.

"쌍검선생은 너무 잔인해요! 어떻게 친아우에게 이런……."

"제 친형이……."

동방진양이 가슴을 메우던 음모를 뱉으려 할 때였다.

"으아아아악!"

갑작스레 들려오는 비명에 모두가 깜짝 놀라 고개를 돌렸다. 언덕 아래가 나무들에 가려 제대로 보이지 않았다.

"후군이 공격을 받고 있나 봐요!"

금영진은 한 팔로 동방진양의 어깨를 부여잡은 채 어쩔 줄 몰라 했다. 그러자 태목구가 금영진의 손을 떨치며 동방진양을 부축했다.

"미안합니다, 금 누님. 제가 저곳에 가야 했는데 이쪽 상황도 심상치 않은지라 동방 대협의 명령을 따르지 못했습니다. 어서 가십시오."

금영진은 고개를 한 번 끄덕이고는 급히 신형을 날렸다. 그보다 먼저 막당이 악책을 들쳐 업고 달리고 있었다. 한보의 눈짓으로 악책을 업었다가 비명 소리를 듣고 곧장 달려간 것이다. 줄을 이어 달렸는데, 악책을 업고 있는 막당의 속도를 금영진과 한보가 감히 따르지 못했다. 신법만큼은 막당이 절대적이었다.

"녹 형님이 위험합니다!"

막당이 달리면서 울먹인다.

"괜찮을 거야, 용 아우."

악책이 힘겨운 목소리로 진정시킨다. 악책은 막당의 마음이 고마우면서도 한편으로는 걱정되었다. 용 아우는 모두에게 정을 두는구나. 녹 형님을 걱정하여 달리면서도 부상자인 나를 업고 있음을 알고 흔들림없이 달린다. 이렇게 의로운 배려를 하는 이가 강호를 다스리게 된다면 얼마나 좋을까. 악책은 잠이 올 듯 쾌적한 환경에 기막혀 하며 한숨을 뱉었다.

"쏴라! 쏴!"

녹지현이 외쳤다. 전투의 함성을 듣고 이곳으로 와야 한다며 자신을 닦달했던 자들이 원망스러워 더 크게 소리쳤다. 언덕의 난전 속에 뛰어들 엄두를 내지 못하여 활을 들게 한 것까지는 좋았는데, 또 다른 적이 길에서 나타날 줄이야. 녹지현은 피분수가 솟는 곳을 뒤로한 채 미친 듯 도주하며 계속 외쳤다. 쏴라! 쏴라! 가진 화살을 모두 퍼부어라! 녹지현의 외침에 울먹임이 깃들어 있었다. 대체 어떤 놈인가! 무슨 일이 벌어지고 있기에 저렇게 하늘 높이 피가 솟구칠 수 있단 말인가! 녹지현의 고함 소리가 점점 더 약해지고 있었다.

"어서 쏘라고."

적이 누구든 괴물일 것이다. 그놈이 지금 누굴 제일 먼저 죽이려 할까. 바로 명령을 내리는 존재이리라. 녹지현은 끝내 입술을 봉인했다. 그저 비명 소리와 살 찢기는 소리를 뒤로한 채 필사적으로 달음질할 뿐이었다.

쓰와! 하! 웅웅웅웅웅!

중경군 모두가 살아생전 이보다 더 큰 공포를 느껴본 적이 없었다. 손에 쥐어진 활과 검이 소용없다. 한 번도 게을리 한 적 없었던 전투 훈련조차 도움이 되지 못했다. 그저 보는 것만으로도 혼백을 뗄군 것 같은 기분이다. 어린아이들이 아무 데나 돌팔매질을 하는 것처럼 불규칙한 사방의 공간으로 피와 살이 튀고 있었다. 어쩌란 말인가! 자신들을 향해 죽음을 요구하는 저것은 사람이 아닌데.

"모두 퇴각!"

뒤에서 들려온 악책의 고함 소리 덕에 모두가 정신을 차렸다. 그제야 중경군은 신성육장의 맏형을 원망하기 시작했다. 활을 쏘라고? 적이 인간이 아닌데 어떻게 활을 쏘라는 명령을 내릴 수 있는 거지? 당신은 놈을 보기라도 한 거냐, 아니면 적을 확인조차 하지 않고 그저 공격 명령을 내린 거냐. 지금 같은 상황에서는 퇴각 명령을 내리는 게 당연하다고! 원망은 오래 가지 않으리라. 생명이 오래 가지 않을 테니까.

우우웅! 쓰와!

“세상에…….”

악책은 고통으로 인해 혼절하려던 참이었다. 하지만 저 앞에 보이는 광경이 혼절을 용납하지 않았다. 저게 뭐야! 속으로 수십 번을 외쳤지만 입술 밖으로 튀어나오지는 못했다. 그저 퇴각 명령을 내린 것만으로도 최선을 다했다고 봐야 한다. 그리고 저 앞의 믿을 수 없는 광경을 향해 두 눈을 부릅뜬 것만도 칭찬받아 마땅할 의지력이었다.

쏴!

세 명이 한꺼번에 허리가 잘렸다. 솟구친 상체가 떨어지기도 전에 검이 일곱 번 호선을 그리며 세 구의 상체를 모두 난도질했다. 그 모습을 본 막당이 여전히 악책을 업은 채 물었다.

“싸울 사람이 보이지 않습니다, 악 형님.”

“싸우다니.”

악책이 신음하듯 속삭였다.

“꿈에도 그런 생각 말아라, 용 아우. 저건 이기어검술(以氣馭劍術)이야.”

“그게 뭔지 모릅니다.”

“무서운 거다, 용 아우. 우리도 어서 도망… 아! 저기 녹 형님이…….”

그때까지 막당은 악책을 업은 채로 정체불명의 적을 향해 달려가고 있었다. 하지만 악책의 말과 저 앞에서 벌어지는 기이한 일에 두려움을 느끼고 속도를 줄이던 참이다. 대충 봐도 백여 명이 난도질을 당하여 죽은 상태였다. 게다가 허공을 제멋대로 돌아다니는 검이 눈에 보이는 유일한 적이었다. 상대하고 싶어도 상대할 수 없는 묘한 상황인지라 겁이 났고, 게다가 자신은 지금 홀몸이 아니다. 막당은 악책의 말대로 저 검에게서 거리를 두는 게 좋은 방법이라 여겼다. 하지만 길을 벗어나 둔덕으로 달려가고 있는 녹지현이 신경 쓰였다. 전투가 벌어진 둔덕이 아닌 그 반대쪽의 둔덕이어서 몸을 가릴 나무도 없었다. 적이 마음만 먹으면 언제든 날아가서 숨통을 끊어버릴 수 있을 만큼 훤히 보이는 곳으로 도망을 가다니! 막당은 녹지현이 불안하여 어쩔 줄을 모르다가 힘껏 고함쳤다.

"녹 형님!"

순간, 녹지현이 고개를 돌리더니 눈물 가득한 얼굴을 보인다.

"아우야! 아우들아! 나 좀 살려줘!"

녹지현은 막당이 있는 곳으로 방향을 바꿨다. 순간, 중경군을 난도질하던 검도 생명이 있는 것처럼 움찔하더니 방향을 뒤틀었다. 녹지현을 노리고 날아드는 것이 분명하다. 막당이 깜짝 놀라며 외쳤다.

"큰일입니다! 저 검이……."

"으… 으……. 나를 내려놓고 녹 형님을 도와라!"

악책이 고함쳤다. 막당이 내려놓았을 때 악책의 얼굴은 붉게 달아올라 있었다. 말을 머문 것이다. 이기어검의 위세 속에 막당을 보내기 두려워, 녹지현을 버릴까 고민했던 이유다. 악책은 저 멀리 달려가는 막당의 뒷모습을 보며 자신의 두 무릎을 쥐었다. 옆구리와 팔이 끊어질 듯 고통스러웠으나 악책은 끝내 몸을 일으켰다.

"쿨럭!"

울혈을 견디지 못하여 턱이 피로 덮였다. 악책은 비틀거리면서도 한 걸음 앞으로 내디뎠다. 막당과 녹지현이 있는 방향으로.

"녹 형님! 위험합니다!"

"내가 더 잘 안다! 그러니 살려줘, 이놈아!"

녹지현은 팔다리를 휘저으며 막당을 향해 미친 듯 달렸다. 뒤에서 소름 끼치는 바람 소리가 들리고 있다. 당장 온몸이 조각조각 잘릴 듯하여 소름이 끼쳤다. 대체 흉수가 누구냐! 뒤에서 어떤 놈이 달려오기에 이렇게 빠른 바람 소리가 들리는 거냐!

쓰와악!

검이 가로로 거대한 호선을 그리기 시작했다. 호선의 중심에 녹지현의 몸뚱이가 있었다. 광풍이 살기를 담고 녹지현의 어깨와 가슴을 한꺼번에 자르려는 순간,

까항!

막당이 쌍지를 곧게 편 채 우수를 치켜들고 있었다. 밑에서

부터 검면을 올려친 막당은 경직된 자세로 침묵하다가 급작스레 피를 토했다. 녹지현이 그 위세에 놀라 앞으로 고꾸라지더니 급히 몸을 돌려 상황을 보았다. 허공에서 비틀거리던 검이 날카로운 끄트머리를 막당에게 겨누며 침묵하고 있다. 비로소 녹지현은 비명을 질렀다.

"이기어검술이었냐!"

검에 관해서는 강호의 절대자라는 동방량조차 이루지 못한 경지였다. 이기어검술은 그저 강호 귀퉁이를 떠도는 시정잡배 같은 이들의 입에서만 오르내리는 허상의 무공이 아니었던가. 이론만 가득하고 실제로는 그 누구도 이룰 수 없다는 경지가 눈앞에서 펼쳐지고 있다니. 몇십 년 전에 이기어검술을 펼치는 자가 한 명 있었다. 알고 보니 그자도 은사를 이용하여 검을 놀렸던 것으로 밝혀졌고, 그것도 싸울 때 사용한 게 아니라 남에게 구경시켜 돈을 버는 수작으로 사용했다. 녹지현은 지금의 이기어검술도 그런 잡기술이기를 바랐다. 하지만 검을 올려친 막당이 내상을 감당하지 못하고 피를 토하는 꼴을 보니, 저것은 진짜 이기어검술임이 분명했다.

"아하하하! 놀랍습니다. 제 검이 갈 길을 비틀다니. 이게 얼마만의 일입니까. 젊은 대협께서 대단하십니다."

녹지현과 막당은 약속이라도 한 듯 하늘로 고개를 들었다. 정말 하늘 어디에선가 목소리가 들린 것 같았다. 곧 적의 위치를 알아낼 수 있었다. 중경군의 수많은 시체가 놓여진 곳에서 청의청년이 걸어오는 게 보였다.

"으으으……."

"이런, 살았군요. 허리를 노렸던 분이신데 다리만 잘리셨네요."

천외천은 자신이 걷던 길에서 신음하는 자를 내려다보았다. 손가락을 꿈틀거리며 괴로워하는 자에게 천외천이 걸음의 방향을 틀었다.

"제게 밟혔으니 일평생의 홍복이 될 것입니다."

우즈즈즈!

"끄아아아아아!"

천외천은 상대의 등을 밟고 지나갔는데 밟힌 지점을 중심으로 사람의 몸이 크게 꺾였다. 처음 발을 디딘 등까지 땅속에 박힐 정도의 위력이었다. 죽는 자의 비명 소리와 그 모습이 너무도 끔찍하여 녹지현은 오줌을 싸고 말았다. 반면 막당은 천외천에게서 눈을 돌려 검을 노려보고 있었다. 천외천이야 어찌 되었든 지금 자신이 두려워하는 건 허공에서 '싱싱' 거리는 검이었다. 검이 두려웠다. 혼신을 다하여 공격하지 않았다면 녹 형님의 몸이 반으로 잘렸을 것이다. 막당은 마른침을 삼켰다. 검을 막았을 때 입은 내상이 괴로워서 당장이라도 주저앉아 울고 싶었다. 하지만 검은 여전히 허공에 있었으니 주저앉을 때가 아니다.

"귀하의 존성대명을 알고 싶습니다."

"으아엑!"

막당이 깜짝 놀라며 한 발 물러섰다. 분명 천외천은 십 장 저편의 길을 걷고 있었는데, 어느새 둔덕 위에 있는 막당 앞에서 얼굴을 내밀고 있다. 천외천이 손을 치켜들자 허공에 머물던 검이 빠른 속도로 날아들었다. 그리고 천외천의 손에 쥐어졌다.

"이제……."

천외천은 주변을 둘러보며 중얼거렸다.

"하나, 둘… 음. 여섯 명만 죽이면 되겠군요."

비틀거리며 걸어오던 악책이 어깨를 움찔거렸다. 여섯 명? 악책은 막당과 녹지현에게 신경을 집중하느라 현재 상황이 어떻게 되는지를 제대로 살피지 못하고 있던 터였다. 비로소 주변을 둘러본 악책은 입을 쩍 벌린 채 '꺽꺽' 소리를 냈다.

전멸.

이백 명의 중경군이 모두 전멸했다. 처음에 가장 큰 피해를 입었던 선봉의 여덟 명만 살아 있는 것이 아닐까? 그렇게 생각하며 악책은 혀를 챘다. 정신없는 혼전 속에서도 끝내 살아남은 이들이 고작 한 명에게 전멸이라니. 이 기가 막힌 상황을 어떻게 설명할 수 있단 말인가.

휘이익!

갑자기 천외천의 곁으로 두 명의 노인이 날아들었다. 노인이 달려온 방향 때문에 악책은 마른침을 삼켰다. 천외천이 낮은 목소리로 물었다.

"결과?"

노인 중 좌측의 인물이 고개를 숙이며 말했다.

"부상자까지 모두 처리했습니다."

역시 선봉군의 생존자도 죽음을 당한 듯했다.

"그럼 이제 나머지를 처리할 시간이군. 그리고……."

천외천은 천천히 고개를 들었다. 이쪽으로 달려오는 사람들을 무시한 채 나무가 가리고 있는 그 위의 언덕을 응시한다.

"만나서 얘기할 때를 잡아야겠지."

천외천의 시선이 다시 막당에게로 향했다.

"대답 못하십니까? 귀하의 존성대명은?"

"저… 말입니까?"

막당이 우장으로 턱의 피를 훔치며 되물었다. 천외천이 고개를 끄덕이자 막당은 대답하려다 말고 크게 심호흡부터 했다. 내상이 괴로워 목소리가 제대로 나오지 않았다. 막당은 몇 번의 심호흡을 마친 뒤에야 자신을 소개했다.

"저는… 신룡대협 막당입니다."

천외천이 나직하게 뇌까렸다.

"그렇군요. 역시 용이 아니고서야 내 검을 막을 수 있을 리 없지. 드디어 첫 번째 용을 뵙게 되어 반갑습니다."

막당이 잠시 고민하다가 말했다.

“녹 형님을 살려주십시오.”

“용 아우⋯⋯.”

뒤에서 비틀거리며 다가오던 악책이 좌절하듯 중얼거렸다. 악책은 때마침 뒤에서 들려오는 발소리에 놀라 고개를 돌리더니 있는 힘껏 팔을 휘저으며 두 여인에게 고함쳤다.

“이, 이쪽으로 오지 말아라!”

십 장 거리 안으로 접근하던 한보와 금영진이 급히 멈췄다. 무슨 일이냐고 묻기 전에 악책이 피를 토하며 고함쳤다.

“쿠러억! 가! 도망가라고! 이자가 천외천일 거야! 어서 피해!”

“이런, 들켰군요. 하지만 소용없지요.”

천외천의 느긋한 목소리가 들리고.

쐐핵!

검이 바람을 가르는 소리가 들렸다. 악책은 창백한 얼굴로 급히 고개를 돌렸다. 놈의 검은 막당이 아닌 녹지현에게로 날아들던 중이었다.

“파황제일권!”

퍼억!

막당의 우권이 적중했다. 천외천이 감탄하며 눈을 찌푸렸다.

“내 출수의 길을 알고 있었습니까?”

애초에 천외천은 막당을 노릴 듯 검을 휘둘렀다. 그 수작의 뒤를 이어 녹지현을 베려던 것이다. 그런데 막당은 자신에게 검이 날아오려던 그 순간부터 몸을 돌려서 녹지현에게로 일권을 날렸다. 천외천의 검이 아무리 빠르더라도 출수 전부터 막당이 미리 권을 날렸으니 성공할 리가 없다. 막당은 녹지현을 주먹으로 쳐서 검로 밖으로 보냈을 때, 천외천의 검에 의해 등을 당했다. 살짝 스치는 정도의 부상이었지만 검에서 흐르는 내기가 막당의 속을 뒤집었다. 막당은 내상이 가중되어 피를 토했다.

"쿨럭! 크흭."

막당이 손바닥에 고인 피를 보며 울기 시작했다. 천외천은 날카로운 눈으로 막당을 쏘아보며 물었다. 이것은 우연이 아니다.

"앞일을 보십니까?"

"히이잉."

막당의 울음소리와 녹지현의 비명 소리가 섞였다. 녹지현은 짐짓 둔덕을 구르면서 끊임없이 '어이쿠어이쿠' 하고 비명을 질렀다.

"녹 형님… 도망가십시오."

막당이 가래 끓는 목소리로 중얼거렸다. 마침 녹지현은 구르던 동작을 중단하고 몸을 세워 도망치는 중이었다. 녹지현이 막 악책의 곁을 지나 달릴 때, 천외천이 중얼거렸다.

"가장 골치 아픈 분이 싸울 생각도 않고 그저 도망가는 분이지요. 그래서 꼭 그런 분을 먼저 죽입니다."

"사, 살려주세요!"

도주하는 녹지현의 바지 색이 좀 더 짙어졌다. 또 싼 것이다. 천외천의 손을 떠난 검이 녹지현의 등을 노리며 매섭게 날아갔다.

"녹 형님!"

악책이 처절하게 고함쳤다. 은빛 검이 살을 뚫고 지나갔다. 녹지현은 바닥에 나동그라지며 끊임없이 비명을 지르다가 자신의 몸이 멀쩡함을 알고 '어?' 하며 고개를 돌렸다.

"계… 속… 뛰십시오."

악책이 녹지현을 향해 미소 짓고 있었다. 등에서부터 하복부를 뚫고 지나온 검신이 녹지현의 발 아래로 피를 뚝뚝 흘린다. 악책은 자신의 배 앞으로 튀어나온 검신을 두 손으로 부여잡은 채 이 악문 소리를 냈다.

"어석… 뛰십식, 녹… 혁… 닉."

악책은 무릎을 꿇었다.

스즈즉.

악책의 손바닥을 베며 검날이 뒤로 빠져나가니 뚫린 배에서 피가 튄다. 녹지현은 입술을 떨며 엉덩이를 열심히 뒤로 밀었다. 최대한 멀어지고 싶었는데 몸이 굳어서 말을 듣지 않았다. 허공에서 다시 자세를 잡은 검이 재차 녹지현을 노리고 날아들었다.

쐐액!

"안 됩니다!"

이번에는 막당이 검을 향해 신형을 날렸다. 순간, 천외천의 눈매가 일그러졌다.

"그 꼴로 달리신다고요?"

쫘하항!

"끕, 끄으으으학!"

탕타타항!

피를 토하며 달리는 소년은 끝내 천외천의 검을 공격했다. 천외천은 찌푸린 눈매로 막당의 뒷모습을 주시했다. 저럴 수가 있는가? 삼 갑자(三甲子)의 근본이 담겨진 내력을 두 번이나 감당한 어린 소년이 아직까지 죽지 않았다는 것도 놀랍다. 그런데 뛰다니! 게다가 또 한 번 자신의 검과 마주하다니! 천외천은 스스로도 모르게 중얼거렸다.

"운문(運門)."

캉!

막당의 우권이 천외천의 검면을 올려치는 순간, 공기의 진동이 보였다. 마치 하늘이 강인 양 검 주변의 공기가 파문(波紋)을 일으키며 막당의 우권을 휘감았다. 우권, 아니, 오른팔 전체가 파문에 휩쓸린다. 백 년의 뙤약볕에 쪼개진 논바닥처럼 막당의 살에 균열이 일었다. 소매가 회오리치며 찢겨 나간다. 옷 속에 담겨졌던 철근들이 종잇장처럼 구겨지며 천라궁수부의 화살처럼 사방으로 튀었다.

콰타타타타!

그래도 막당은 주먹을 쉬지 않았다. 눈물과 핏물이 옷자락과 철근 조각 속을 헤집고 바람을 탔다. 막당이 주먹으로 검면을 칠 때마다 '구엑. 구엑' 하며 헛구역질을 한다. 녹지현은 겁에 질린 눈으로 막당을 응시했다. 검은 허공에 머물며 막당의 주먹을 받아들였다. '어디 죽을 때까지 쳐봐라' 하는 비웃음이 검에게서 흐르는 듯했다.

"푸, 풉!"

막당의 코와 입뿐 아니라 귀에서도 피가 흐르기 시작했다. 그 모습이 절에 세운 십이지천황을 보는 듯하여 녹지현은 메뚜기 날개처럼 전신을 떨었다.

"캐액! 노… 형… 니! 캐악!"

막당의 눈이 점점 커진다. 몸속을 휘젓는 천외천의 내력이 점점 더 강해지는 게 분명했다. 눈알이 빠져나오고 있었다! 눈꺼풀 바깥으로 절반 넘게 눈알이 빠져나오고 있었는데, 막당은 그래도 검을 향해 권을 날렸다. 녹지현이 외쳤다.

"그만 해라, 이놈아아!"

악책도 녹지현과 같이 외쳤다. 다만 내상을 입은 하복부의 고통 때문에 입 밖으로 소리가 나오지 않았다.

타타탕! 타타타타!

놀랍게도 막당의 손은 더욱 거센 위세를 보였다. 검에 닿을 때마다 그것에 실린 천외천의 내력이 공세를 펼치고 있었다. 검을 세게 후려치면 후려칠수록 명경처럼 맑은 빛의 검신은 살의가 가득 담겨진 내력으로 막당의 속을 뒤집었다. 검끝은 여전히 녹지현을 노려보고 있었지만, 검의 차가운 마음은 막당을 노리는 것이 분명했다. 움직이지 않는다. 막당의 주먹을 피해 녹지현의 가슴을 노려 그대로 날아갈 수도 있었건만, 검은 그리하지 않았다. 소년의 권을 받아들이며 하룻강아지의 어리석음을 조롱하고 있었다.

타타타타타타타!

"그만 하라니까!"

녹지현이 울며 외쳤다. 그때 막당이 말했다.

"제가… 좀 더… 빨리……."

타타타타타탕!

검신을 치는 막당에게, 바깥으로 튀어나오기 직전인 막당의 눈에 녹지현은 존재하지 않았다. 막당은 악책의 몸을 뚫고 나오는 검신을 보았고, 혈화 속에서 어떤 여인의 몸을 뚫었던 검신을 보았다. 좀 더 빨리 달렸으면 볼 수 없었을 것들이다. 이제 막당의 다리가 손에게 그 임무를 맡겼다. 빨라야 했다. 이 검이 녹지현에게 차마 달려갈 수 없을 정도로 빨리 주먹을 날려야 한다! 막당은 쉬지 않았다. 벼락이 전신을 수십 번 때렸건만, 막당의 주먹은 점점 더 빨라졌다.

"무모한 용이로군요. 하지만 그 무모함 덕에 운문이 열렸으니 감사드립니다."

천외천이 비릿하게 웃으며 우수를 내밀었다. 검에 담겨진 내기가 흩어지던 터라, 좀 더 강한 내력을 심어주려는 행동이었다.

깡!

일순, 천외천의 우수가 흔들렸다.

파아학!

동시에 막당의 오른쪽 눈알이 신경 줄을 달고 튀어나왔다. 여전히 막당의 주먹은 검신을 향해 날아가는 중이었고, 그 속도는 처음보다 몇 배는 더 빨라진 상태였다. 녹지현이 파리한 얼굴로 막당의 눈알을 응시했다. 춤사위의 절정에 달한 사자머리처럼 흔들리는 저것이 신경 줄에 매달린 막당의 눈알임을 알게 되니 녹지현은 반쯤 넋이 나가 버렸다. 녹지현은 떨리는 입술을 열었다.

"그만… 때려라. 이놈아, 그만 때려."

파파파파!

"그만 때리라고! 내가! 내가!"

녹지현은 바지의 축축한 감각조차 느끼지 못할 정도로 빠르게 몸을 일으켰다. 땅을 질질 끌었던 엉덩이에 온통 흙이 묻어 있었다. 녹지현은 부끄러움조차 잊은 채 외쳤다.

"내가! 내가! 최대한 빨리 도망가마! 그만 때려라!"

힘껏 외친 녹지현은 곧장 몸을 돌려 달리기 시작했다. 저 앞에 한보와 금영진과 태목구가 오는 것이 보였으나 아랑곳 않고 달렸다. 오히려 저들을 지나칠 듯 더욱 속도를 높였다.

깡! 캉!

천외천은 우수를, 그리고 입술을 떨고 있었다. 저절로 이가 갈렸다.

"운문이⋯⋯."

카카카카캉!

"운명의 문이 열려?"

절반도 담아두지 않은 공력이었지만, 삼 갑자(三甲子)의 근본을 가진 자가 내력을 실어놓은 검이다. 그것을 이십 세도 못 된 어린 소년이 제압하고 있었다. 검신이 눈에 띄게 휘어졌고, 명경처럼 맑았던 표면에 균열이 일었다. 그리고 천외천은 보았다. 자신이 검에 담아놓았던 내기가 흩어지면서 시간(時間)을 찢는 것을.

쩌어어형!

"⋯⋯."

막당의 권이 하늘 끝까지 솟았다. 권 앞에 검이 없었다. 천외천의 검이 충격을 감당하지 못하고 일곱 조각으로 부서진 것이다. 그 순간 운명의 문도 닫혔지만, 천외천은 그것이 보여줬던 놀라운 모습을 똑똑히 보았다. 천외천은 두 눈에 담았던 경악을 지우고 큰 소리로 웃었다.

"하하하하! 내가 살해당한다고? 하늘도 어지간히 나를 두려워했군. 저따위 시시한 운명을 걸어놓다니. 덕분에 저 소년 대협께서 진짜 용이라는 것만큼은 확실히 알았……."

천외천의 입술은 말끝을 맺지 못하고 굳게 다물어졌다. 잠시 침묵하던 천외천이 느릿하게 고개를 돌려 뒤를 돌아봤다.

"귀향공이시군요."

온몸이 땀으로 흠뻑 젖은 노인 하나가 어깨를 들썩이면서 천외천의 곁을 지나갔다. 서로의 몸이 스칠 때, 둘의 눈이 매섭게 빛났다. 하지만 둘 다 서로를 향해 출수하지 않았다. 귀향공은 천외천에게 등을 보인 채 가던 길을 계속 걸어서 막당에게 이르렀다. 막당이 여전히 허공을 향하여 권을 교차하는 중이었다.

턱!

휘익!

일순, 귀향공과 천외천은 급하게 숨을 들이켰다. 귀향공은 분명히 막당의 혈을 짚어 전신의 운용뿐 아니라 말을 하는 것조차 불가능하게 만들었다. 그리고 막당은 혈을 당한 채 허공으로 우권을 날렸다. 직접 혈을 점한 사람이 본인이었으니, 점혈에 실수가 있었는지 아닌지는 귀향공 스스로가 제일 잘 안다. 귀향공은 자신의 점혈에 실수가 없었음을 확신했기에 창백한 얼굴이 되어 있었다. 또한 천외천도 귀향공의 점혈에 문제가 없었음을 확신하며 긴장하는 중이었다. 천외천이 신음했다.

“그 용이 낙랑처럼 강정체라는 소문은 들었습니다. 하지만 직접 보니 강정체 정도의 문제가 아니군요. 점혈 자체가 통하지 않다니.”

“혈혈. 내 점혈은 세대 차이가 있어서 좀 느리거든.”

“목소리가 불안정합니다. 거짓말을 하는 분들의 목소리에 그런 기교가 담겨져 있지요.”

“자네가 천외천이라는 말을 들었네. 아무리 천외천이라 해도 이기어검술이라니. 그 정도라면 내가 쫓는 자와 비견할 무공이 아니던가.”

“말씀을 돌리시는군요.”

“이 아이를 놓아주게.”

“더 돌리시는군요.”

“천외천의 손속까지 필요할 정도로 가치있는 아이는 아니잖나.”

천외천은 쓴웃음을 지으며 고개를 저었다.

“그 정도 가치는 있습니다. 또한 그 곁에 있는 구천대제 귀향공이시라면 더더욱.”

“나까지 죽이겠다? 허헐. 이 늙은이가 그 정도 가치가 있다니 정말 홍복이로다.”

천외천은 살기로 대답했다. 귀향공의 전신을 감싸는 천외천의 살기에, 바닥에 누워 있던 악책이 숨을 헐떡거릴 지경이었다. 귀향공은 자신의 전신을 간질이는 살기에 아랑곳 않고 좌수를 뻗어 막당의 눈알을 쥐었다. 그리고 우수로 막당의 눈꺼풀을 연 뒤 조심스레 눈알을 집어넣었다.

턱.

천외천이 한 걸음 앞으로 나섰다. 순간, 귀향공이 어깨를 움찔거리더니 낮게 웃었다.

"흐헐헐. 내 하나만 물음세."

"수작 부리는 자의 목소리에 담겨진 기교가 느껴집니다."

"수작은 맞지. 수작없이 무슨 수로 천외천에게서 벗어날까. 헐헐헐."

천외천은 잠시 침묵하다가 뒤쪽에서 대기 중이던 두 명의 노수하를 돌아보며 입을 벌렸다. 소리는 없었지만 웃음을 터뜨리는 표정이었고, 그것은 수하의 존재를 빌어 귀향공을 비웃는 행위였다. 귀향공은 자신을 조롱하는 자에게서 조금도 불쾌감을 느끼지 못한 듯 여전히 웃으며 말했다.

"나 같은 늙은이나 이 아이가 자네에게 어느 정도의 가치가 있는가? 열흘은 되려나?"

천외천은 코웃음 쳤다. 귀향공의 질문이 무슨 의도인지를 알았기 때문이다.

"삼 일의 가치도 없겠지요."

"삼 년의 가치는 더더욱 없겠군. 허헐."

"중원의 모든 목숨을 걸어도 제 삼 년의 시간과 비견할 수는 없습니다."

천외천의 답은 귀향공이 기다렸던 것이었다. 귀향공은 두 눈에 이채를 띠며 얼굴 주름을 득의양양한 웃음으로 바꿨다.

"그렇다면 돌아가게, 천외천."

"귀향공께서 제게 삼 년을 은둔하게 만들 정도의 부상을 입힐 수 있다 여기시는 겁니까?"

"이 늙은이로는 어렵지."

"그럼 무슨 뜻입니까?"

"이 늙은이의 목숨으로는 가능하다는 말을 하고 싶네. 얼마 전 나는 천외선의 보리산술을 얻어서 공부하던 중이었거든. 겹화천불 정도라면 해볼 만해."

순간 천외천의 얼굴이 굳었다. 천외천은 불신의 눈으로 귀향공의 눈을 훑었는데, 만면에 웃음을 담은 간교한 노인의 눈외에 다른 것을 발견할 수 없었다. 귀향공은 거칠게 숨을 몰아쉬던 막당의 머리에 좌수를 얹으며 중얼거렸다.

"보리산술을 모두 익히지 못한 터라 공부하는 중이지. 그런데 이론만으로는 알지 못할 것들이 너무 많아서 문제야. 이놈이 필요하더라고. 이것저것 실험하기엔 적격의 몸뚱이를 가지고 있으니 이놈이 아니면 안 돼. 오죽하면 공부하다 뛰쳐나와서 이놈을 찾아왔겠는가."

"제가 그 아이를 죽여서는 곤란하겠군요."

천외천이 쓰게 웃으며 말하자 귀향공은 당연하다는 듯 고개를 끄덕였다. 그 순간 천외천의 모습이 바람에 쓸려 사라졌

다. 곁에 서 있던 좌우 호법이 크게 당황하며 주변을 둘러보
다가 급히 신형을 날렸다.

"시원한 성격이로구먼."

귀향공은 안도의 숨을 뱉더니 피 칠한 소년의 머리를 쓰다
듬었다.

"네가 살아서 다행이다."

"빨리… 우어으… 빨리……"

막당의 쌍수가 미미하게 흔들리고 있었다. 귀향공은 그것
이 혈을 풀기 위한 수작임을 알았다. 막당이 제 정신이 아님
을 안 귀향공은 혈을 풀기 위한 수작을 막을 셈으로 양쪽 어
깨뼈를 탈골시켰다. 때마침 도착한 한보가 그 모습을 보고 고
함쳤다.

"뭐 하는 거예요? 태사부가 어째서 확인 사살을!"

"닥쳐, 이것아! 이놈이 더 이상 스스로 해혈을 못하도록 어
떻게 좀 해봐!"

한보는 귀향공의 말을 듣지도 않고 막당 위에 엎어졌다. 경
직된 막당의 몸과 전신의 피칠이 한보의 넋마저 반쯤 빼놓았
다. 울고 난리 치던 한보의 안중에 악책이 들어올 수 있었던
것은 금영진의 오열 섞인 목소리 덕이었다.

"악 오라버니, 눈을 감지 말아요. 제발 좀 더… 흐흑! 악 오
라버니!"

금영진이 악책을 끌어안아 자신의 품에 당겼을 때, 한보는

'꽥!' 하고 비명을 질렀다. 악책이 누워 있던 바닥은 피가 홍건하게 고여 있었다. 몸속의 피를 모두 뽑아도 그렇게 고일 수 있을까 의심될 정도다. 귀향공이 바닥의 피와 악책의 상태를 번갈아 보더니 가볍게 고개를 저었다.

"살 수 없다."

"무슨 소립니까, 태사부님!"

고함을 지른 사람은 태목구였다. 여간해서는 귀향공에게 고함을 지르는 일이 없었는데, 악책이 죽는다는 소리에 놀라 엉겁결에 지른 듯했다. 귀향공은 악책의 게슴츠레한 채 꿈틀거리는 눈꺼풀을 유심히 보더니 다시 말했다.

"살 수 없어. 유언이나 들어둬라."

"살려보시라고요! 구천대제잖아요!"

한보의 고함 소리에 울음이 담겨져 있었지만, 귀향공은 그런 것쯤 상관없다는 듯 더 큰 소리로 호통 쳤다.

"어쩌란 말이냐! 배가 꿰뚫리고 혈맥도 끊어진 듯한데! 게다가 그렇게 피를 흘렸으니, 그 아이를 살릴 수 있는 자는 공작왕과 천외선밖에 없을 게다! 천외선은 지금 대막(大漠)에 있고, 공작왕은 호북에서 무량검과 일전을 준비 중이다! 내가 보기에 악가, 그 아이는 중경으로 데려가기도 전에 숨이 끊어질 터! 내 말대로 유언이나 받아두는 게 상책이라니까."

순간 누군가가 말했다. 그 목소리를 다른 이들은 반가움으로 받아들였으나, 귀향공만큼은 전신에 소름이 돋을 정도의 경악으로 받아들였다.

"악 형님… 살아… 계십니까?"

"당아야! 괜찮아?"

"으… 응. 보아야……."

"괜찮으면 어쩌자는 거냐아!"

귀향공이 펄쩍 뛰며 한보에게서 막당을 빼앗아 안더니 급히 상태를 살폈다. 내상으로 전신의 장기가 크게 망가진 것은 분명하지만, 다른 누구도 아닌 막당의 몸이라면 목숨을 건지게 만들 자신이 있었다.

"미친놈!"

귀향공의 수염이 바르르 떨린다. 막당의 몸이니까 살릴 수 있었다는 것이지, 지금의 상태가 악책보다 나은 건 절대 아니었다. 게다가 막당은 조금 전에 점혈을 당한 상태다. 점혈을 당하지 않았더라도 말을 하는 것이 불가능할 정도의 상태였는데, 말을 한다. 방금 집어넣은 눈알이 멀쩡하게 돌아가며 주변도 살핀다.

"대체 어떻게 된 놈이냐, 너는! 이것이 그의 경지인가!"

귀향공은 알아들을 수 없는 말을 연신 외치며 기뻐했다. 그러다가 막당에게 여러 번 윽박질렀다. 분명히 며칠 전에 내공을 빼앗았는데 왜 원래대로 돌아와 있는지를 물었고, 점혈을 이렇게 빨리 풀 수 있었던 원인이 뭐냐고 외쳤다. 그럴 때마다 막당이 희미한 목소리로 모르겠다는 답을 했기에 주변 사람의 관심은 악책에게로 집중되었다. 꼬박꼬박 대답할 기력은 있으니 상태를 걱정하지 않아도 되겠다고 여겼던 이유다.

"이, 일단."

금영진은 몸을 일으키더니 악책을 들쳐 업었다. 금영진의 몸속에 감춰져 있던 팔기금문의 병장기들이 주인의 의지에 의해 바닥으로 버려졌다. 금영진에게는 가문의 무기들보다 악책의 목숨이 우선이었다.

"가야… 어디든 가야겠어. 의, 의원을 찾아! 어떻게든 흩어져서… 찾아봐!"

울음에 숨이 차서 헐떡거리는 금영진의 모습에, 귀향공의 관심이 막당을 떠났다. 귀향공은 악책을 들쳐 업은 금영진을 보며 혀를 찼다.

"유언이나 들으라니까."

"그런 말 하지 말아요! 악 오빠, 살릴 수 있어요!"

한보의 호통 소리가 전장의 폐허에 메아리로 떠돌았다. 곧 귀향공의 혀 차는 소리도 뒤를 이었다.

"무슨 수로 살리겠다는 게냐. 차라리 안정을 취하여 편히 보내는 것이 옳다. 저 아이가 단순히 검에 찔려 저 꼴이 되었다고 보느냐? 천외천의 검기가 하복부의 내장을 모두 들쑤셔 놓고 조각냈음이 분명하다. 저 땅바닥에 고인 피보다 뱃속의 출혈이 더 심각하다는 얘기야! 쯔쯔쯔."

"그런 말씀하실 시간이 있으면 지혈이라도 좀 해주세요.

저희가 한 지혈로는 오래 못 갈 것 같단 말예요."

"옛다."

귀향공은 금영진의 등에 업힌 악책에게 몇 번 손을 저었다. 지혈하는 손놀림도 건성건성이고, 표정도 시큰둥한 귀향공의 태도는 한보의 속을 뒤집었다. 한보의 얼굴은 불쾌감으로 인해 빨갛게 달아올랐다. 태사부만 아니라면, 그리고 지금 막당을 업는 중만 아니었다면 당장이라도 덤벼들었을 것이다. 귀향공은 한보의 얼굴을 흘깃 보더니 급히 딴청하며 중얼거렸다.

"정성껏 지혈했으니 하루는 견딜지 모르겠구나. 하지만 이놈이 살아나면 내가 초구다."

여전히 죽음을 입에 담는 말이었건만, 금영진의 울먹임이 잦아들고 한보의 붉어진 얼굴이 풀어졌다. 하루의 말미라는 말에 희망을 걸었던 이유다. 귀향공은 뒷짐을 진 채 걷기 시작했는데, 그 속도가 묘하게 빨랐다. 이를 이상하게 여긴 태목구는 급히 금영진에게 다가가 말했다.

"악 형님은 제가 업겠습니다. 금 누님은 무기를 주우세요."

"아냐, 내가 경공술이……."

"제게 넘기시라니까요. 태사부님께서 저리 앞서 가시니 이유가 있을 듯합니다. 게다가 제가 등이 넓고, 산맥에서 자랐으니 악 형님을 맡는 것이 옳습니다. 제 등이 좀 더 편안할 거예요."

그 말에 금영진이 악책을 넘겼다. 태목구는 한보에게 눈짓을 하더니 빠른 걸음으로 귀향공의 뒤를 따랐다. 곧 막당을 업은 한보와 무기를 주워 든 금영진도 태목구의 뒤를 따랐다.

"죽으면 안 되는데……."

점점 작아지는 동생들의 뒷모습을 보며 녹지현은 낮게 웅얼거렸다. 감히 동생들 곁으로 갈 수가 없었다. 모두의 관심에서 벗어났다는 것 정도는 문제도 되지 않았고, 불쾌하지도 않았다. 그저 죄스러운 마음뿐이었다. 뒤를 따르며 지나치는 시체들. 녹지현은 시체들 하나하나에 합장하며 울음을 삼켰다.

"미안. 모두들에게 죄송하오. 그것이 이기어검이라는 걸 보기만 했어도 활을 쏘라는 명령을 내리지는 않았을 텐데. 정말 죄송하오. 이 녹 도사가 큰 죄를 졌소. 크흑."

녹지현은 도복 소매로 눈물을 훔치면서 모든 시체들을 지나쳤다. 저편에 아우들이 보였고, 그 앞에 귀향공이 보였으며, 비탈을 막 돌아가는 저 길의 끝에 우차가 보였다.

더걱. 더걱.

"이려."

무려 여섯 사람이 탄 우차인 데도 속도가 무척 빨랐다. 녹지현은 감히 우차에 태워달라는 말도 못한 채 뒤에서 열심히 쫓아오고 있었다.

“죽일 거야. 두고 봐.”

금영진이 자신의 무릎을 베고 있는 악책의 얼굴을 물끄러미 바라보다가 낮게 중얼거렸다. 누구를 지칭하지도 않았거늘 태목구와 한보도 눈을 부릅뜨며 고개를 끄덕였다. 한보의 목소리에도 분노가 실렸다.

“동방인… 절대로 용서 못해.”

“하지만 이상해. 겨우 금전구역령 때문에 이렇게까지 한단 말야? 동생한테 살수를 써가며?”

태목구의 말에 금영진과 한보도 잠시 고개를 기울였다. 하지만 그에 대한 고민은 오래 가지 않았다. 중요한 것을 잊었음을 깨달았던 이유다.

“으아악! 동방 대협은?”

끼. 끼익.

초구가 뺨을 핥았다. 동방진양은 시체처럼 장강에 누운 채 떠내려가는 중이었다. 한기 담겨진 차가운 강물이 살을 엘 듯 위세를 부렸지만, 동방진양은 꼼짝도 하지 않았다. 그저 눈꺼풀만 크게 열어 검은 하늘에 별이 새겨지는 것만을 응시할 뿐이었다. 곁에서 초구가 같이 흐르며 여러 번 뺨을 핥았지만, 동방진양은 단 한 번도 자신의 곁에 남은 돼지에게 눈길을 주지 않았다.

“호호……..”

화살은 이미 뽑았다. 스스로의 지혈로 상처를 다스릴 수도 있었다. 그러나 마음속 깊은 곳에 남겨진 상처는 그 어떤 내력으로도, 의지로도 치료하기 어려웠다. 장강의 차가운 한기조차 느껴지지 못할 만큼 괴로운 상처였다.

"흐아하하하! 죽어라! 차라리 가라앉아 죽어버리자!"

동방진양은 미친 듯 웃음을 터뜨렸다. 장강 물결을 흐르는 웃음소리가 어찌 들으면 귀곡성 같기도 했다. 출렁이는 물결이 감히 동방진양을 범접하지 못하고 그저 눈치만 봤다. 동방진양은 흐느끼는 신음을 흘리며 입술을 떨었다. 한기(寒氣). 장강의 한기가 아니라, 기억 속에 담겨진 두려움의 한기였다.

"어쩌란 말인가. 나, 진양이는 어찌해야 합니까, 어머님!"

뜨거운 눈물이 장강에 침범하니 곧 차갑게 식어 강물이 된다. 동방량조차 우습게 느껴질 정도로 거대한 자를 만났다. 말로만 들었던 검존 동방성의 모습을 직접 본 것만으로는 충격이라 하기 어려웠다. 몸짓 하나. 손짓 하나. 동방성의 움직임 하나하나가 경악 그 자체였다. 그리고 어머니에 대한 끔찍한 비극을 알게 되었을 때, 동방진양은 처음으로 태어난 것을 후회했다. 어째서 어머니가 고통을 스스로 찾아 살고 있었는지 알게 되었다. 어째서 어머니를 한 번도 만날 수 없었는지 알게 되었다. 슬픔보다 괴로움이 동방진양을 휘저었다. 그런 운명이었습니까. 어머니, 어머니!

"그런 운명이셨습니까아!"

동방진양은 강물결 우렁찬 소리를 믿고 힘껏 외쳤다. 부끄러웠다. 자신의 어머니가 천하제일미의 별호를 지니고 있음을 자랑스럽게 여겼던 것이 부끄러워 죽고 싶었다. 그 별호에 숨겨진 의미가 그것이었더냐! 세상 그 무엇보다 끔찍한 운명의 저주를 받은 별호를 내 어머니가 가지고 있었단 말이냐!

"으아아아아!"

동방진양은 물결따라 흐르며 끊임없이 고함쳤다. 얼마 후, 초구는 동방진양을 포기한 채 강물을 거슬러 올라갔다. 초구가 뭍에 오르자 비로소 동방진양이 녀석에게로 시선을 보냈다. 돼지는 땅에 코를 묻고 이리저리 방향을 틀더니 언덕 너머로 사라져 버렸다. 동방진양이 낮게 중얼거렸다.

"차라리 네가… 부럽구나."

34장

울음소리

울음소리

하늘색이 짙어졌다. 붉은 기운마저 검은 기운에 눌려 서산으로 가라앉을 즈음, 신성육장은 녹초가 되어 있었다. 귀향공이 어디로 가는지 알게 된 것이 금영진, 한보, 태목구에게서 일부의 긴장을 앗아갔다. 그 덕에 한보는 더 이상 고함을 지르지 않았고, 금영진도 더 이상 울음으로 얼굴을 찌푸리지 않았다. 귀향공은 조금만 더 가면 자신이 알고 있는 의원 집에 도착할 것이라고 말했다.

"곧 의원이 있는 마을에 도착할 거예요, 악 오라버니. 조금만 참으세요."

금영진이 입 안에 고인 울음을 삼킨 뒤에 평온한 어조로 말했다. 악책도 의식을 찾아 금영진과 몇 마디 말을 주고받던 중이었다. 힘이라고는 전혀 느껴지지 않는 음성이었지만, 또박또박한 어조로 말하는 것이 악책다웠다.

"난 괜찮아."

악책은 거칠게 숨을 쉬지도 않고, 괴로움으로 인상을 찌푸리지도 않았다. 그것이 오히려 금영진을 슬픔에 빠뜨렸다. 울지 않으려고 해도 계속 얼굴이 찌푸려진다. 한보도 마찬가지였다. 이제는 한보의 관심이 막당을 완전히 떠나 버린 상태였다. 막당이 한보의 무릎께에서 누워 있었는데, 너무 편안하게 자는 소년의 모습인지라 관심을 주지 않아도 될 것처럼 보였다.

"괜찮다니까."

악책은 자신의 볼 위로 방울을 떨구는 동공을 직시했다. 금영진의 아름다운 얼굴에 주름이 가득 잡혀 있다. 그것이 미안하여 악책이 혼신의 힘을 다해 손을 뻗었다.

덜컹덜컹.

우차가 구르는 소리 속에서 금영진의 뺨에 닿은 힘겨운 손이 이리저리 흔들린다. 금영진은 악책의 손등을 쥐어 자신의 뺨에 꼭 붙였다.

"악 오빠."

"평생에… 한 번 만나도 감읍할 의로운 형제를… 다섯이나 두었다."

“말 그만 해요.”

“이대로 죽어도… 여한이 없다. 세상이 어찌 악책의 죽음을 불쌍하다 하겠냐. 너희들이 슬퍼할 이유가 없다. 난 너희들이 무사한 것만으로도 크게 기쁘다.”

“죽지 않아요!”

우차를 밀던 한보가 고함쳤다. 우차의 속도가 갑자기 빨라져서 앞에서 끌던 태목구가 앞으로 고꾸라질 뻔했다. 악책은 조용하게 중얼거렸다.

“일이 이렇게 됐으니 하는 말인데……”

“유언 같은 거 하면 우차를 뒤집어 버릴 테야!”

“유언이 아니라 고백이다, 녀석아.”

악책의 웃음소리가 몇 번 흐르다가 기침 소리로 이어지고, 곧 거친 숨소리로 바뀌었다. 금영진이 대경하여 악책의 가슴을 쓰다듬었다. 손바닥 사이로 움푹 들어간 가슴의 구멍이 느껴진다. 그 감촉을 느낄 때마다 금영진이 눈물방울을 떨어뜨렸다.

“처음에는 금 매가 너무 좋더라. 혼인을 고민하기도 했다.”

가슴을 쓰다듬던 금영진의 손이 멎었다. 뜻밖의 고백을 들어서가 아니었다. 그것은 진작에 알고 있었으니까. 하지만 생소한 정보에 놀란 금영진이 혼잣말로 중얼거렸다.

“처음에는?”

"처음에는……. 하하… 그렇지. 세상에 어디 금 매만 한 여자가 있었어야 말이지. 그런데 동방세가에서 한 매의 미모를 보게 되니 금 매 따위…… 잘못했다. 명색이 의형제에 환자인데 그 살기가 무어냐, 금 매. 게다가 다른 남자를 마음에 두고 있으면서."

"어쩐지 악 오빠가 곧 죽을 사람처럼 느껴지지 않거든요?"

"죽는다니까."

잠자코 있던 귀향공이 딴지를 걸었다. 금영진의 매서운 눈매를 보고 귀향공이 헛기침을 하며 경관을 살핀다. 귀향공은 금영진의 눈초리를 무시한 채 또 말했다.

"허험. 죽을 게야."

악책의 숨소리는 이상할 정도로 평온했다. 가슴이 뚫린 자의 숨소리라 여기기 어려울 정도다. 금영진과 한보는 그 숨소리가 더 불안하여 악책의 가슴에서 눈을 떼지 않았다. 악책이 다시 중얼거렸다.

"부디 아우들이 좋은 짝을 만났으면 한다."

"그건 유언이잖앗!"

한보가 고함쳤다. 잠시 줄었던 우차의 속력이 다시 빨라졌다. 귀향공이 담뱃대를 치켜들더니 '왼쪽'이라고 말했다. 태목구와 한보와 금영진이 깜짝 놀라며 귀향공을 보았다.

"왼쪽이면 산이잖아요!"

"게다가 오른쪽이면 강입니다, 태사부님!"

"이 길에서 직진 외의 방향을 지시하는 것 자체가 이상하다고요!"

"왼쪽. 잘하면 지나가겠구나."

귀향공은 다시 말했다.

"시익. 나는 모르겠다!"

쿡. 쿠드드드드!

태목구가 방향을 트는 순간부터 금영진도 우차에서 내려야 했다. 왼쪽 둔덕은 경사도 경사이거니와 평탄한 길도 아니었기 때문이다. 제일 먼저 상황 파악을 한 인물은 금영진이었다. 금영진은 태목구를 시켜 다시 악책을 업게 한 뒤, 스스로는 막당을 들쳐 업었다. 그 광경을 지켜보던 귀향공이 한보를 흘기며 업어달라는 시늉을 했지만, 한보가 쌍철권을 장착하는 것으로 답했다.

"따라와라."

귀향공이 앞서 달린 지 얼마 지나지 않아서 한 채의 집이 보였다. 그 집은 금영진과 악책도 한두 번 본 적이 있었던 집이다. 청성산의 기슭이라고도 할 수 있는 산간지에 외따로 있는 그 집이 의원이라고는 상상도 못한지라 모두가 의심스러운 눈초리로 귀향공을 흘겼다.

"민 의원, 있는가?"

귀향공의 부름에 집 문이 열렸다. 뒤이어 가래 끓는 기침 소리가 몇 번 이어지더니, 귀향공과 비교하여 별반 차이가 없을 정도의 세월이 느껴지는 노인이 고개를 내밀었다. 귀향공이 노인의 병색 완연한 얼굴을 보고 놀라 물었다.

"왜 그래? 아픈가?"

"감기에 걸렸네."

"의원이?"

"걸리는 것까지야 어찌 막겠나. 치료 중이니 걱정하지 말게."

비로소 귀향공이 고개를 돌렸다.

"민 의원이다. 이름은 나도 모르고. 실력은 공작왕에게 미치지 못하겠으나, 명색이 이곳에서 오십 년 동안 치료질을 했으니 쓸 만은 하다."

"오십사 년이야. 쿨럭. 그리고 공작왕이랑 나를 비교하면 어쩌자는 거야! 쿨럭쿨럭! 그 양반은 수학한 사람이고, 난 독학한 위인이라구."

민 의원이 투덜대더니 비틀거리며 방을 나왔다. 그리고 태목구가 업고 있는 악책에게 다가가 몸을 살폈다. 뒤이어 금영진에게 교대받아 한보가 업고 있던 막당을 살피더니 눕히라 일렀다. 태목구가 눈살을 찌푸리며 물었다.

"여기 악 형님이 더 급하지 않습니까?"

"그쪽은 끝났으니 이쪽이 우선이다."

의원의 말에 금영진의 가슴이 철렁 내려앉았다. 악책이 당연하다는 듯 고개를 끄덕인다. 그 순간 소청에 눕혀졌던 막당이 벌떡 일어나 외쳤다.

"악 형님이 우선입니다!"

의원이 놀라 말했다.

"나도 일순간 그 생각을 하고 말았다. 대단하구나. 그 꼴로 일어나서 소리까지 지르다니. 어서 눕지 못하겠느냐! 멀쩡한 놈인 줄 알았네. 쿨럭, 쿨럭."

"악 형님이 우선입니다!"

"알았으니까 누워!"

"악 형님이 우선입… 으으……."

"비틀거리지 않느냐! 당장 누으라니까! 우선, 차선은 의원인 내가 결정한다."

막당이 고개를 몇 번 휘젓더니 다시 의연하게 몸을 세우며 숨을 들이켰다. 순간 의원이 막당의 가슴 앞에서 손을 휘저으며 외쳤다.

"알았으니 더 이상 말하지 말아라! 너도 위험하다니까! 그래, 그 악 형님인지를 먼저 봐줄 테니 너는 방에 들어가서 자리 하나 잘 잡고 누워라, 어서! 아, 어서 이놈아! 쿨럭쿨럭! 이젠 내가 우선이 되겠네. 쿨럭!"

막당이 그제야 진정하며 비틀거리는 몸짓으로 방에 들어갔다. 열려진 방문 틈새로 약초 냄새가 진동하자 신성육장은 내심 안도할 수 있었다. 이제는 막당이 누웠던 소청에 악책이 눕혀졌다. 의원은 다시 한 번 악책의 몸을 살피다가 고개를 저었다.

"이건… 뭐… 안 돼. 안 돼."

"제발 살려주세요, 의원님."

금영진이 눈물을 흘리며 의원의 소매를 당겼다. 의원이 허탈하게 웃다가 기침을 몇 번 하더니 또다시 고개를 젓는다.

"어지간해야 살리지. 내가 뭐 신의(神醫)라도 되는 줄 알아?"

한보와 태목구의 시선이 귀향공에게 향했다. 기대감에 어린 두 아이의 눈빛이 느껴지자 귀향공이 대번에 호통쳤다.

"근처에 의원이 있다는 것만으로도 충분한 기연이다, 이놈들아! 더 이상 뭘 바라는 게냐! 민 의원이라면 중경에 있을 의원만큼은 될 테니 돌팔이 걱정은 할 필요가 없다! 많은 것을 욕심내어 민 의원을 불편하게 만들 셈이면 당장 중경으로 돌아가라! 나야 애초에 저 아이만 살아 있으면 바랄 게 없으니까."

태목구와 한보는 고개를 꺾으며 낙담했다. 반면 금영진은 포기하지 않고 계속 의원의 소맷자락을 당겼다.

"부탁드려요. 어떻게든 악 오빠를… 제발 할 수 있는 만큼이라도 해주세요."

"알았다, 알았어. 하지만 피를 너무 많이 흘려서……."

의원은 혀를 차며 방으로 들어갔다. 금영진이 뒤따라 들어가려 했지만, 의원이 기침 소리와 함께 입실을 거부했다. 귀향공을 제외한 모두가 긴장된 얼굴로 열려진 방문의 틈새를 주시했다. 때마침 녹지현이 마당에 도착하여 주변 눈치를 살폈다. 녹지현은 조심스레 태목구에게로 접근하여 귀엣말했다.

"어찌 되었냐?"

태목구가 퉁명스레 반문했다.

"뭐가요? 악 형님이 곧 죽을 거라는 얘기 말씀이십니까, 아니면 당이 녀석이 만만찮게 부상을 입었다는 얘기 말씀이십니까."

"음……."

녹지현은 아무 말도 못한 채 고개를 꺾었다. 뒷짐을 지고 조심스러운 걸음으로 마당을 벗어나는 꼴이 나무에 목이라도 맬 사람처럼 우울해 보인다. 하지만 누구도 녹지현을 위로하려 들지 않았다. 막 녹지현이 마당을 벗어나 슬그머니 고개를 돌렸을 때였다.

"녹 형님!"

갑자기 방 안에서 막당의 외침이 들렸다. 녹지현이 깜짝 놀라며 몸까지 돌렸다. 막당의 목소리가 다시 들렸다.

"제가 아프니 녹 형님께서 악 형님을 좀 보살펴 주십시오!"

그 말이 기가 막혀 한보, 금영진, 태목구가 동시에 녹지현을 돌아봤다. 그 순간, 녹지현은 무릎을 꺾으며 무너졌다. 우울했던 얼굴이 순식간에 일그러지며 눈물이 뺨을 덮었다. 녹지현은 무릎으로 기어가더니, 한보와 태목구의 곁을 지나서 끝내 악책에게 이르렀다. 마침 악책이 힘겹게 손을 들던 중이었는데, 녹지현이 그것을 잡고 자신의 뺨에 붙였다.

"악 아우, 잘못했네. 내가 죽을죄를 졌어!"

악책이 희미하게 웃었다.

"무슨… 말씀이십니까, 녹 형님. 형님께서는 잘못한 것이 없습니다. 이리 마음 아파하시면 앞으로 동생들을 어찌 돌보시겠습니까."

"아니야, 죽지 않아. 죽지 않을 거야. 내 악 아우에게 미안해서 이 손이 저승으로 떠나는 걸 막겠네. 미안해, 미안하이!"

녹지현의 울음소리가 시끄럽다. 모두 녹지현과 악책에게서 등을 돌리며 주변을 살폈다. 해가 저물고 있었다. 불길하게도 올빼미가 을씨년스러운 바람 소리를 낸다. 방문이 열리며 의원이 모습을 드러내더니 악책을 살폈다. 방으로 데려가야 한다고 말하자 녹지현이 직접 악책을 안고 들어갔다. 곧 금영진이 뒤따라 안으로 들어가고, 귀향공을 제외한 나머지 사람들도 급히 신을 벗었다.

"화타가 살을 찢어서 안의 장기를 꿰매는 치료가 있다고 말했던가. 신의의 재주가 아니면 별수가 없겠어. 이를 어쩌란 말인가. 피는 피대로 흘리고, 앞과 뒤를 모두 꿰였으니 그 안의 장기도 찢어졌을 게 분명할 터. 지혈하여 겉으로는 멀쩡할 듯하나, 속에서는 계속 피를 흘리고 있을 게야. 그 피가 썩으

면 어찌 되겠는가. 지금 편안하게 보내는 것이 자네들 형제에
게 더 좋은 일일 수도 있어."

참다못해 한보가 의원을 윽박질렀다.

"듣기 싫어요! 태사부님이나 의원님이나 제발 악 오라버니
가 죽는다는 소리 좀 하지 마세요! 살리라고요! 살려보고 나
서 그런 소리를 하란 말예요!"

의원이 혀를 찼으나, 한보가 말을 끝맺음과 동시에 울음을
터뜨렸기에 더 이상의 불평은 하지 않았다. 의원은 바닥에 놓
아둔 하얀 천 위의 물건 하나를 들었다. 갈대 줄기였다.

"하란다니 하지만……."

의원은 짐짓 기침을 시작했다. 한두 번도 아니고 수십 번을
열심히 기침하더니 호흡을 조절한다. 그리고 천 위에 올려진
접은 종이를 펼쳤다. 사각 종이의 중앙에 놓인 녹회색 분말을
보고 한보, 태목구, 금영진이 기대감에 어린 표정으로 마른침
을 삼켰다. 그 기대감 때문에 의원이 가루약을 벌컥 삼켰을
때, 한보가 '엑?' 하고 비명을 질렀을 것이다. 의원은 곁에 놓
았던 물도 단숨에 마시고 한숨을 뱉었다.

"흠, 조금 낫구나. 하필 감기에 걸렸을 때 와가지고……."

의원은 태목구를 돌아보더니 구석에 놓인 그릇으로 손을
뻗으며 물을 떠 오라 일렀다. 태목구가 물의 위치도 묻지 않
고 그릇을 향해 신형을 날린다. 의원의 시선이 이번에는 한보
에게 옮겨졌다. 한보는 의원이 명령이 떨어지기도 전에 그 손

가락이 지시하는 방향으로 신형을 날렸다. 한보가 내민 두툼한 천들이 의원을 만족시켰다. 의원은 그중 하나를 빼어 손으로 구기더니 자신의 곁에 놓았다.

"자아, 그럼."

의원은 마지막으로 녹지현을 노려봤다. 녹지현이 움찔하더니 곧 입술을 악물며 명령을 기다렸다.

"그 손을 꼭 잡게나. 행여나 환자가 움직이면 난 몰라."

"악 아우, 들었는가?"

"예."

악책이 미소 짓는데, 그 표정에 힘이 들어가지 않아서 쓴웃음처럼 보였다. 녹지현은 악책의 왼손을 두 손으로 꼭 잡으며 이를 악물었다. 금영진이 조심스레 몸을 일으키더니 악책의 머리맡에 자리를 잡고 양어깨를 눌렀다. 의원이 갈대를 무는 것을 보고 무슨 치료를 할지 감을 잡은 듯했다.

푸웁.

"으크윽!"

갈대 줄기가 악책의 상처를 뚫고 몸속으로 들어갔다. 악책은 인상을 찌푸렸지만 몸을 뒤틀지는 않았다. 의원은 악책의 몸속에 머금은 죽은 피를 빨아서 자신이 뭉쳐 놓았던 천에 뱉었다. 태목구가 물을 가지고 오자, 작은 그릇을 휘저어 일부를 빼내어 양치한다. 의원의 이마에 땀이 맺히고 방 안에 가득했던 약초들의 냄새가 사라진다. 피비린내 가득한 방 안이

괴로워 의원이 직접 손님들을 위해 문을 활짝 열어놓으라 일
렀다.

"피를 너무……."

한참 뒤에 의원이 갈대 줄기를 내려놓으며 고개를 저었다.
한보와 금영진, 태목구, 녹지현의 안색도 이미 창백해진 상태
였다. 의원이 빨아서 뱉은 피만 해도 사람 몸에 담겨진 피의
절반쯤 될 것 같았다. 악책의 입술만 봐도 얼마나 많은 피가
빠져나갔는지를 알 수 있었다. 입술의 경계를 알기 어려울 정
도다. 악책 주변의 신성육장은 모두가 눈물을 흘리고 있었다.
의원은 송진처럼 진득한 액체 덩어리를 새로운 갈대에 묻히
더니 그것을 상처 틈에 넣었다. 반쯤 턱을 든 채 두 눈을 감는
꼴이 진맥이라도 하는 것 같았지만, 의원의 손이 쥐고 있는
갈대의 끄트머리는 악책의 가슴속에 한 치 넘게 들어가 있었
다. 때문에 의원의 손이 비틀려 내장을 찢을까 두려웠기에,
모두가 눈물만 흘릴 뿐 아무 소리도 내지 않았다.

"후우."

악책의 가슴에서 갈대를 빼낸 의원이 땀을 닦으며 중얼거
렸다.

"이것으로 상처가 붙으면 좋기야 하겠지만……."

모두가 안도의 숨을 쉬었다. 하지만 의원의 다음 말에 다들
눈이 동그래질 수밖에 없었다.

"일단 이 환자가 살아 있나 확인 먼저 하자."

“뭐라고요?”

모두의 시선이 악책의 얼굴로 옮겨졌다. 순식간에 사람들의 얼굴이 악책처럼 핏기를 잃었다. 악책이 요동도 하지 않았던 것이다. 의원은 악책의 코에 손가락을 내밀더니 눈살을 찌푸렸다. 목과 손목에 각각 검지를 뻗은 의원은 쓴웃음을 지었다.

“미안하구나. 곧 숨이 끊기겠다. 역시 피를 너무 많이 흘렸어.”

“아, 안 돼요!”

금영진이 찢어지는 목소리로 고함을 질렀다. 뒤이어 녹지현이 울음을 터뜨리며 악책의 손을 쥐고 ‘일어나게, 악 아우! 깨어나!’ 하고 비명을 질렀다. 순간, 악책의 턱이 움찔거렸다. 악책은 힘겹게 눈꺼풀을 열더니 동공을 비틀거렸다. 동공이 녹지현에게 머물자 악책의 입술이 곧 움찔거린다. 녹지현은 흠칫 놀라더니 급히 고개를 숙여 악책의 입술에 귀를 붙였다.

“뭐라고?”

“…….”

녹지현의 눈에 맺힌 물기가 곧 방울이 되었다. 누구도 악책의 음성을 듣지 못했기에 녹지현의 말만 기다리고 있었다. 녹지현의 눈물이 콧등을 타고 흐르다가 악책의 볼에 떨어졌다. 가로 누윈 녹지현의 얼굴은 잔뜩 일그러진 채였다.

“치.”

녹지현이 울음 담고 말했다.

“기쁘다고? 후회하지 않는다고? 적을 보지도 않고 활 쏘라 명령해서 백 명 넘는 목숨을 죽음으로 보낸 나를? 적이 두려워 도망만 치던 나를 대신해 죽는 것이 후회되지 않는단 말이냐? 악 아우, 지금 제정신이냐! 대체 얼마나 나를 부끄럽게 할 셈이냐!”

녹지현은 서럽게 울며 악책의 손을 뺨에 비볐다. 금영진이 고개를 돌려 흐느끼고, 한보가 어린애처럼 뒤로 주저앉아 ‘엉엉’ 울었다. 그때 갑자기 태목구가 외쳤다.

“조용해!”

일순간 모두가 입을 다물었다. 녹지현의 딸꾹질이 한 번 들렸을 뿐, 방 안은 정적에 휩싸였다. 호롱불 흔들리는 소리가 들릴 정도로 조용한 가운데 거칠고 희미한 음성, 악책의 목소리가 모두의 귀를 흔들었다.

“나… 먼… 저… 떠… 나…….”

“안 돼!” “안 돼!” “안 돼!” “안 돼!” “안 됩니다!”

다섯 명, 누워서 신음하던 막당까지 목청 높여 외쳤다. 그 소리에 놀란 악책의 눈꺼풀이 반쯤 열렸다. 다시 감기려던 눈꺼풀을 금영진이 손가락으로 잡아챘다. 금영진은 악책의 넘어가던 동공에 자신의 눈을 맞추며 고함쳤다.

“어딜 가려고, 악 오빠! 우리가 붙잡을 거야! 악 오빠가 우

릴 버릴 셈이라면 차라리 여기서 의형제의 연을 끊자! 가긴
어딜 가!"

"악 형님이 가시는 건 싫습니다!"

"그쪽 환자는 입을 다물거라. 그러다 너도 간다."

"악 형님!"

"다물라니까!"

"악 아우! 제발 힘을 내! 조금만! 조금만! 아, 맞다. 피가 부
족하다고 했으니 내 피를 줄게! 손 깨물면 되는 거지? 잠깐만.
아얏! 이 피! 이 피 먹어, 어서!"

"맞다! 내 피도! 내 피도!"

"다 손가락 깨물어!"

"힘이 없으니, 누가 제 손가락 좀 입에 대주십시오."

"모두 그마아아아아안! 쿨럭! 쿨럭!"

집이 무너질 정도의 소동을 일시에 제압한 자는 의원이었
다. 모두의 시선이 자신에게 쏠리자 의원은 정중한 어투로 귀
향공에게 퇴실을 요구하며 방 귀퉁이의 '금연(禁煙)' 글자를
가리켰다. 귀향공이 투덜거리며 밖으로 나가자 의원은 비로
소 나머지 손을 악책의 입에서 떼냈다. 의원의 손등이 피로
흠뻑 젖어 있었다.

"친구의 피를 먹이면 환자는 당장 죽거나 아니면 살 가능
성이 생기거나 둘 중 하나야. 특히 여러 친구의 피를 먹이면
환자는 죽을 확률이 배로 높아져. 그래도 먹일 셈인가! 내가

그걸 몰라서 시키지 않았는 줄 알아? 쿨럭쿨럭."

"헉! 다들 살더만."

"쿨럭! 이야기 속으로 떠나 버려! 염병할! 친구 손가락 쪽쪽 빨며 싸우면 불사신이겠네."

"그럼 어쩌라고요! 어차피 틀렸다면서요!"

한보가 피 흐르는 손을 내밀며 울었다. 의원은 한보에게 인상을 찌푸리며 지혈제를 건넨 뒤, 주변을 살폈다. 한참 고민하던 의원은 태목구의 손을 잡아끌었다.

"자네 걸 먹여. 나도 이판사판이다."

"엑. 왜 하필 그따위 피를……."

한보가 비명을 지르더니 곧 태목구와 얼굴을 마주하고 으르렁거렸다. 이미 태목구의 손끝을 타고 흐르는 피는 악책의 입술 틈으로 들어가고 있었다. 의원은 머리를 긁적거리며 중얼거렸다.

"성격 비슷한 놈의 피를 먹이면 살 확률이 좀 높더라고. 이래 봬도 내가 관상을 좀 볼 줄 알지. 더 이상은 나도 방법이 없으니 잘해봐. 만약 오늘 하루를 넘긴다면 희망이 조금 있을지도……."

의원은 몸을 일으켜 막당의 곁으로 자리를 옮겼다. 한보는 불안한 표정으로 '태목구와 악 오라버니는 성격이 전혀 다르…' 까지 말하다가 금영진에게 뒤통수를 맞았다.

"비슷했었어! 아무튼 결정됐으니 냅두라고!"

태목구는 자유로운 한 손으로 팔뚝을 죄며 피가 좀 더 잘 나오도록 조급증을 보였다. 의원이 불평하듯 그럴 필요 없다고 말했지만, 태목구는 팔뚝을 죄는 손을 멈추지 않았다. 그동안 녹지현은 악책의 손을 부여잡고 끝없이 눈물을 흘렸다. 그때 의원이 주변 사람들 가슴을 철렁 내려앉게 만들었다.

"이놈은 진짜로 방법이 없구먼. 쿨럭쿨럭."

"무슨 소리예요!"

막당 얘기다. 다들 막당만큼은 무사하리라 믿었는데 의원이 뜻밖의 소리를 꺼낸 것이다. 한보의 입에서 저절로 '돌팔이' 소리가 나왔다. 의원은 막당을 이리저리 진맥하다가 길게 한숨을 뱉었다.

"이놈 속이 다 뒤집혔어. 이건 외상이 아니라 내상이라고. 시골길 의사 주제에 무슨 수로 내상을 치료한단 말야?"

"아."

바깥에서 귀향공의 목소리가 들렸다.

"진작 그렇게 말할 것이지. 내상뿐이면 내가 좀 도움이 될게야."

귀향공의 말에 모두가 안도의 숨을 쉬었다가, '진작에 치료해 주셨으면 좋았잖아요!' 라는 한보의 윽박이 뒤를 이었다. 곧 의원이 화냈다. 진작에 막당의 몸을 살피도록 놔뒀으면 치료가 시작됐을 거라는 내용이었다. 그때부터 더 이상 누구도 의원의 행동에 딴죽을 걸지 못했다. 귀향공이 막당을 데리고 나간 뒤로는 네 명의 신성육장이 모두 다 악책을 둘러싸고 조급함을 보였다. 의원도 막당을 무시한 채 악책의 상태를 살피는 데에만 열중했다.

"아이야."

귀향공이 말했다. 막당을 데려간 곳은 밤의 수풀 소리 가득한 산속이었다. 의원의 집에서 흐르는 불빛이 멀지 않은 곳이며, 곧 떠날 겨울의 추위도 많이 누그러진 곳이다. 막당은 정좌한 채 답했다.

"예."

"지금 하고 있는 것이 온고조식이란 기식법이냐?"

"예. 온고조식을 하고 있었습니다만, 잘 안 됩니다."

"되는 놈이 이상하다. 아직도 내 말뜻을 이해하지 못했다면, 좀 더 쉽게 말하마. 하지 말아라, 멍청아."

"예, 하지 않겠습니다. 근데 안 하면 아파서 괴롭습니다."

"곧 더 괴로울 거다. 이제부터 치료를 시작할 테니까."

"괴롭기 싫은데 계속 온고조식하면 안 되겠습니악! 아픕니다. 안 하겠습니다."

귀향공은 막당의 등을 통해 조심스레 내력을 불어넣었다. 귀향공이라는 별호를 얻었을 때부터 내력의 수위 조절을 거의 하지 않았던 터라 자신의 치료를 신용하기 어려웠다. 혈맥은 역(驛)과 같아 기가 지치지 않고 몸을 여행하는 것을 돕는다. 내상으로 인해 혈맥이 끊겼음은 곧 역이 파괴되었음을 의미하며, 그것은 기를 지치게 할 뿐 아니라 다음 혈맥으로 갈 길조차 잃게 만드는 결과를 얻는 꼴이었다. 내상의 치료는 그렇게 파괴된 혈맥을 다시 살리는 것보다 제멋대로 흐트러진 기에게 길을 바로 알려주는 것이 우선이었다. 만약 귀향공의 내력을 상대가 감당할 수 없을 정도가 된다면, 길을 알려주기는커녕 두 개의 기가 제각각의 길을 만들게 된다. 사람에게는 각각의 기가 있으며, 각각의 길이 있다. 혈이 같으나 여정의 방향이 모두 달라서 치료를 하는 자는 치료받을 자의 길에 맞춰야 하는 입장을 가져야 한다. 환자가 타고난 기의 길을 제대로 맞춰주지 못한다면 열에 열 병신이 되거나 죽음을 얻을 것이다. 귀향공은 조심스레 기를 운용하여 막당의 어긋난 기혈을 바로잡기 시작했다. 그때 막당이 인상을 쓰며 중얼거렸다.

"악 형님께서 죽지 않았으면 좋겠습니다."

"인생사 네 맘대로 되는 게 아니다. 네가 할 수 있는 것도 없고, 네 탓도 아니니 지금은 평정심 유지에 힘을 쓰거라."

"악 형님께서 저 때문에 그리되셨습니다."

순간, 귀향공이 막당의 등에서 손을 떼었다. 막당의 말에 놀란 것이 아니라 무리한 치료를 하지 않기 위해서였다. 귀향공은 쌍장에 다시 한 번 내력을 모으며 건성으로 물었다.

"어째서 네놈 때문에 그리됐다 여기느냐. 내가 그 꼴을 보지 못한 줄 아느냐?"

“쟁탈하지 못하여 악 형님이 다치신 겁니다.”

막당의 등에 쌍장을 대려던 귀향공이 어깨를 움찔거리더니 두 팔을 뒤로 당기며 물었다.

“쟁탈이라니?”

“사부께서 쟁탈하지 않으면 아끼는 이들을 지킬 수 없다고 하셨습니다. 제가 아직까지 쟁탈하지 못하여 악 형님이 다치셨습니다.”

울먹이는 소리여서 제대로 알아듣기 어려웠지만, 단지 불분명한 발음 때문에 의미를 알아들을 수 없는 것이 아니었다. 귀향공은 물었다.

“무엇을 쟁탈한다는 거냐? 목숨이냐? 금전이야?”

“자리입니다.”

“자리라니?”

“사부님께서 높은 자리를 빼앗으라 하셨습니다. 그래야 제 주변 분들이, 제가 좋아하는 분들이 남에 의해 다치지 않을 거라고…….”

“대체 네 사부가 무슨 뜻으로 그런 소리를 했는지 모르겠구나.”

“제가 제일 높은 자리에 앉으면 누구도 제 주변 사람들에게 흉수를 뻗지 않을 거라고 하셨습니다. 제가 좋아하는 분들이 제 이름만 대면 절대로 다치지 않게 하실 거라고…….”

“옳거니!”

귀향공이 웃으며 허벅지를 쳤다가 인상을 찌푸렸다. 내력이 담긴 손바닥으로 때렸기 때문이다. 귀향공은 잠시 인상을 찌푸렸다가 곧 웃었다.

"네 사부가 세상을 좀 아는구나."

"아픔이 없어지면 빨리 쟁탈해야겠습니다."

"내가 도울 수 있을 것이다. 그러니 지금은 치료부터 하자."

"예."

귀향공은 막당의 등에 손을 붙였다. 입가에 미소가 흘렀다. 쟁탈하겠단 말이지. 무얼 쟁탈하겠다는 거냐. 정도맹주 동방량의 자리에 앉을 게냐, 아니면 천외천? 어디라도 좋겠다. 너 같은 놈이 쟁탈자라면 옥황상제의 자리도 아깝지 않겠구나. 귀향공은 막당의 뒷모습에서 천외선의 미소를 떠올릴 수 있었다. 그 양반이라면 분명히 기뻐하겠군.

"……"

삑. 삐잇.

녹지현은 고개를 움찔거렸다. 등에서 식은땀이 흘렀다. 언제부터란 말인가! 세상은 온통 어둠이었다. 하지만 귀를 간질이는 이 소리와 어깨를 짓누르는 이 한기는 아무리 생각해도 새벽의 짓거리였다. 녹지현은 속으로 비명을 질렀다.

'졸았단 말이냐! 악 아우의 죽음을 목전에 두고!'

너무 두려워서 눈을 뜰 수 없었다. 다른 아우들은 지금 뭘 하고 있을까. 왜 새소리 말고 아무 소리도 들리지 않는 거지? 녹지현이 두근거리는 가슴을 진정시키며 방 안으로 귓구멍을 옮기니 비로소 누군가의 소리가 들렸다. 녹지현의 가슴은 철렁 내려앉았다.

"흑… 흐윽."

울음소리. 금영진의 울음소리다. 뒤이어 한보의 울음소리도 들렸다. 누군가 움직이는 소리가 들리더니 태목구의 커다란 울음소리가 고막을 찢을 듯 터져 나왔다. 마지막으로 의원의 힘겨운 음성이 들렸다.

"미안하네."

녹지현은 자신의 두 손에 악책의 손이 아직 쥐어져 있음을 알았다. 이토록 뜨거운, 이리도 따스한 손이 죽은 자의 손이란 말이냐. 녹지현의 감겨진 눈꺼풀이 뜨겁게 달궈졌다. 의원의 목소리가 원망스럽고, 동생들에게 부끄러워 눈을 뜰 수가 없었다.

"내가 환자를 너무 우습게본 듯하이. 하지만 자네들이 원망스럽구먼. 이렇게 지독한 환자는 보다보다 처음일세."

그 순간 녹지현이 눈을 부릅떴다. 아침의 강한 빛이 일제히 들어와 다시 감고 싶어졌다. 눈꺼풀을 다시 덮지 않았다. 덮을 수 없었다. 빛 속에 담긴 악책의 미소가 자신을 향하고 있음을 보았기 때문이다. 악책은 녹지현을 향해 희미하게 웃고 있었다.

"녹 형… 님."

"살았구나! 살았어!"

녹지현은 악책의 가슴에 얼굴을 묻으며 펑펑 울기 시작했다. 정오가 되기 전에 막당도 모습을 드러냈다. 창백한 얼굴이었지만, 뒤를 따라온 귀향공이 열 달가량 치료를 하면 무공도 계속 익힐 수 있을 것이라며 안심시켰다. 막당은 악책을 보자마자 크게 기뻐하며 만세를 불렀다. 모두의 눈에 눈물이 맺히니 의원과 귀향공도 헛기침을 하며 눈을 붉힐 정도였다. 금영진은 가까이 있던 막당과 한보의 머리를 가슴에 당겨 끌어안더니 눈물 가득한 얼굴로 호탕하게 웃었다.

"우리 형제들의 기쁨의 눈물은 내 죽을 때까지 잊지 않을 거야!"

"물론이다, 물론이야! 하하하!"

녹지현이 금영진의 말에 장단 맞추자, 기뻐하던 여인의 얼굴에 표독기가 어린다.

"녹 오빠가 무사한 게 제일 좋아요. 기쁨의 눈물만 보자니 식상했거든요."

"또 왜 그러냐! 악 아우가 살았으면 됐지! 앞으로 악 아우의 간호는 이 오라버니께서 다 도맡을 테니 더는 날 괴롭히지 말아라!"

"그 말씀에 감동했어요. 꾸벅꾸벅 조실 때 저기 있는 대침으로 깨우지 않길 잘했네요. 앞으로 기회가 많아지겠어요. 호호호.”

녹지현이 겁먹은 눈으로 인상을 구겼지만, 곧 악책을 보며 웃었다. 의원은 잠시 주변의 눈치를 보다가 서로의 말이 일시에 멎어 정적에 빠진 기회를 놓치지 않았다. 의원이 악책에게 말했다.

“자네가 비상각 악책 맞지? 그 신성육장의……..”
“예. 저를 구명해 주신 은혜, 결코 잊지 않겠습니다.”
의원은 쓰게 웃으며 헛기침했다.
“험. 쿨럭. 그런 건 바라지도 않고……. 자네가 천하의 비상각이라면 지금부터 내가 무슨 말을 하려는지도 대충은 알겠구먼.”

악책은 희미하게 미소 지으며 고개를 끄덕였다. 다른 형제들이 호기심 어린 눈으로 의원과 악책을 번갈아 돌아봤다. 의원이 말했다.

“더는 그 별호를 유지할 수 없을 걸세. 공작천의 공작왕이 오더라도 내 말이 변하지는 않을 게야.”
“예. 목숨을 구명하여 형제들과 계속 함께할 수 있다는 것만으로도 천운인데, 여기서 어찌 더 욕심을 부리겠습니까.”

금영진은 금영진과 악책의 대화에 불안감을 느꼈다. 의원은 고개를 돌려 금영진의 창백한 얼굴을 잠시 응시하다가 낮은 기침 소리를 섞어 말했다.

"하체에 너무 많은 해가 왔다. 앞으로 비상각은커녕 걸을
수조차 없는 몸이 될 게야."

"……."

35장

천하제일미(天下第一美)

천하제일미(天下第一美)

　　혈무력 구십육 년. 삼월 보름에 동방량은 처음으로 그해 나비를 보았다. 할아버지가 내놓은 무력 원년의 이름을 혈(血)무력 원년으로 바꾼 자는 나비의 날갯짓을 따르듯 수염을 쓰다듬었다. 동방량에게 있어서 피는 곧 생명이었다. 죽음을 위한 싸움이 아닌, 꿈꾸는 세상의 출산을 위한 산고임을 널리 알리기 위해 '혈무력'의 연호가 강호를 떠돌았다. 떠돌던 나비가 아직 세상의 기온에 익숙하지 못하여 비틀거리더니 힘겨이 가라앉는다. 한기 담긴 땅바닥에 주저앉더니 작고 빠르게 날개를 퍼득거렸다.

　　"떨고 있는 게냐."

동방량이 물었다. 나비에게 묻는 것일까. 동방량은 남쪽 하늘을 보았다. 봄구름이 서서히 몰려들며 북쪽 겨울의 위세를 비웃고 있었다. 저 구름 아래 내 젊은 날 꿈이 서 있겠구나. 동방량은 희미하게 웃었다. 그리고 다시 물었다. 떨고 있는 거냐, 량아. 구름에 인사하듯 고개를 끄덕였다. 떨린다, 떨려. 몇십 년을 기다려서 드디어 네놈과 다시 만나는구나. 단지 존재하는 것만으로도 등을 가렵게 만드는 자, 공작왕 금사회 네놈을.

나비가 힘껏 땅을 떨쳤다. 날개가 세차게 퍼득거렸다. 바람을 타는 것이 저리도 힘들까. 하얀 나비는 창공을 덮었다. 매서운 북풍이 불어 나비가 갈 길을 방해했다. 이리 비틀, 저리 비틀. 나비가 옆으로 날 듯, 뒤로 자빠져 날 듯 불규칙한 그림을 그렸다. 하지만 나비는 날았다. 바람에 휩쓸리는 그 모습조차 나비가 원했던 길인 듯하여 옛 청년의 모습이 떠올랐다. 동방량은 억양과 표정에 아무 변화도 주지 않고 자신을 대한 청년의 모습을 떠올렸다. 피조차 끓게 하는 자신의 호기를 단숨에 얼렸던 차가운 음성이 저 구름 아래 어딘가에 그대로 남아 있을 것이다.

"대협께서 천하제일인 하시오."

"지금 비아냥거리는 것이오? 공작천의 전인이라 하여 기고만장했구려. 회피하려거든 좀 더 비굴한 모습으로 설득해야 원하는 바를 이룰 수 있을 것이외다!"

"내가 졌소. 헤. 헤. 헤. 이 웃음이면 되겠소?"

"놀리오?"

"놀리오. 이제 알았소? 이쪽 의견은 묻지도 않은 채 멋대로 싸움을 걸었으니 그걸 받아주는 것 자체가 패배를 의미하는 것이오. 나, 금사희는 싸우고 싶을 때 싸울 것이고 싸우기 싫으면 싸우지 않을 거요. 동방 대협께서 대단히 큰 착각을 하시는구려. 싸우는 것도 힘이 있어야 가능하오. 정녕 나와 싸우고 싶다면 그만 한 힘을 키워서 내가 싸울 수밖에 없게끔 해보시구려."

"흥! 내가 출수하여 그것에 반응하면 싸움이 아니고 뭐요? 궤변으로 내 두려움을 무마하려 들지 마시오! 정말 싸움을 면할 수 있는지 봅시다!"

그때를 떠올리면 지금도 등골에 소름이 돋았다. 검을 뻗었을 때, 금사희는 말 그대로 '도망' 갔다. 검이 닿을 수 없는 거리를 끝내 유지하며 금사희가 던진 말은 '말귀를 못 알아듣는구려. 병신 같은 놈' 이었다. 동방량은 눈을 감은 채 그 당시의 금사희가 짓고 있던 측은한 눈빛을 되새기다가 '어이쿠!' 하며 진저리쳤다. 긴 세월이 지났지만 그때의 기억이 너무 찝찝하여 잊기 어려웠다. 동방량은 생각했다. 만약 그때 내가 억지를 부리지 않았다면 어떻게 되었을까.

후욱.

동방량은 도포에 바람을 일으키며 북쪽을 향해 몸을 돌렸다. 몇 걸음 채 걷기도 전에 삼십 기의 깃발이 앞을 막았다. 여섯 개밖에 없는 계단을 하나씩 오를 때마다 깃발의 수가 늘었다.

"와아아!"

무림이다. 한 명 한 명이 시골을 찾으면 무가(武家)를 이룰 만큼 열심히 수련한 자들이 동방량의 앞에서 함성을 지른다. 무려 일만에 이르는 엄청난 수가 남쪽 동방량의 어깨를 넘어 남쪽을 장악한 봄구름에게 위세를 부리고 있다. 동방량은 가볍게 우수를 들어 저들의 함성에 답했다. 사정이야 어찌 되었든 동방량이 알 바 아니었다. 그 결과가 자신과 금사희와의 만남이라면 청성과 아미가 아니라 소림, 무당이 혈풍을 일으켜도 좋았다. 이것이 두 번째 실수가 될지, 아니면 첫 번째 실수를 만회할지 알 수 없다. 상관없었다. 동방량은 이미 하얀 나비를 보았고, 그 날개의 속삭임을 들었다.

"주군께 보고합니다."

익숙한 음성이었지만, 누군지 이름을 까먹었다. 동방량은 그저 고개를 끄덕일 뿐 돌아보지도 않았다. 시야의 곁가지로 어렴풋이 보이는 백의를 통해 백도사왕 중 한 명임을 알 수 있었다.

"이상한 보고입니다. 청성 제압을 위해 보냈던 지원군이 오히려 중경의 정도맹과 마찰을 빚고 큰 사고가 있었다 합니다. 이것이 이전의 멸문 사태와 비슷하여 주군에 대한 소문이 좋지 않습니다."

"무시."

동방량은 한심하다는 듯 냉소했다.

"너희들이 알아서 해라. 나 바쁜 거 보이지 않느냐?"

"둘째와 막내 소주군께서 관여한 일입니다. 정주에서의 약속을 잊으셨습니까? 또다시 정도맹 내부에서 다른 뜻을 품는 자들이 나타날 수도 있습니다."

동방량이 비로소 고개를 돌렸다. 마침 백도동왕 임창선의 어깨 뒤로 나비가 나풀거리고 있다. 동방량은 나비를 향해 미소를 보내며 불평했다.

"정도맹주가 그런 잡일까지 신경 써야 하느냐? 내 뜻이 무언지 정주에서 분명히 밝혔다. 어차피 내가 뭐라고 하건 너희들이 다 뒤처리를 할 게 아니냐. 알아서 해라. 내 자식 지지고 볶건 내가 알 바 아니다."

"그 말씀은······."

"나한테 잡일 보고하는 네놈이 귀찮다는 얘기다. 금사희가 그렇게 만만하더냐?"

"알겠습니다."

임창선은 더 이상 말하지 않고 동방량에게서 물러났다. 물러설 때의 얼굴이 창백하여 주변에 있던 다른 백도사왕의 얼굴에도 불안감이 깃들 정도였다. 동방량은 아무렇지도 않은 얼굴로 엄청난 말을 한 것이다. 동방인과 동방진양에게 죄를 물어도 상관하지 않겠다는 말을.

쏴아아아아!

시원하니 바람이 불었다. 살을 시리게 하는 겨울바람은 분명 아니었다. 악책은 열려진 문틈으로 철 모르는 봄꽃의 서두름을 감상했다. 자꾸만 눈꺼풀이 감겼으나 가끔씩 문틈 새로 지나치는 아우들의 모습이 그리워서 억지로 버텼다. 막당이 부러웠다. 분명 자신만큼이나 커다란 상처를 입었을 텐데, 한보에게 쫓겨 도망 다닌다.

"꿰매준다니까!"

"보아는 옷을 찢어서 맡기기 싫어."

"그건 실수야! 그래서 금 언니한테 부탁한다고 했잖아!"

"그렇게 거짓말해서 경 사저가 해준 옷이 두 번 찢어졌어. 다시는 맡기지 않을 거야!"

"달려라, 달려."

녹지현의 흥얼거리는 소리가 듣기 좋았다. 한보의 말이 거짓임은 작은 집 주변의 모든 사람들이 알고 있었다. 금영진은 지금 중경에서 새 무사들을 충원하여 훈련시키는 중이었으니 바느질을 할 틈이 없다. 악책과 막당이 의원 집에서 계속 머문 이유는 귀향공의 요구가 있어서였다. 귀향공은 중경의 정도맹 지부가 시끄러웠으니 마침 잘됐다며 막당에게 남으라

했다. 이에 금영진이 기뻐하며 악책도 남으라는 제안을 했던 것이다. 당연한 이유였다. 동방인의 정도맹과 싸움이 있었으니, 조만간 중경의 정도맹에게 특별한 기별이 갈 것이다. 그것이 좋은 쪽이든 나쁜 쪽이든 환자인 악책에게 있어서 이로울 일은 되지 못했다. 게다가 아주 뛰어난 재주는 아니었지만, 이곳의 의원이 믿을 만하여 신성육장의 모두가 수긍했다.

이틀 전에는 비가 왔다. 오래 내리거나 세차게 내린 비는 아니었지만 봄을 알리는 비임에는 분명하다. 젖은 땅의 낙엽을 치우고 집 주변에 불을 피워 온기를 유지하는 일 외에 사람들이 할 일이란 별로 없었다. 어쩌다 한 번씩 민 의원이 약초 구하는 일을 도와달라고 말한다. 태목구와 한보가 주로 도왔다. 녹지현은 중경과 의원의 집을 번갈아 오가며 서로의 생활상을 보고하는 일을 맡았다. 보름달이 가라앉기 시작하고 새벽 해가 슬금거릴 때, 평소처럼 귀향공이 막당을 깨웠다.

"가자."

모처럼 한보도 잠에서 깨어 뒤를 따른다. 며칠간의 한보는 늘 싱글거렸다. 치료 결과가 만족스러웠기 때문이다. 막당은 의원이 거품을 물 정도로 빠르게 회복되어 가끔씩 초구와 뛰어다니기도 했다. 오공에서 피를 흘릴 정도로 내상을 입은 자가 고작 십여 일 만에 뛰어다닐 정도가 되었으니 놀라지 않는 것이 더 이상했다. 그 덕에 귀향공이 오해를 받은 적도 있었다. 만약 민 의원이 아닌 귀향공이 악책을 치료했다면 그때처럼 죽을 고비를 고민하지 않았을 것 아니냐는 오해였다. 귀향공은 하루만 악책을 맡겠다고 선언하여 모두의 가슴에 응어리진 오해를 풀어버렸다. 아무도 귀향공에게 악책을 맡기지 않았던 것이다.

"앉아라."

귀향공은 여느 때처럼 막당의 기혈을 다스렸다. 이제는 미약하게나마 모든 혈맥을 되살려 기의 흐름이 흐트러지지 않게 만든 상태였다. 최근 귀향공은 자신의 기를 보태어 막당의 혈맥이 좀 더 힘을 얻도록 하는 데 집중했다. 상현 때 귀향공은 막당에게 온고조식으로 내기를 다스리는 것을 허락했다.

"거참, 네 큰사부가 누군지 몰라도 대단하구나. 정말 누군지 알려줄 수 없겠느냐?"

"예. 알려주시면 다리 붙인 거 돌려 달라실 거라 했습니다."

"나 같은 놈이로고."

"예."

딱!

막당의 눈에 불이 번쩍할 때, 뒤에서 지켜보던 한보가 중얼거렸다.

"바보. 맞을 줄 알았어."

치료 과정이 어렵지 않은지라 근 며칠은 잡스러운 대화를 나누는 일이 많았다. 막당은 가끔 달을 볼 때마다 낙화동을 그리워했다. 한보도 더 이상은 정체불명의 두 여인 이야기를 듣게 되는 것에 불만을 갖지 않았다. 귀향공이 담배 연기로 달을 지울 때마다 하늘색이 달라진다. 한보는 막당의 치료를 지켜보면서 말을 걸다가 싫증이 나면 무공을 수련했다. 귀향 공과 막당 모두 한보의 수련을 지켜보는 것을 즐거워했다. 여 인답지 않게 직선적이고 막힘없이 펼쳐지는 기세가 곧 듣게 될 여름철 매미 소리처럼 시원했기 때문이다.

"이 정도면 한 달 내로 완치가 되겠구나. 허헐."

귀향공이 치료를 끝내고 담뱃대로 바닥을 두드리자 한보 도 기다렸다는 듯 수련을 마치며 손등으로 땀을 쳐냈다. 한보 는 씻어야겠다며 하산했다. 앙상한 가지 사이로 의원 집이 보 였는데, 한보가 걷는 곳은 다른 방향이었다. 장강도 멀지 않 은 곳에 있었건만 한보나 막당, 태목구, 심지어 초구까지 산 속을 흐르는 시내를 찾아 몸을 씻었다.

"자아, 쟁탈룡아. 이제 방해꾼이 갔으니 시작하자."

귀향공은 한보의 뒤통수가 산턱에 가려져 보이지 않자 즐 거운 듯 손을 비볐다. 막당이 흔쾌히 고개를 끄덕였다. 귀향 공이 원하는 것이 뭔지 알 수 없었지만, 치료에 대한 보답이 필요하다는 건 늘 막당의 머릿속에 있었다.

"오늘은 땅과 돌의 산술이다. 네 몸이 땅에 박힌 기분도 들

것이고, 돌처럼 굳어버리는 기분도 들 것이다. 하지만 그 외의 기분이 들면 늘 하던 대로 오른손을 들어라.”

귀향공은 막당이 고개를 끄덕이자 어제 하루 동안 계산했던 산술식대로 기를 운용했다. 귀향공이 알고 있는 보리산술의 계산식이라고는 접화천불과 금강공(金剛功), 그리고 구현공(救現功)뿐이었다. 금강공은 십 년 전에 귀향공 스스로가 역으로 계산을 풀어서 보리산술의 이치에 연결시킨 것―원래의 이름은 금강공이 아니라 금강경(金剛經)이었다―이고, 구현공은 ‘음양지구천해경(陰陽之救 千海經)’의 맥을 이루는 내용만을 뽑아낸 무공이었다.

구현공 역시 금강공처럼 역으로 풀어서 보리산술에 접근했는데, 몇십 년간 막혔던 내용들이 접화천불의 계산식에 도움을 받고 얼마 전에 해결되었다. 덕분에 여러 가지 세상 이치에 대한 공식을 알게 되었으니, 앞으로 귀향공이 공부할 것들이 태산이었다. 귀향공으로서는 보리산술 자체를 손에 넣은 것과 다름없었던 것이다. 하지만 세상 이치에 대한 계산이 복잡하여 아무리 철저하게 계산하고 계산해도 반드시 실수를 범했다. 실수는 일순간 계산식이 막히는 것으로 이어지는데, 이 부분을 해결하기 위한 방편으로 막당을 이용하고 있었던 것이다. 귀향공은 막당을 하나의 자연으로 사용하며 보리산술의 여러 가지 계산을 응용했다. 그런 와중에 귀향공을 놀라게 했던 일이 있었으니, 그것이 바로 막당이 처음부터 가지고 있었던 온고조식이라는 조식법이었다.

"음, 역시 수월하게 풀리는구나."

막당의 몸속 혈류를 여행하던 늙은이가 즐겁게 웃는다. 정체를 알게 된다면 당장 찾아가서 머리를 맞대고 계산 놀음을 즐기고 싶은 존재다. 막당이 말하는 큰사부의 몇몇 무공은 신기할 정도로 보리산술의 이치와 맞아떨어졌다. 오죽하면 천외선이 아닐까 고민했을까. 천외선은 분명 아니었다. 이것은 계산하여 이룬 무공이 절대 아니었다. 교묘하게 어긋난 계산식 속에 또 다른 계산이 깃든 융합식(融合式)이었는데, 그것들을 모두 풀어보면 이것저것 어설픈 수치들이 많이 나타났다. 귀향공이 알고 있는 천외선은 그렇게 어긋난 수치들을 결코 용납하지 않는다. 게다가 그 수치들과 막당이 서로 융화되지 않아서, 이 뛰어난 자질을 가진 소년이 '동월공' 이라는 기가 막힐 정도의 무공을 온전하게 발휘하지 못하는 결과를 만들었다.

"좋다. 오늘은 여기까지 하자."

귀향공이 만족스러운 표정으로 웃음을 흘렸다. 막당이 몸을 일으키더니 무척 기뻐한다.

"오늘은 치료가 잘되어 몸이 더 가볍습니다."

막당은 실험 이전에 펼치는 치료 과정 때문에 자신의 몸이 나아진다고 여겼다. 하지만 실제로는 치료보다 보리산술의 실험이 막당의 치유에 도움이 되었다. 귀향공은 금강공과 구현공의 뒤를 이어 새로운 계산 풀이의 표적으로 동월공을 삼았다. 동월공의 장점은 어떠한 무공이든 하나의 정점을 반드시 가지고 있다는 부분이었다. 하나에서 비롯되어 반드시 하나로 맺음하기 때문에, 무공의 창시자는 계산적인 방법으로 혈류의 움직임이나 초식의 형태를 구상할 수밖에 없었을 것이다. 온고조식이 다른 모든 조식법, 심지어 마교의 조식법과도 호환성이 있는 이유가 그것이었다. 일점. 온고조식은 시작 그 자체에 의미를 둔 채 내력을 키우는 조식법이었다. 즉, 태어날 때 얻는 기의 형태를 그대로 유지한 채 위력만 높이는 꼴이었으니, 그 이후에 어떤 조식법을 배우더라도 시작부터 배우는 셈이었다. 엄청난 기를 가지고 태어난 아기가 무공을 배우기 시작하는 경우라고나 할까.

"네 무공에 맞춰 풀이를 하고 있으니 앞으로는 더 가벼워질 것이다. 가끔 몸이 무겁더라도 저번 때처럼 억지로 운기하여 원상복귀하려 들지 말아라. 그러다 주화입마에 빠질 수도 있으니까."

"예, 알겠습니다. 하지만 너무 가벼워서 이제 수련도 하고 싶습니다."

"무리한 수련이 아니라면 괜찮다."

막당이 귀향공의 대답을 듣고 크게 기뻐했다. 치료가 시작될 때부터 귀향공은 온고조식을 포함하여 모든 무공의 수련을 금지했기 때문이다. 온고조식의 봉인을 풀었을 때도 기뻐했지만 지금의 기쁨과는 비교조차 되지 않았는지, 막당은 낮은 외침으로 무공명을 부르며 팔다리를 휘저었다. 귀향공이 그 꼴을 보고 너털웃음을 흘리며 담뱃대를 물었다.

"야앗! 나무나무!"

일다경 가까이 정신없이 수련하던 막당은 땀에 젖은 채 주변을 두리번거렸다. 마침 귀향공이 막당의 수련을 중지시키려던 참이라 물고 있던 담뱃대를 빼내었다. 하지만 다시 물어야 했다. 막당의 눈길이 자신의 담뱃대에 머물러 있었기 때문이다.

"저기 있잖느냐. 내 담뱃대를 노리지 말아라."

"앗. 감사합니다."

막당은 기뻐하며 나뭇가지를 주워 들었다. 귀향공은 기껏 꺼뜨렸던 담뱃불을 다시 살려 연기를 뿜었다. 과격한 움직임이었지만 고작 일다경을 뛰었으니 좀 더 뛰어도 문제될 건 없다. 녀석이 나뭇가지를 찾는다는 것은 동월공에 무기를 사용하는 기술이 있다는 얘기렷다. 그것을 구경하고 싶어 귀향공은 입을 뻐끔거리기만 했다. 그때 막당이 외쳤다.

"파탄검!"

부욱! 훅!

귀향공은 실망했다. 첫 초식이 그다지 특별해 보이지 않았기 때문이다. 아니, 오히려 저것이 과연 동월공의 창시자가 만든 검식이 맞는가 싶을 정도로 허술해 보였다. 혹시 초식을 잘못 배운 것일까? 귀향공은 시큰둥한 표정으로 막당의 초식을 계속 지켜봤다. 그나마 막당의 초식을 지켜볼 수 있었던 이유는, 평탄하지 않은 비탈에서도 무리없이 땅을 딛는 막당의 재주가 재미있어서였다.

부우우웅!

여러 번 초식이 이어졌을 때, 귀향공은 드디어 하품했다. 저걸 대체 왜 만든 거냐! 괜히 화가 나서 막당이라도 꾸짖고 싶어졌다. 아무리 봐도 반쪽짜리 검식이다. 가끔씩 묘한 움직임이 서려 있어서 기대감을 주기는 했으나, 다음 초식으로 이어지면 그 움직임 자체가 별 의미를 가지고 있지 않았다. 귀향공은 '내가 너무 큰 기대를 했었나 보다' 라고 생각하며 쓴 웃음을 지었다.

후악!

털썩.

해가 동녘 산을 부여잡고 억지로 머리를 내밀 때였다. 막당은 나뭇가지를 힘껏 뻗었고, 귀향공은 담뱃대를 떨어뜨렸다. 담뱃대가 차가운 비탈을 몇 번 굴러서 귀향공의 손이 닿을 수 없는 곳까지 멀어졌다. 하지만 귀향공은 자신의 담뱃대를 의식하지 못했다. 의식할 수가 없었다. 막당의 검식을 보는 귀향공의 눈은 꿈뻑조차 하지 않았다.

"이런 염병. 내가 벌써 노망이 들었나?"

입술이 절로 뱉었다. 그 말 외에 다른 것을 용납하기 어려웠다. 처음 봤을 때부터 알았어야 할 저 검식의 비밀을 이제야 깨닫다니. 귀향공은 뭘 어찌해야 될지 몰라 두 손으로 땅을 더듬었다. 담뱃대라도 찾아야 가슴이 진정될 것 같았기 때문이다.

획!

막당의 나뭇가지가 사선을 그리되 포물선의 정점에 이르기 전에 급히 위축되어 안쪽으로 당긴다. 이제는 달리 생각할 여지가 없었다. 반쪽짜리 검술 같은 게 아니라, 반쪽짜리 검술 그 자체였다. 동월공의 다른 무공들이 하나의 점을 갖고 있기 때문에 미처 파악하지 못했을 뿐이다. 저것과 맞물리는 또 하나의, 또 한 명의 검식이 분명 존재하리라. 뭐라고 했지? 파탄검? 파탄검이라고!

"하아앗!"

쐐액!

"허어허."

막당이 나뭇가지를 힘껏 뻗으며 마지막 초식을 펼쳤다. 뒤이어 '컥!' 하고 신음을 뱉더니 비틀거렸다. 귀향공이 깜짝 놀라며 막당에게로 신형을 날렸다. 예상대로였다. 파탄검의 초식을 끝까지 펼칠 정도로 회복되지는 않았던 것이다. 진작에 검식을 중단시켰어야 했는데! 귀향공은 막당을 급히 앉혀 진정시킨 뒤 내상을 입지 않았나 살펴봤다. 다행히 내상을 입지는 않아서 안심할 수 있었다.

"이 검술도 큰사부라는 자에게 배운 게냐?"

"예. 근데 두 사람이 같이하는 검술이었습니다."

"그렇겠지."

귀향공은 한숨을 뱉었다. 낙랑의 환생일까? 세상에 또 다른 천재가 숨어 있었구나. 막당이 펼친 파탄검은 이제까지 귀향공이 보아왔던 그 어떤 무공보다도 계산적이었다. 마치 보리산술을 위한 검술인 것처럼.

"하나만 묻자. 네 큰사부는 지금 살아 있겠지?"

"예."

막당이 몸의 고통을 참으며 웃음 지었다.

"찾아오라고 하셨습니다."

"네가 멍청이라서 다행이다. 만약 멍청이가 아니었다면 강호에 유래가 없는 최고의 기연을 얻게 되었음을 깨닫고 진작에 심장마비로 죽었을 게다."

귀향공은 농담과 함께 자신이 떨궜던 담뱃대를 주워 들었다. 갑자기 인생이 허무해졌다. 파탄검이라니. 천외선도 세상을 계산하면서 그런 생각을 떠올리지는 못했을 것이다. 타인의 시공간을 계산 속에 넣은 것으로도 부족하여, 그 계산식에 담겨진 수(數)들을 한 치의 오차도 없이 절반으로 나눠놓았다. 그리고 마지막의 저 엄청난 결과물은 뭐란 말인가. 공간을 저리 비틀다니. 무림의 전설 속에도 저러한 무공은 존재하지 않았으리라. 귀향공은 천천히 고개를 들어 하늘을 보았다. 갑자기 천외선을 만나고 싶어졌다. 천외선에게 파탄검의 애기를 해주면, 그 엄청난 존재는 처음으로 관심을 보이겠지. 막당이 펼친 파탄검은 그 정도의 가치가 있었다.

"그래도 종결식은 미흡하다. 뭐랄까… 급히 만든 것 같은 기분이구나."

귀향공의 혼잣말에 막당이 고개를 기울이며 뜻을 물었다. 물론 대답할 필요가 없었다. 귀향공은 막당이 스스로 몸을 추스를 수 있게 도움을 준 뒤 의원의 집을 향해 걷기 시작했다. 막당이 뒤에서 외쳤다.

"수련을 더 해도……."

"뒈진다."

"예. 그만 하겠습니다!"

웃음이 나왔다. 세상이 이렇게 변하는구나. 귀향공은 가문의 검을 높게 치켜든 자, 동방성에게 고마움을 느꼈다. 동방성이 무력의 시대를 열지 않았다면 이런 기재들이 세상에 나타나지 못했을 것이다. 기뻤다. 자신이 강호의 커다란 시대를 걷고 있다는 게 너무도 기뻐서 웃음이 지워지지 않았다.

"이 또한 기연이다. 오랜 시간이 걸리더라도 내가 저 계산의 허점을 반드시 바로 잡아, 누구도 막지 못할 절대검술로 바꾸고 말겠다. 허허허."

귀향공이 돌아간 뒤, 막당은 주변을 둘러보다가 슬며시 우수를 들었다. 장을 권으로 바꾸고 권을 다시 장으로 바꾸며 몇 번 휘돌리더니 슬며시 팔꿈치를 굽힌다.

쾌햇!

정면으로 일권이 매섭게 뻗었다. 막당의 동공이 다시 한 번 좌우로 굴렀다. 마른침을 삼키던 막당은 어깨를 살짝 비틀었다. 왼쪽 어깨를 앞으로 내미는가 싶더니 급작스레 탄력을 일으키며 뒤쪽으로 당겼다. 동시에 막당의 우권이 바람을 휩쓸었다.

콰하!

막당은 만족한 듯 미소를 짓다가 또 한 번 주변을 살폈다. 이번에는 무릎을 살짝 굽히며 보폭을 옮겼다. 소리가 나지 않도록 발을 조심스레 끌다가, 있는 힘껏!

"당아야, 치료 끝났어?"

무릎을 꿇고 머리를 조아렸다.

"잘못했습니다! 수련하지 않겠습니다!"

"……."

한보가 한심하다는 듯 막당의 뒤통수를 응시하다가 슬며시 발을 들어 밟았다. 막당이 또다시 용서를 빈다. 재밌어서 발끝으로 뒤통수 좌우를 툭툭 건드렸는데, 마치 운율이라도 맞추듯 막당의 용서를 구하는 외침이 터져 나왔다. 그러다 막당이 갑작스레 고개를 들었다.

"근데 보아 아닙니까? 앗! 맞다!"

한보가 다리에 힘을 주어 막당의 뒤통수를 밟아 눌렀다.

"태사부와 내 목소리를 혼동했단 말야?"

"노, 놀라서 그랬어. 혼동 안 했어. 미안해, 보아야."

"의미를 한쪽으로 통일해서 말해."

한보는 볼을 잔뜩 부풀린 채 무릎을 굽혔다. 막당의 뒤통수에 묻은 흙을 모두 털었는데 여전히 머리통은 일어설 생각을 하지 않았다. 기다리다 못한 한보는 막당의 귀를 잡아 들어올린 뒤 불평했다.

"넌 언제쯤 똑똑해질까?"

"가르쳐 줘, 보아야."

"내가 물었어!"

막당은 모르겠다는 대답조차 못한 채 우물거렸다. 그 꼴이 우스웠는지 한보가 연신 키득거리다가 막당의 머리를 쓰다듬으며 귀엽다고 말했다.

"보아는 경 사저를 닮았어."

막당이 중얼거리자 한보가 웃음을 지우고 시큰둥하게 중얼거렸다.

"자주 들어서 이젠 지겨워. 대체 뭐가 그렇게 닮았다는 건지."

"날 때려. 그리고 막 화내."

"하이고. 그럼 나만 닮았냐? 태사부도 널 때리고 화내더라. 녹 오라버니는 안 그런가? 저번에 보니까 너라면 환장하시는 악 오라버니도 화내고 때리더만.”

“뭔가 달라, 보아야. 그리고 악 형님은 그때… 음, 괜히 화내고 때리셨어.”

한보가 ‘역시…’ 라고 중얼거리며 고개를 꺾더니 길게 숨을 들이켰다. 순간, 막당이 낌새를 채고 어깨를 급히 움츠렸다. 예상대로 한보가 고함쳤다.

“네가 지붕에서 거꾸로 떨어졌으니까 그렇지! 악 오라버니는 네가 혼절해서 떨어진 줄 알고 얼마나 놀라셨다고! 그런 괴상한 방법으로 수련하면 누구라도 화낼 거라고!”

“화내지 마, 보아야. 환자한테 화내면 안 돼.”

“이번엔 누구야?”

“녹 형님. 저번에 들르셨을 때, 이렇게 말하면 된댔어.”

한보는 웃음을 터뜨렸다. 어깨 움츠리고 얼굴 감싸 쥔 채 꼬박꼬박 대답하는 꼴이 귀여웠다. 두 팔을 뻗어서 끌어안고 싶었지만, 그냥 우수만 내밀어서 머리만 쓰다듬었다. 주변에 아무도 없는데 끌어안았다가는 큰 봉변을 당할지도 모른다. 한보는 막당의 머리를 그저 쓰다듬으며 한숨을 뱉었다. 미안하다, 당아야. 내가 너무 성숙해져서 가끔은 나로부터 너를 지킬 수가 없게 됐어.

“근데 보아야, 나 여기 부었어. 할아버지는 괜찮다고만 하셨는데 이거 왜 이런지 넌 알아?”

머리를 내맡기던 막당이 갑자기 생각난 듯 고개를 치켜들며 옷자락을 내렸다. 반쯤 벗겨진 옷자락이 탄탄한 가슴을 드러냈는데, 왼쪽으로 작은 혹이 하나 보였다. 하지만 한보의 눈에는 혹이 들어오지 않았다. 마침 심마와 싸우던 중인데 망측하게 속살까지 보여주니, 피라도 토해야 진정될 것 같았다. 한보는 막당의 옷자락을 다시 올리며 중얼거렸다.

"네가 조만간 초염색마의 탄생을 지켜보겠구나."

"왜 이런지 알아?"

막당의 물음에 한보가 정신을 차렸다. 혹을 보았던 것을 기억한 것이다. 한보는 막당의 옷자락을 다시 내렸다. 가슴에 맺힌 혹을 손으로 눌렀는데, 막당이 아무런 감각도 없다고 한다. 한보는 긴장한 얼굴이 되어 낮게 속삭였다.

"불길해."

짝!

갑자기 날아온 신발에 싸대기를 맞은 한보가 옆으로 고꾸라졌다.

"네 녀석의 노골적인 추행에 온 무림이 감동하고 있다. 대체 뭘 한 게냐!"

"으으…… 불길한 건 나였군. 망할 영감탱이! 태사부면 다예요? 이유라도 물어보고 신발짝을 던지란 말야!"

"이유가 뭐냐?"

"이미 던졌잖아요!"

"한 짝 더 있다. 이유가 뭐냐?"

"당아 가슴에 혹이 있어요."

"아."

귀향공이 쓰게 웃으며 들고 있던 신발을 내려놓았다.

"병 때문이 아니니 걱정하지 말아라."

"당아에게 뭐 실험하다가 부작용 생긴 거 맞죠?"

한보의 뚱한 표정을 잠시 지켜보던 귀향공은 턱짓으로 심부름을 시켰다. 한보가 투덜대면서도 자신의 뺨을 때렸던 귀향공의 신발을 던져 줬다. 귀향공이 신발을 신기 위해 허리를 굽히면서 중얼거렸다.

"부작용 맞다."

"실험 금지!"

"그 실험 때문에 그놈의 무공이 큰 전환기를 맞이할 게다."

"좋은 쪽, 나쁜 쪽?"

귀향공은 대답 대신 얼굴에 불쾌감을 가득 담았다. 한보가 쓰게 웃으며 고개를 주억거렸다.

"뭐… 좋은 쪽인가 보네. 좋아요. 실험 속행. 내 이번 한 번만 봐줄게요."

귀향공이 신발 두 짝을 벗었다. 이미 한보는 숲 속으로 신형을 날린 뒤였다.

스적. 스적.

듣기만 해도 간지러운 소리가 규칙적으로 울렸다. 걸음 소

리는 들리지 않았지만, 바닥을 끄는 반투명한 치마의 겉 천이
끊임없이 소리를 내고 있었다. 여인의 걸음은 곧 쓰러질 빈혈
환자의 걸음과 비슷했지만, 그 위태로운 움직임을 유지한 채
끝없이 진행한다. 치맛단에서 뾰족한 버선 끝이 달팽이 머리
처럼 고개를 살짝 내밀다가 이내 사라졌다. 염화용은 남들 보
기에 불안한 걸음을 유지하며 복도의 끝에 섰다.

끼익.

그저 막혀진 벽처럼 보이던 문이 당겨진다. 염화용은 숨을
잠시 들이켰다.

"어머님, 저예요! 화용이요!"

빛 하나 보이지 않는 계단 아래로 고함을 질렀다. 그러자
어둠 속에서 "들어와."라는 조용한 대답이 들렸다. 염화용이
얼굴에 웃음을 머금고 계단으로 발을 뻗었다. 계단을 딛기 전
에 굴러 떨어질 것 같은 위태로운 동작이었지만, 스물네 개의
계단을 모두 내려갈 때까지 그런 일은 없었다.

"들어가도 될까요?"

염화용이 물었다. 음습한 곳에 자리 잡은 하나뿐인 방이
다. 게다가 문과 벽이 모두 다 돌로 만들어져서 방이라기보다
는 감옥 같았다. 안에서 입실을 허가하는 낮은 목소리가 들린
다. 염화용은 일 년에 네 번 있는 이날이 자신의 생일보다 좋
았다.

"별일없으세요?"

네 개의 초가 방의 각 모서리를 차지했지만, 여전히 내부는 어둑했다. 염화용이 늘 그리워하는 존재는 방 한가운데에 놓여진 원형의 통에서 머리만을 내밀고 있었다.

"응."

늘 그렇듯 짤막한 대답이다. 염화용은 그 대답만으로도 기쁜지 뚜렷한 보조개를 드러내며 웃었다. 염화용은 한눈에도 고운 피부임을 알아볼 수 있는 두 손을 경망스럽게 치켜들어 손뼉을 쳤다.

"들어보세요, 어머님. 그동안 엄청 큰일이 생겼어요."

"무슨 일인데?"

"세상에… 이걸 말해야 되나? 음, 그 있잖아요. 무당파에서 온 이문삼 대협요. 왜, 저번에 왔을 때 말했잖아요. 말처럼 길쭉하게 생긴 얼굴인 데도 왠지 호감있게 생겨서 여협들에게 인기가 많은 사람이라고요."

"응, 알아. 그 사람이 왜? 저번에 너는 이 대협께서 장옥선 여협과……."

"네! 장 여협과 사귀었었잖아요! 그런데 며칠 전에요. 사람들이 잔뜩 모인 술자리에서 이 대협이 술에 취해 뭐라고 했는지 아세요? 기가 막혀. 유향화라고 있죠? 아, 말씀 안 드렸던가? 아무튼 귀엽게 생긴 애 있어요. 이 대협이 향화한테 실수해서 아이를 갖게 했다고 말했어요! 기가 막히죠?"

"어떻게 됐니?"

흔들리는 촛불 속에 두 여인의 얼굴 음영이 자주 바뀌었다. 염화용의 표정은 수시로 변했지만, 통 위에 내밀어진 여인의 표정은 가볍게 짓는 미소에서 조금도 바뀌지 않았다. 눈에 진 주름과 입가를 따라 굴곡진 주름이 오십 이상의 나이를 짐작케 했다. 세월의 흐름은 이마의 작은 주름에서도 느낄 수 있었다. 그러나 누구도 이 여인을 향해 노파(老婆)라는 호칭을 쓸 수 없을 것이다. 아름다웠다. 중년을 넘어선 여인의 얼굴이었으나, 젊은 시절의 미모를 가늠할 수 있는 묘한 아름다움이 아직도 남아 있었다. 염화용이 여인을 향해 외쳤다.

"난리가 났죠! 장 여협이 울고불고 집안에 일러바치고, 이 대협 아버님이 오셔서 용서를 빌고, 완전히 뒤집어졌었어요! 근데요, 근데요. 이건 비밀인데요. 실은 장 여협도 좀 웃겨요. 저번에 저한테 비밀 꼭 지켜달라고 하면서 뭐라 그랬게요? 호홋! 실은 장 여협도 마음에 두고 있는 남자가 따로 있어요. 엄청 콩가루죠? 그쵸?"

"누굴 마음에 두고 있는데?"

"신성육장의 악책 대협을 마음에 두고 있어요! 꿈도 커. 호호호호!"

"악 대협은 멋있게 생겼다면서? 그럴 수도 있지."

"네. 정말 멋져요. 아, 서방님만 아니면 나도… 어머나. 호호. 제가 농담한 거 아시죠, 어머님? 아참, 악 대협 얘기가 나와서 말인데 무슨 문제가 있다는 소문이 들렸어요."

"무슨 소문?"

"중경에서 다치셨다는 소문이에요. 별 소문이 다 나돌고 있는데, 향이가 중경 쪽에 친척이 있어서 자세한 내막을 알고 있대요. 그 얘기는 저한테만 해줬으니 아마 이게 진짜일 거예요. 악 대협이 청성파와 싸우던 도중에 그… 거길 다치셨나 봐요. 평생 아이를 가질 수 없을 정도라니 끝장난 거죠."

"큰일이구나. 젊은 나이에……."

"그러게요. 흠모하던 여협들이 무척 많았는데 어쩌면 좋을까 몰라. 어머!"

한숨짓던 염화용이 깜짝 놀라며 벌떡 일어섰다. 미소만 짓던 여인이 급작스레 인상을 찌푸렸기 때문이다.

"괜찮으세요, 어머님?"

"괜찮아. 옆구리가 살짝 긁힌 것뿐이야."

"조심하세요. 어머님께서 다치시면 제 마음이 너무 아파요."

염화용은 금세 눈물을 글썽거렸다. 반 장의 거리를 둔 채 둘이 마주하고 있었지만, 통 속 여인의 부상에도 염화용은 접근하려 들지 않았다. 그것은 둘 사이의 규칙이었기 때문이다. 동방세가에서 유일하게 이 여인을 만날 수 있는 존재가 염화용이었다. 음식을 전달하는 것도 문밖에서 작대기로 밀어줘야 할 정도로, 여인은 모든 사람들과의 만남을 거부했다. 염화용은 천하제일미 황세희(黃世囍)가 부상을 견딜 시간을 주기 위해 주변을 둘러보는 척하며 침묵했다. 사방이 돌로 된 이 방은 동방량이 직접—인부를 부리지 않고 혼자서—만들었다. 도구라고는 벽의 구석에 놓여진 네 개의 초가 고작이었다. 황, 녹, 청, 적의 색으로 된 네 개의 초는 황세희의 유일한 유희였다.

"이제 됐어. 악 대협 소식 말고 다른 얘기는 없니?"

황세희가 미소 짓자 염화용이 조심스레 눈치를 보며 입술을 벌렸다. 황세희를 담고 있는 통은 겉에서 보기에는 멀쩡했으나, 그 속에는 온몸을 짓누르는 날카로운 흉기들이 수도 없이 박혀 있었다. 염화용이 여러 번에 걸쳐 말을 돌려가며 물어본 끝에 알아낸 정보로는 그 통의 사용 목적이 '자살용'이었다. 황세희는 그 이유를 절대로 말하지 않았다. 다만 저것이 자살용이라면, 천하제일의 동방량이라 해도 황세희의 자살을 막지 못할 것이다.

"곧 아버님과 공작왕이 싸우게 될 것 같아요, 어머님."

염화용이 대수롭지 않게 던진 말에 황세희가 눈을 찌푸렸다. 또 어딘가를 찔렸나 놀라서 염화용이 턱을 치켜들었다.

"아냐, 놀라서 그랬어."

황세희는 고개를 몇 번 저어 걱정을 지운 뒤 물었다.

"그이가 금 대협과 싸운다고?"

"예. 그런데 그게 놀랄 일이에요, 어머님? 이제까지 어머님은 아버님께서 싸우시는 데 관심을 보이지 않으셨잖아요."

"음, 그래……."

말끝을 흐리는 황세희에게서 염화용은 묘한 기분을 느꼈다. 저것은 아무리 봐도 동방량을 걱정하는 눈빛이었다. 이해할 수 없었다. 공작왕 금사희와 싸우는 것이 걱정될 일인가? 젊었을 때 동방량은 금사희를 이긴 적도 있고, 지금에 와서는 그 수위의 격차가 더 벌어졌다는 소문이 돌았다. 게다가 구천대제 중에서 가장 강한 자가 무량검이라는 것을 세상 그 누구도 부인하지 않는다. 왜 걱정을 할까? 염화용이 조심스레 물었다.

"자세하게 얘기해 드릴까요, 어머님?"

"그래."

황세희의 미소가 촛불에 일렁거렸다.

수십 개의 횃불이 어디선가 불어오는 바람에 휘둘려 미친 듯 일렁거렸는데, 그럴 때마다 천외천의 모습이 구름의 일면인 양 흩어지곤 했다. 동방진양은 천외천이 이미 인간의 영역을 떠난 게 아닐까 여겼다.

"그렇게 흥분하지 말아라. 아직 네 몸의 상처를 경시할 수 없다."

부드럽지만, 역시 인간의 음성처럼 들리지 않았다. 겨울철 거센 바람이 숲을 후려쳐 우연히 사람 목소리처럼 느껴졌달까. 동방진양은 낮게 코웃음 치며 적의 가득한 눈으로 아버지를 보았다. 평온하고 무심(無心)한 자의 얼굴이다. 오랜 세월 만나지 못했던 자식을 보는 눈빛이라고는 절대로 생각할 수 없었다.

"그렇게 말씀하시면서도 제 분기를 탱천시킬 얘기만 하잖습니까. 당장 절 보내주시거나, 아니면 죽이십시오."

"사연을 알고 싶다고 말한 놈은 너다."

"거짓 사연을 듣겠다고 말한 적 없습니다."

"운명을 만들겠다고 떠들던 놈이 운명을 만든 자의 이야기를 믿지 않는다? 그런 어리석은 대답이 우습기만 하다. 말했듯 너와 내가 살고 있는 이 세상은 자연이며, 자연 속에 숨겨진 것들을 찾는 사람들이 가득한 무림이다."

햇불이 흔들려 일렁거리는 빛이 마치 바람 소리를 담고 있는 듯했다. 전쟁으로 인해 폐허 가득한 성도의 귀퉁이 마을이 천외천의 소굴이라고는 누구도 생각하지 못했을 것이다. 반쯤 불에 타서 여기저기 나무 기둥이 그을렸고, 몇몇 곳은 아예 무너진 집이었다. 예전에 무가(武家)를 이루었던 곳인 듯 제법 널찍한 마당을 갖고, 커다란 건물도 세 채나 있는 곳. 이곳 대문 위에는 귀퉁이가 불에 탄 현판이 하나 있었는데, 기가 막히게도 현판에는 '천외천(天外天)'이라는 세 글자가 또렷하게 적혀 있었다. 지금 동방진양은 세 개 건물 중에서 가장 많이 부서진 건물 안에 있었다. 다섯 사람도 채 들어오기 힘든 작은 방의 구들을 살피면 사각의 미세한 흠집이 보인다.

그것이 천외천의 지하 소굴로 통하는 입구였다. 술을 담는 창고로 쓰였는지, 아니면 재산을 감추는 곳으로 사용되었는지 지하가 꽤 넓었다. 일 장 간격으로 달아놓은 횃불이 아홉 개나 될 정도이니, 이런 곳을 만들기 위해서는 눈에 띄게 큰 공사를 벌였을 것이다. 그런 이유로 동방진양은 이 지역의 사람들 대부분이 천외천의 수하들이 아닐까 추론했다.

"당신이 말하신 게 운명을 만드는 것입니까?"

"찾는 것 또한 만들었다 할 수 있다. 그리고 천하제일미(天下第一美)와 천하제일강(天下第一姜)이 세상에 나타난 이유도, 내가 그러한 세상을 만들어놓았기 때문이다. 사람이 역욕(力慾)을 가지고 정진할수록 그 사람뿐 아니라 세상의, 그리고 후세의 사람들 운명이 바뀐다. 나는 강자존(强者存)의 무림을 만들었고, 세상은 그에 따라 운명을 따로 만들었으니 전설로 치부하여 꿈에나 그리던 일들이 이제 현실로 나타날 것이다. 그 첫째가 바로 천하제일미와 천하제일강이다."

"천하제일미는 언제나 세상에 있었습니다! 어머님은 그중 한 분이셨을 뿐이고!"

동방진양이 참다못해 고함쳤다. 가슴의 상처가 불에 덴 듯 뜨거웠다. 천외천은 두 손을 가볍게 가라앉히며 또 한 번 진정할 것을 요구했다. 거칠게 몰아쉬던 동방진양의 숨이 가라앉자 천외천의 웃음소리가 흘러나왔다. 어찌 들으면 세상을 한탄하는 늙은이의 헛웃음 같은 소리였다.

"하하하하. 자식이 어머니의 가치를 그따위로 깎아버리다
니, 천하에 다시없을 불효구나. 그럼 네가 대답해 보거라. 낙
랑이 어째서 자신의 수련을 팽개치고 정도맹의 유인에 걸려
들었다고 생각하느냐? 자신이 죽을 수도 있다는 걸 뻔히 알면
서 뛰어들 만큼 가치있는 것이 동방세가에 있었느냐?"

"그거야 둘째 형님의 계책……."

"그 계책이 대체 뭐냐? 당장 치지 않으면 마교가 멸망할지
도 모른다는 얘기? 낙랑 덕분에 일어선 마교가 대체 얼마나
큰 위기를 맞이했기에 낙랑의 목숨을 바쳐야 한단 말이냐. 그
것도 스스로."

"그게 어머님 때문이라는 말이십니까?"

"낙랑이 바로 천하제일강이다. 무림이 만든 음양의 신(神).
여성은 여성이 구할 수 있는 최고의 힘을 타고났으니 곧 천하
제일미. 남성은 남성이 구할 수 있는 최고의 힘을 타고나서
천하제일강이다. 낙랑은 자신의 정체를 알고, 천하제일미의
정체를 알았기에 목숨을 걸고 정도맹을 찾은 것이다. 그 정도
의 가치가 있는 존재니까. 묻겠다, 애야. 여성이 여성으로서
가장 강한 힘을 얻었다면 그게 무엇이겠느냐?"

동방진양은 가슴이 내려앉았다. 비로소 천외천이 말했던
자신의 출생과 관련된 끔찍한 이야기의 정체를 알 수 있었기
때문이다. 천외천은 동방진양의 눈빛에서 그것을 읽고 승리
의 미소를 머금었다.

"이제야 알았나 보구나. 그래, 출산(出産)이다. 고작 세월의 흐름에 따라 제 멋대로 변하는 외모의 아름다움 따위에 미(美)를 붙이는 짓이야말로 어리석지. 천하제일미는 이름 그대로 거대한 힘이다. 길한 운명이 함께하는 거대한 힘! 네 어미 황세희가 잉태하는 자식들은 모두가 무재들이며, 지금 나의 씨를 받아 나온 네가 최고의 무재다. 만약 천하제일강, 근본부터 강한 자로 태어난 낙랑이 네 어미를 취했다면 애기가 달라졌겠지. 하하하."

"……."

"낙랑은 마교천하를 위해 네 어미를 취하려 했던 거다. 하지만 그때는 이미 늦었지. 내가 실험을 위해 보낸 호법에게 당하여 조인을 낳았고, 그 뒤에 나한테 또 당하여 너를 낳은 이후로 그 계집의 경계가 심해졌으니까."

"크윽! 꾁!"

동방진양이 이를 갈며 전신을 떨었다. 그랬나! 그런 것이었단 말인가! 어머님이 한 번도 자신을 만나려 하지 않고, 그 컴컴한 지하에서 스스로 외롭게 살았던 이유가! 원수다. 원수야, 이놈은! 결코 내 아버지가 될 수 없는 자다! 동방진양은 살기 어린 안광으로 천외천을 쏘아보다가 울혈을 참지 못해 '쿨럭' 하고 한 모금을 토했다.

"믿지 못하겠으면 량아에게 물어보거라. 조인이 아직까지 자기 아들이라고 착각하는 그 멍청한 놈도, 너만큼은 남의 자식이라는 걸 알고 있을 테니까. 하하하.”

“그래서…….”

동방진양이 힘겹게 손을 들어 입가와 턱에 묻은 피를 닦았다.

“그래서 당신이 뭘 바라는 겁니까. 제가 당신의 아들이니 반드시 도울 거라고 생각한다면 세상에 그보다 큰 오산은 없을 겁니다.”

“혈연의 정을 따지며 나를 도우라 말할 리 없지. 그래서 내가 이 자리에 서서 널 마주하고 있는 게다. 하하하.”

“무슨 협상을 벌이실지 기대됩니다. 큭흐흐. 나, 동방진양이 미친놈과 협상을 하게 될 줄이야.”

“선택의 여지가 있을까? 네가 나를 돕지 않거나 이 사실을 동방세가에 알린다면, 나는 네 어미를 다시 한 번 찾아갈 것이다.”

쾌활한 천외천의 말에 동방진양이 두 눈을 크게 뜨며 이를 갈았다. 천외천은 그 표정을 기다렸다는 듯 크게 웃음을 터뜨리더니 비로소 협박다운 어조로 목소리를 깔았다.

“네 어미를 다시 간할 능력이 내겐 없다. 듣기로는 너무 절저하더구나. 내가 그 계집에게 한 발짝만 다가가도 몸을 뒤틀어 자결할 게 뻔하다. 알겠느냐? 일평생 남자에게 자식 낳는 도구로 대접받아 겁탈이나 당하는 그 인생, 그 불쌍한 인생의 네 어미가 그 꼴로 고스란히 죽게 되겠지.”

"이 미친놈아아아!"
횃불이 일렁거림이 그치지 않았다.

휘이이이이!
바람이 거셌다. 주변에 가득했던 모닥불들 중에서 몇몇 개는 이미 늦겨울 바람을 견디지 못하고 불씨를 놓쳤다. 동방량은 모닥불이 없어 어두운 진영만을 골라 걸었다. 누군가에 의해 억지로 이루어지는 비무임은 분명하다. 정체불명의 겨울 바람은 자신, 또는 금사희라는 모닥불의 불씨가 꺼지는 것을 노리고 있으리라. 동방량은 저들이 노리는 대로 걸었다. 그 길의 끄트머리에 자신이 원하는 것이 보였기 때문이다. 일평생에 금사희와 다시 만나 진정한 비무를 겨룰 수 있다는 사실이 기뻤다. 그리고 두려웠으며, 그만큼 간절했다.
"놈……. 네게 있었어야 했다."
동방량은 중얼거렸다. 그것이 자신에게 결코 존재해서는 안 될 '후회' 의 말이라 해도 언젠가는 뱉었어야 한다. 수많은 세월로 변명해도 그것이 후회임은 분명했으니까. 부정할 수 없었고 부정하기 두려웠다. 동방량은 질책했다.
"어째서 욕심을 부렸는가. 감당할 수 없음을 알았다면 뒤늦게라도 놓아줬어야 하지 않는가. 옛 호기와 어리석음은 탓할 필요 없다. 하나 지금 붙잡고 있지 않는가. 어리석다, 동방량. 흔들리는구나, 동방량."

동방량은 금사희의 여인을 빼앗았다. 아니, 금사희가 여인을 건넸다. 공작천의 후기지수는 기문황가(奇門黃家)의 여식과 정혼했다. 금사희는 중원제일미 황세희의 얼굴조차 보지 못한 상태에서 사부의 뜻에 따라 정혼을 받아들였다. 하지만 동방량이 중원제일미의 이름을 탐냈다. 천하제일의 호기에 젖은 동방량은 자신에게 어울리는 여인이 황세희뿐이라 여겼다. 동방량은 황세희를 직접 만나 대면하고 자신의 반려자가 될 존재로서 손색이 없음을 확신했다. 그날로 동방량이 공작천에 홀로 찾아가 금사희에게 비무를 청했던 것이다. 금사희의 대답은 간단했다. 너 가져.

쿠르득! 후르드득!

바람 소리는 들리지 않았는데, 저편 모닥불이 격하게 춤을 추며 노래를 부른다. 곧 떠날 찬바람을 배웅하듯 아쉬움 가득한 춤사위였다. 동방량은 발걸음을 돌려 모닥불을 향해 걸었다. 지난 일의 감상에 오래 젖어 있는 것은 위험하다. 어쩌면 오늘이 될지도 모르는 일평생의 숙원을 위해서라도 마음을 다스려야 했다. 이 싸움으로 인하여 금사희를 알게 될 것이다. 노래하는 자는 노래로 사람을 알고, 글을 쓰는 자는 글로 사람을 안다. 농사를 짓는 자는 농사하는 모습을 보고 사람을 알며, 배를 모는 자는 출렁이는 물결 위 뱃전에 몸을 실은 모습을 보고 사람을 안다. 동방량은 싸우는 자였고, 싸움을 통해 사람을 알았다. 죽음을 목전에 둔 자는 언제나 솔직했고,

이번에도 그 솔직함을 볼 수 있으리라 확신했다. 그때의 금사희를 알기 위해서는 싸워야 한다. 내 모든 것을 끌어올려 임해야만 할 것이다. 동방량은 모닥불을 응시했다. 이글거리는 불꽃이 자신을 비추는 거울처럼 느껴졌다.

화를 가라앉히려고 노력할수록 세월에 갇혔던 분기가 솟구쳤다. 그 누구도, 세상 그 어떤 존재도 황세희를 거절할 수 없다. 감당할 수 없는 도박을 해서라도 갖고 싶은 여인이 황세희였다. 과거에 금사희가 너무도 가볍게 중원제일미를 포기한 것은, 그저 단 한 번도 여인을 본 적 없었기에 가치를 몰랐던 것이라 여겼다. 하지만 세월이 흐를수록 그게 아니다 싶었다. 다른 자라면 몰라도 금사희는 그럴 인물이 아니었다. 동방량이 행동하여 깨닫는 자라면, 금사희는 깨달았을 때 행동하는 자였다. 분명 금사희 또한 황세희의 매력을 알고 있었고 품에 안고 싶었을 것이다. 그런 금사희가 정혼녀를 포기한 이유는? 동방량은 짐작하고 있었다. 저울질했겠지. 저울질을 해보니까 있는 것보다는 없는 게 더 이익이라는 결과를 산출했으리라. 실제로 동방량의 일생이 지금껏 끌어안고 있는 후회에 반드시 '황세희'가 들어가 있었다. 금사희는 이렇게 될 것을 짐작했으리라. 하지만 그렇다고 대뜸 '너 가져'라고 말하며 비무도 하기 전에 졌다고 말하는 금사희의 이성을, 동방량은 이해할 수 없었다.

"금사희."

동방량이 불꽃처럼 뜨거운 숨결을 토했다.

"인생 그따위로 사니까 좋으냐?"

"좋구나."

금사희는 옷 속을 파고드는 겨울바람을 만끽하며 미소 지었다. 정갈하게 빗은 머리칼이 바람에 흐트러질 때마다 부드러운 손짓으로 제 위치를 찾아준다. 이것은 외도(外道)였다. 강북치세가에서 끝없이 원군을 요청했지만, 금사희는 단 한 명의 원군도 보내주지 않았다. 그 대신 신양 부근에 집결시키던 사도맹 대총군의 위치를 변경하여 양번(襄樊) 전 지역에 진영을 만들었다. 덕분에 동방량의 정도맹군은 강북치세가에서 철수하여 급히 남하했다. 호북성의 양번과 가장 가까이 있는 문파는 정도맹의 무당파였으며, 무당파는 정도맹의 절반에 이르는 문파들에게 직접적인 영향을 끼치는 존재였다. 금사희의 예상대로 동방량은 호북과 하남의 경계를 유지한 채 세력을 모았다. 금사희는 동방량이 자신의 뜻에 따라 행동해 준 것을 감사히 여기며 크게 보답했다. 오랜 세월 동안 동방량이 끊임없이 요구했던 것. 바로 둘 사이의 생사결(生死決)이었다.

"듣고 잊어라, 아련아."

금사희가 말했다. 곁에 있던 아련이 한숨을 내쉬며 비밀을 많이 알게 되면 일찍 죽는다며 불평한다. 한두 번 듣는 불평이 아닌지라 금사희는 무시한 채 입을 열었다.

"나는 이때를 기다렸다. 놈을 믿었거늘, 그 힘이 알량하여 반드시 지켜야 할 것을 지키지 못했으니 화가 나는 게 당연하다. 병신 같은 놈."

"이건 뭐… 들어도 무슨 소리인지 알 수가 있나."

"닥치고 듣기만 해라. 내 인생의 길을 비틀 정도로 혼을 빼앗았던 여인의 이야기다. 아름답지는 않으나 모습을 보고서도 내쳤다 말하기엔 너무도 뻔히 보이는 거짓인지라, 보았다고 말할 수도 없었다. 여인의 문장에 홀리고 여인의 발걸음에 홀린 적 있느냐? 이 세상 누구라도 홀렸을 것이다. 그것이 두려워 내가 가질 수 없었다. 그래서 가장 믿을 만한 놈에게 맡겼는데, 제대로 발등 찍혔다. 쳐 죽일 놈이다. 오늘따라 진정이 되지 않는 것을 보니, 이놈도 저쪽에서 나를 마주하나 보다."

"여인이라……."

아련이 혼잣말로 한탄했다.

"제가 사부님 나이가 되면 제자 하나 붙들고 똑같은 소리나 하고 있겠군요. 끔찍하니 그전에 죽어야지."

"가장 사랑하는 이조차 지킬 수 없는데 무슨 놈의 천하제일인이냐. 생각할수록 한심하다."

"그런 한심한 자에게 사랑하는 여자를 맡긴 사부님도 만만치 않습니다요. 에휴."

"그래, 맞다."

금사희는 천천히 걷기 시작했다. 아련도 뒤를 따라 걷는데 한 걸음 한 걸음마다 한숨을 뱉었다. 천외천의 수하들이 공작천을 기습했을 때, 아련은 수년간 미동도 못하겠다 싶을 정도로 큰 부상을 입었다. 그것을 고작 몇 개월 만에 완치에 가깝게 치료한 자가 금사희였다. 금사희는 사도맹의 운영 대부분을 원로들에게 맡기고 아련의 치료에만 집중했는데, 그것이 주변인들로 하여금 공작천의 새로운 전인을 짐작케 했다. 아련과 한숨이 금사희의 뒤를 따랐다. 아련이 갑자기 혼잣말을 하듯 물었다.

"누구 얘기를 하는 건지 구체적으로 말씀도 안 하시고 헛구름 뭉치듯 두루뭉실하시곤, 중요한 비밀을 알게 됐다는 이유로 파문하시겠지. 휴우. 뭐든 어거지시라니까."

"천하제일미와 무량검을 말하는 것이다. 이미 짐작했지 않느냐?"

"후우, 다들 똑똑한 줄 아신다니까."

"어릴 때부터 곱게곱게 키웠더니 갈수록 버릇이 가관이구나. 네 덕에 분기가 좀 더 솟아 앞으로의 싸움에 도움이 될 듯하다."

"곱게곱게 키우셔서 어린애가 첫사랑에 빠지자마자 양 사저를 파문시켰습니다. 허헐."

"그래."

금사희가 쓰게 웃었다.

"네가 내 옆에 있는 것은 참으로 큰 복이구나. 심마의 단련에 이보다 큰 도움이 되는 놈은 없을 게다."

금사희는 주변 불빛이 전혀 없는 곳까지 걸었다. 아련이 뒤를 따르면서 '이러다 표창 맞지'라고 여러 번 투덜댔지만, 금사희는 계속 걸었다. 점점 길이 솟고 있었다. 진영에서는 좀처럼 들을 수 없는 밤새 소리에 아련이 일출은 정상에서 보겠다며 한숨을 쉬었다. 정말로 금사희가 내딛는 걸음은 융중산(隆中山)의 등산로였다. 이 길은 금사희도 그렇고 아련도 그렇고, 자주 발을 내밀던 행로였다. 금사희는 제갈량의 젊은 시절을 품었던 이 산에서 공명의 어리석음을 자주 비웃었다. 능력이 안 되면 나서지나 말지, 그깟 인사 몇 번에 홀려서 스물일곱 청춘에 개고생의 소굴로 발을 내민단 말인가. 하지만 이제는 남 욕을 할 처지가 아니었다. 동방량에게 약속한 생사결과 제갈량의 삼고초려 망극태도가 무엇이 다른가. 마침 아련이 말했다.

"곧 사부님도 그때의 저처럼 반병신이 되실 텐데 직접 치료하실 생각이십니까? 제 의술을 믿고 생사결하시는 거면 지금 당장 파문시켜 주십시오."

금사희는 대답 대신 웃음부터 터뜨렸다. 누군가가 자신에게 그런 질문을 해주기를 바랐기 때문이다. 금사희는 산을 오르면서도 전혀 흐트러지지 않은 매무새를 아련에게 보였다.

"생사결이다. 무량검은 내게 무량검의 전쟁을 원하겠으나,

나는 나의 전쟁을 가지고 있다. 네가 말한 그런 일은 없을 것
이다. 이 싸움은 반드시 내가 이긴다. 나를 제외한 세상 모든
이들이 내게 패배의 이름을 건네더라도 내가 이겼다.”

“두루뭉실, 두루뭉실.”

“네가 잘 안다, 아련아. 온전한 사람으로 자신을 다스렸다
면, 반드시 자신만의 전쟁을 가지고 있다. 한낱 미물인 글자
나 소문 따위에 홀려서 사람으로서의 자신을 찾지 못한 이들
은 열심히 떠들 게다. 저놈이 이겼다, 저놈이 졌다. 그리고 저
놈은 죽었다. 저놈은 끝났다. 사람의 전쟁을 감히 누가 글과
소문의 잣대로 평가한단 말이냐. 동방량은 이미 시작부터 패
했다. 그자에게 한가닥 희망이 있다면, 스스로의 전쟁에서나
마 이기는 것이다.”

“이쯤 되면 더 두루뭉실.”

“심마가 드는구나. 너 오늘 제대로 걸렸다.”

금사희는 아련에게서 몸을 돌리더니 급작스레 신형을 빨
리하여 등산했다. 그리고 어둠 속에 ‘따라오라’는 명령을 남
겼다. 아련은 금사희의 뒤를 따르는 대신 주변을 급히 돌아보
며 자신이 목을 맬 나무를 찾았다. 결국 아련은 투덜거리며
금사희의 자취를 쫓아 달렸다. 아무리 달려도 금사희의 그림
자가 보이지 않는 것을 보니, 심마를 제법 크게 키운 듯했다.

슥. 스.

어둠이 짙어 한 치 앞도 보기 어려웠다. 보름달이 구름에 지워졌기 때문일 수도 있고, 겨울바람을 막기 위해 방문을 여러 겹으로 도배했기 때문일 수도 있다.

덜컥.

바깥에서 들리던 낮은 소리에 뒤이어 방문이 열렸다. 그제야 방 안이 조금 밝아졌다. 구름이 제아무리 기를 써도 보름달의 위세를 모두 지울 수는 없었는지 어슴푸레하게 그림자를 드러냈다. 인영은 조심스러운 걸음으로 방 안에 들어섰다. 순간, 막당과 악책과 귀향공이 눈을 떴다. 눈을 크게 치켜 뜨는 막당에 비해 귀향공과 악책은 질끈 감았다.

"봅!"

막당이 말하려다가 한보의 발바닥에 입이 막혔다. 한보는 어둠 속에서 턱짓으로 주둥이 닥친 채 따라오라는 명령을 내렸다. 막당이 슬그머니 일어나 한보의 그림자를 따라서 방을 나갔다.

"아직 새벽도 되지 않았는데⋯⋯."

문이 닫힌 후 얼마 되지 않아 악책이 중얼거렸다. 곧 귀향공이 답했다.

"별일은 없을 게다. 애 데리고 이 짓 저 짓 해봐야 애라는 걸 알게 되는 설움밖에 남지 않겠지. 아침이 되면 구아에게 별일이 있겠구나."

"태 아우 말입니까?"

"이렇게 큰 소리를 내며 들어왔는데 세상 모르고 자는 꼴 좀 봐라. 암습에 모가지를 내밀고 사는 꼴은 도저히 봐줄 수 없다."

"어제 이것저것 심부름을 많이 시켜서 피곤했을 겁니다. 어쩌실 건지 모르겠으나, 선배께서 용서하십시오. 제가 아픈 탓에 태 아우가 고생을 많이 하고 있습니다."

"걱정 말아라. 그저 어제보다 더 많은 심부름을 시키는 정도니까."

그 말에 안심하여 악책이 미소 지었을 때, 귀향공이 말을 이었다.

"그리고 새벽에 보아, 저 계집애가 당아 놈을 몰래 데리고 나간다는 말을 해줘야지. 내일 새벽에도 세상 모르고 자나 한 번 보자꾸나. 허허허."

"……."

한보는 막당을 이끌고 하산했다. 막당이 이유를 물으니 당연한 대답이 돌아왔다. 며칠 전처럼 그저 심심하고 잠이 안 와서였던 것이다. 최근 한보는 심각할 정도로 잠을 설쳤다. 한보 외에 그 이유를 아는 자는 귀향공뿐이었다. 한보는 귀향 공에게 무공을 원했다. 하지만 귀향공은 목장에서 살던 때의 복수라도 하듯—그때는 귀향공이 본격적으로 가르쳐 주겠다고 몇 번 말했었는데 한보에게 거절당했다—청화 외의 어떤 것도 전수할 생각이 없다며 딱 잘라 말했다.

"당아야."

"응, 졸려. 오늘도 강에 가는 거야?"

한보는 잠시 걸음을 멈추고 막당을 돌아봤다. 뒤를 따르던 막당이 깜짝 놀라며 어깨를 움츠렸다. 한보는 강에 간다고 말하곤 다시 몸을 돌려 걸었다. 불안하여 울적했다. 아끼는 사람들이 계속 다치고 있는데, 자신의 무공은 조금도 진전이 없다. 그리고 얼마 전까지, 아니, 지금도 부상 중인 막당의 무위가 눈에 띌 정도로 달라지는 것이 느껴진다. 태목구도 마찬가지였다. 한보는 자신이 정체되어 있다는 느낌을 받고 있었다.

"사부님이 그러셨어. 네 무공은 사도라고."

"응. 녹 형님이 그러셨어. 큰사부님이 사도맹이랑 싸우지 말라고 하셨으니 내 무공은 사도일 거래."

"사도와 정도의 차이가 뭐야? 아니, 대답하라고 질문한 게 아냐. 응. 그냥 해본 말이니까 긴장 풀어."

한보는 고개를 저으며 크게 한숨을 뱉었다. 장강 바람이 몸을 떠미는 곳에 이르렀건만 한기를 느낄 수 없다. 이제 봄이 온다는 것을 여실히 느낄 수 있었다. 한보가 바람에 몸을 맡기듯 두 팔을 펼치자 뒤에서 막당이 물었다.

"보아는 왜 안 자?"

"답답해서."

"왜 답답해?"

“그냥 답답해. 하고 싶은 것도 많고 할 수밖에 없는 것도
많은데 하지 못해서 답답해.”

“무슨 말인지 모르겠어.”

휘이익!

한보가 급작스레 몸을 돌리며 막당을 향해 발을 뻗었다. 장
강 바람이 놀라 주춤할 정도로 매서운 기세의 돌려차기였지
만, 막당은 가볍게 한 발 물러서는 것으로 회피했다. 몸이 회
류하는 기세를 멈추지 않고 한보가 권을 휘둘렀다. 막당이 인
사하듯 상체를 굽혀 피했는데, 한보가 팔꿈치로 등을 찍으려
했다. 이런 경우에 구동준은 좌우측의 회피세와 함께 반격을
펼치는 동작이 적격이라고 가르쳤다. 그런데 막당은 아예 땅
바닥으로 엎어졌다. 물론 완전히 엎어진 것이 아니라 무성신
법의 변초로 땅에 닿을 듯 몸을 낮춘 동작이었다. 이럴 때 한
보가 팔꿈치를 내세운 채 자빠지지 않으면 막당의 등을 때릴
수 없게 된다. 한보는 공격을 포기하고 팔을 들어올렸다. 바
닥에 거의 눕거나 자빠진 상태에서의 움직임이라면 막당의
신법을 능가할 무공이 드물 것이다. 막당이 몸을 더 가라앉히
는 순간, 이미 공격은 실패한 것이나 다름없었다.

“정도의 무공이 정말 강할까?”

한보가 발끝으로 막당의 어깨를 쳐서 일으키곤 물었다. 막
당이 멀뚱하게 한보를 응시하다가 모르겠다며 고개를 저었
다. 답답함이 가중되어 한보는 장강을 향해 신형을 날렸다.

촤!

무릎 위까지 물에 잠겼다. 한보는 다리의 간격을 넓히면서 무릎까지 반쯤 구부려 물결이 허벅지에 이르게 만들었다. 뒤로 당겨진 정권이 끝없이 펼쳐진 장강을 향해 쏘아졌다.

콰아아아아!

매서운 일격에 물결이 폭음을 내며 치솟았다. 한보는 일격을 날렸던 우권을 당김과 동시에 좌권을 뻗으며 고함쳤다.

"답답해서 미칠 것 같아! 지킬 것이 많은데 왜 수련을 해도 실력이 늘지 않는 거냐고!"

콰아아하!

한보의 우수가 허공으로 치솟았다. 그것은 즉시 추락하여 수도로 물결을 쪼갰다. 매서운 폭음이 또 한 번 터졌고, 한보 앞 물살이 다시는 모이지 않을 것처럼 크게 갈라졌다. 한보는 이에 만족하지 않고 좌수와 우수를 번갈아 휘두르며 물살을 두들겨 팼다. 장강이 시원스런 비명으로 응수하며 한보를 달랬다. 막당이 묵묵히 그 꼴을 지켜보다가 슬그머니 발을 내밀며 한보의 곁으로 접근했다.

철벅.

"넌 하지 마."

막 물속에 발을 넣었던 막당이 입술을 삐죽 내밀며 투덜댔다.

"나도 해보고 싶어, 보아야."

"물이 아직 차단 말야. 환자 주제에 무슨 짓을 하겠다는 거
니?"

"보아는 왜 해?"

"환자가 아니니까 난 해도 돼. 아, 그래도 속이 좀 시원해
지네. 어차피 금방 또 갑갑해지겠지만."

"왜 갑갑해?"

"말했잖아. 수련을 해도 실력이 늘지 않아서 갑갑해."

막당은 잠시 고민하다가 물에서 발을 빼며 고개를 끄덕거
렸다. 그때까지 장강 물결만을 노려보던 한보는 달이 구름을
벗어나서 빛을 발할 때 힘껏 고개를 돌렸다.

"나, 네가 좋아!"

"나도 너 좋아, 보아야."

귀향공의 예언이 실현되는 순간이었다. 한보는 막당의 대
답이 무엇을 의미하는지 잘 알았고, 그 대답이리라는 것을 태
어나기 전부터 짐작했던 것 같은 기분이 들었다. 무슨 대답이
나오든 상관없었다. 한보는 말했다.

"그래서 너와 오래오래 함께하고 싶어. 그래서 널 지킬 힘
이 필요했는데, 예전에는 충분하다고 여겼어. 너와 내가 있을
곳은 목장이라고 생각했으니까."

새로운 구름이 달을 향해 질주했다. 어쩌면 달이 한보의 마
음을 부끄러워하여 구름을 향해 내달렸을지도 모른다. 장강
물결이 좀 더 소란을 떨며 한보의 목소리를 감추기 위해 노력

했다. 그래도 한보의 고백은 단 한 자도 벗어남 없이 막당의
귀에 들어갔다.

"그런데 어쩌다 보니 우리가 무림에 있는 거야. 하하. 정말
후회된다. 그때 공작왕의 제안을 받아들여서 사도의 무공이
라도 배워둘걸. 제기랄! 아끼는 사람 다 잃어버린 노년기에나
그 힘을 얻으면 뭐 해? 내가 힘을 필요로 하는 건 당장인데.
너 정말 고향에 안 갈 거니?"

"우웅. 무슨 말인지 모르… 아! 고향에 갈 거야. 근데 뺨에
상처가 안 지워져."

"이제는 늦었어."

한보가 쓰게 웃었다.

"너뿐 아니라 내 가슴에 많은 사람들이 실타래처럼 엮여
버렸는걸."

막당은 한보의 말에 응수하는 대신 손을 까닥여 차가운 물
에서 나오라는 뜻을 보였다. 달과 구름이 섞이니 한보의 몸이
어둑하여 그 자체로 한기를 뿜는 것처럼 보였던 이유다. 한보
는 막당의 뜻을 받아 몇 걸음 옮겼다. 하지만 물에서 완전히
빠져나오지는 않았다.

"나는 태사부님이 네 곁에 있는 게 좋아. 내가 지킬 수 없
으니 지킬 수 있는 누군가에게 맡기는 것이 최선일 테니까.
하지만 언제까지 그럴 수 없잖아. 그래서 답답해. 비겁하잖
아? 그랬다가 네가 또 다치면 태사부님을 원망할 수도 없는

일이고. 아, 멍청해 보여라. 갑갑하고 답답하다, 당아야. 왜 난 실력이 늘지 않지?"

막당이 고민 끝에 대답했다.

"아냐. 보아 실력 좋아. 불 잘 지르잖아."

"네 주제에 비꼬는 거냐! 그럴 리 없지. 어휴. 정말이지 앞길에 안개가 자욱하게 낀 것 같아. 무모함이라는 게 뭔 소린지 전혀 모를 때는 그래도 마음만큼은 편했는데."

"보아는 기분이 나빠 보여."

"이제 알았냐!"

한보의 윽박에 막당이 깜짝 놀라더니 급히 노래를 불렀다. 육모탕이 즐겨 부르던 노래였으며, 제갈당숙을 위안할 때 부르던 노래였다. 아쉽게도 한보는 노래와 춤에 혹하지 않았다. 물결에 또 한 번 정권을 날려서 막당의 노래에 '오고로로로' 소리를 추가시킨 것이다. 이제는 막당도 울적한 얼굴이 되어 어쩔 줄을 몰라 했다. 마치 그 얼굴이 한보에게 위안이 된 듯, 강물에 잠긴 불꽃의 여인은 활짝 웃으며 기지개를 켰다.

"아아, 모르겠다! 앞일 계산하는 건 역시 내 체질에 맞지 않아. 막당! 넌 죽었다 깨나도 내 옆에 붙어 있어야 해! 웃하하!"

"그럴 거야, 보아야."

막당이 한보의 웃음에 기뻐하며 마주 웃었다. 한보는 비로소 물에서 나와 막당에게 어깨동무했다. 돌아가자고 말하지도 않았는데 막당이 자연스레 의원의 집으로 걸음을 옮긴다.

한보는 막당이 불렀던 노래를 기억하여 힘껏 소리쳤다. 길을 지나 오르막에 들어서니 막당도 노래를 따라 부르며 즐거워했다. 때마침 산속 어디에선가 둘의 노래에 장단 칠 뻔한 소리가 들렸다.

아오오오오… 컁!

컁, 캥, 깨! 어딘지 알 수 없는 산속 여우의 비명이 끝없이 이어졌다. 한보가 꺄르르 웃으며 '분명히 초구일 거야' 라고 말했고, 막당도 고개를 끄덕여 동조했다. 한보는 생각했다. 지킬 자가 더 강하나 지금에 불과할 뿐이다. 내가 당아를 지키려 하고, 의형제들을 지키려 하듯 저들도 그런 생각을 할 게 분명―녹 오라버니는 예외다!―하다. 막당이 위로하기 위해 노래를 불렀을 때, 한보는 위로받았다. 막당은 초구를 지키기 위해 싸웠고, 그 때문에 자신도 싸웠다. 그렇기 때문에 지금 여우가 달 보고 울다가 혼쭐나고 있다. 초구를 지켰듯, 또 다른 자가 지켜질 것이다. 한보는 막당의 어깨에 걸쳐진 팔을 힘껏 당겨 소중한 친구이자 형제의 목을 끌어안았다. 후회가 있을 리 없잖은가. 이미 더 낫다. 지키는 내가 없는 당아보다, 지켜주는 당아가 없는 나보다. 우리 둘이, 그리고 신성육장이 만나지 못했을 때보다, 이렇게 만나서 함께하는 것이 더 낫지 않겠는가. 한보와 막당은 노래를 그치지 않고 목적지에 도달하여, 드디어 태목구를 깨웠다.

36장

마을 침공

마을 침공

사월 보름이 되니 봄꽃만큼이나 소문이 만발했다. 수많은 사람들이 입술에 혈화(血華)를 머금고 소문을 퍼뜨렸다. 가장 많은 소문이 퍼지는 곳은 단연코 사천성이었다. 신성육장이 동방인과의 싸움에서 얻었던 피해를 수습하는 사이, 청성파와 아미파는 '정도맹의 깃발' 을 내걸고 전쟁을 벌였다. 사천성 전 지역을 정도맹의 땅으로 만들겠다는 주장이었는데, 정작 정도맹 본산에서는 이를 허락하지 않았다. 오히려 동방세가 측에서는 무량검과 공작왕의 생사결 전에 정사마 간의 휴전을 꾀하는 중이었다. 신마제 이후식은 정사가 휴전을 한다면 마교 또한 기꺼이 휴전하겠다는 의사를 밝힌 뒤였다. 중원

전체가 병장기와 깃발을 내리고 자숙하던 상황에서 오직 청성과 아미만 피를 뿌리고 있었던 것이다.

낙랑 이후 크게 몸을 사리던 마교의 눈에 혈광이 일었다.

"마교의 힘을 아느냐?"

귀향공이 담뱃대로 소청 모서리를 두드리며 물었다. 막당이 고개를 저었다. 귀향공은 애초에 막당 따윈 기대도 하지 않았다는 듯, 눈길을 한보와 태목구에게 머물던 터였다. 한보와 태목구가 나름대로 고심하던 끝에 막당을 따라 했다. 오랜만에 찾아와서 거적 위를 뒹굴거리던 녹지현이 시큰둥한 목소리로 말했다.

"멍청하긴. 민초삼호(民草三湖)도 몰라?"

"민초삼호라뇨?"

정말 처음 듣는 말인지라 한보의 멍한 눈이 녹지현의 볼록한 배로 향했다. 그동안 중경과 이곳을 오가는 것이 효험이 있었던 듯, 녹지현의 배는 눈에 띄게 가라앉은 상태였다. 게다가 다리도 제법 단련되었는지 반쯤 올라간 도복 아래로 종아리의 탄탄한 근육을 볼 수 있었다. 한보는 허벅지의 근육도 살펴보고 싶었지만, 하필 녹지현의 손이 바지춤에 들어가서 뭔가를 긁적거리고 있었기에 시선을 돌려 얼굴을 보았다. 곧 얼굴마저 볼 수 없었다. 거길 긁은 손의 냄새를 대체 왜 맡냐고!

"저놈이 그래도 민초삼호를 아는구나."

귀향공이 웃음을 터뜨리며 고개를 끄덕인다. 녹지현은 우월감을 느꼈는지 누운 상태에서도 턱을 치켜들었다. 그 꼴이 얄미워 한보가 귀향공을 재촉했다.

"민초삼호가 뭔지 말씀해 주세요."

"개문, 녹상문, 마교를 말함이다. 이 세 개 세력은 공통점이 있지."

"왜 그 재미있는 얘기를 모르는 거지?"

녹지현이 질책한다. 한보와 태목구는 녹지현이 어째서 민초삼호라는 말을 아는지 이해할 수 있었다. 녹상문이 들어 있지 않았다면 저렇게 잘난 척을 하지 못했겠지. 한보가 불평하기 전에, 태목구가 먼저 일어섰다. 태목구는 '시익' 하고 웃더니 녹지현에게 다가가 부드럽게 말했다.

"봄이 왔으나 아직은 춥습니다, 녹 형님. 그렇게 땅바닥에 누워 계시면 감기에 걸리실 겁니다."

가녀린 목소리와 다르게 태목구의 우악스런 손놀림이 거적을 휘저었다. 녹지현은 반항조차 하지 않고 거적에 둘둘 말리더니, '그래도 자세는 누운 상태로 해다오' 라고 부탁했다. 태목구가 뜻을 따르자 녹지현이 입가에 만족의 미소를 띠었다. 저 꼴을 보니 태목구 말대로 정말 추웠던 것이 분명하다. 녹지현이 말했다.

"재미있잖느냐. 작금 무림에 구십육 년 동안이나 정사마의 싸움이 그친 적이 없는데, 정도맹 소속이면서도 마교 소속인

자들을 용납하고 있다. 그걸 한 번도 이상하게 여긴 적이 없
던 거냐?"

"옛? 첩자를 용납한다고요?"

한보가 멍한 얼굴로 녹지현을 응시했다. 귀향공의 담배 연
기가 앞을 가렸다.

"첩자가 아니다, 이 녀석아. 저놈 말대로 정도맹 소속이면
서도 마교 소속인 것을 용납하는 경우가 있다."

"어떻게 그럴 수 있어요?"

"마교니까 그럴 수 있지. 아까 물었잖느냐. 마교의 힘이 무
엇인지 아느냐고. 비록 지금은 힘을 잃은 상태나, 수많은 문
파들의 연합을 홀로 상대할 수 있는 유일 세력이 바로 마교
다. 전쟁이 지속될수록 마교는 힘을 잃게 마련이지. 내가 이
렇게까지 말했는데 아직도 짐작을 못했느냐?"

한보는 입을 빼죽 내밀고 고개를 저었다. 반면 태목구는 알
았다는 듯 고개를 끄덕였다.

"민초… 백성들이로군요, 시익."

"껄껄껄! 그래, 백성들이다. 개문 또한 힘없는 백성들, 그
중에서도 힘이 없는 거지들이 모여 이룬 문파니 그 속에 어찌
마교를 따르는 자가 없겠느냐. 마교는 힘없는 백성들에게 힘
을 가르치는 데서 비롯되었다. 그러니 대부분의 구성원이 힘
없어 핍박받던 이들이지. 이제 알겠느냐? 마교의 무공이 급
진전을 이루고 몸 상하는 것을 두려워하지 않는 이유가 그것

이다. 그것을 원하기에 그것을 택하는 게 세상 도리 아니겠느냐."

"그럼 녹상문은요?"

"산적이나 거지나!"

"헉! 틀립니다!"

녹지현이 깜짝 놀라 일어나려던 것이 토룡틀임으로 끝맺었다. 귀향공은 녹지현의 꿈틀거림을 잠시 지켜보더니 가볍게 몸을 날려 거적 위에 앉았다. 물론 그 속에는 녹지현의 배가 있었다. '쾌악!' 하는 비명이 들리건 말건, 귀향공은 담뱃대를 빨며 말을 이었다.

"전쟁이 오래 지속되면 제일 큰 피해를 보는 자가 힘없는 백성이지. 허허허. 그러니 백성이 의기소침할수록 마교도 힘을 잃는다. 낙랑이 그런 자들에게 용기를 주어 지금처럼 굳건한 태세를 이루었지만, 역시 한철 메뚜기와 다를 바 없지. 신마제 이후식이 자중하고 있었던 건 좋은 선택이었다. 기껏 얻었던 위세를 놓치기 싫어서 계속 피를 불렀다면 지금쯤 마교는 명맥조차 남아 있지 않았을 게다."

"하지만 요즈음 다시 움직이던걸요."

"그 이유를 모르겠느냐?"

귀향공은 잠시 엉덩이를 들었다가 힘껏 앉았다. 녹지현이 '쾌!' 하고 비명 치며 몸을 뒤틀었다.

"지렁이도 밟으면 이렇게 꿈틀거린다. 청성과 아미가 저렇게 개지랄을 떨며 백성들을 괴롭히는데, 마교가 가만히 있을 수는 없잖겠느냐. 내가 다른 것은 몰라도 마교가 백성 편이라는 말은 믿겠다. 그래서 백성을 괴롭히는 일부의 마교 세력이 제일 밉더라."

한보와 태목구가 알았다는 듯 고개를 끄덕였다. 청성과 아미가 일으키는 분쟁으로 인하여 가장 큰 피해를 입는 자는 역시 힘없는 양민들이었다. 막당조차 고개를 끄덕이자 귀향공이 웃음을 흘리며 이해를 확인했다.

"당아, 너도 알겠더냐? 내가 말을 잘 풀이했나 보다. 그렇다면 마교의 힘이 무엇인지 네가 말해보거라."

막당이 소리 높여 답했다.

"마교의 말은 믿을 수 있습니다!"

순간, 귀향공의 신형이 바람처럼 사라지더니 막당의 뒤에서 나타났다.

딱!

"그런 의미가 어떻게 산출되느냐!"

막당이 욱신거리는 뒤통수를 부여잡고 귀향공이 앉았던 녹지현의 자리로 갔다. 녹지현은 막당의 꼴이 우스웠는지 거적 속으로 목을 집어넣고 키득거렸다. 혀를 차던 귀향공이 담뱃대를 다시 물자 한보는 미리 머리를 방어한 채 조심스레 물었다.

"혹시 태사부님은 마교의 힘에 백성 말고 다른 것이 또 있다는 말씀을 하시는 거예요?"

귀향공의 입술에서 담뱃대가 빠져나왔다. 좀 더 완벽하게 머리를 방어했는데, 아쉽게도 공격을 가한 것은 유형의 물체가 아니었다. 담배 연기에 휩싸여 콜록거리는 한보에게도 귀향공이 혀를 찼다.

"백성이 없는 나라를 생각한 적 있느냐? 무림의 근간에 백성을 빼놓을 수 있겠느냐?"

"이것 봐요! 태사부님은 늘 돌려 말씀하시니까 알아듣기 어렵다고요!"

"오냐. 그럼 백성이 없이 나라가 있고, 무림이 있을 수 있다고 보느냐?"

"이게 돌려 말씀하신 게 아니면 뭐예요!"

"답으로 가자."

귀향공이 고개를 설레설레 저었다.

"백성이 있으니 나라가 있고, 무림이 있다. 그런데 마교의 근간이 백성이다. 마교의 힘은 영원히 사라지지 않는 불사(不死)란 얘기다."

"저와 같군요."

거적 속에서 녹지현의 목소리가 들린다. 귀향공이 구박하려고 몸을 일으켰다가 '그럴 수도 있겠다' 라고 중얼거리며 다시 앉았다. 녹지현은 바닥을 뒹굴어 거적에서 벗어나더니 자신의 옷에 묻은 지푸라기를 열심히 털었다. 막당이 녹지현의 엉덩이와 등에 묻은 것들을 털어주니, 그것이 당연하다는 듯 몸을 맡긴다. 녹지현은 한보, 태목구, 귀향공이 있는 소청으로 다가오며 말했다.

"무릇 인간이란 가늘고 길게 살아서 인간(人間)입니다. 사람들 사이를 요리조리 잘 빠져나가다 보면 그게 곧 인생(人生)이지요. 그런 의미에서 제가 그 사이로 좀 지나가야겠습니다."

한보는 녹지현이 방으로 들어갈 수 있도록 몸을 일으켜 비켜주곤 물었다.

"아예 방에서 자게요? 아직 해도 지지 않았는데."

"자는 게 아니라 가려고."

"옛, 벌써요? 오늘 오셨잖아요. 오신 지 한 시진도 안 됐겠네. 중경에 일이 그렇게 많아요?"

"일이야 많지. 내가 워낙 재주가 많으니 일만 늘어나는구나. 너희들도 여기서 신선놀음만 할 게 아니라 대형을 본받고 부지런하게 살아야 하느니라."

"허튼소리 말고 어서 들어가! 아직 할 얘기가 많으니!"

느긋하게 소청을 넘던 녹지현의 엉덩이에 불이 붙었다. 녹지현은 곰방대 불씨가 옮겨 붙은 엉덩이를 두들기며 급히 방 안으로 들어갔다. 짐을 들고 나온 녹지현은 막당이 앉아 있는—조금 전까지는 자신이 말려 있던—거적을 향해 걸어가더니, 정확히 막당의 곁에 서서 말했다.

“너희들 뭐 하냐?”

“…….”

“…….”

한보와 태목구, 그리고 막당까지 멀뚱히 녹지현을 응시했다. 녹지현은 봇짐을 진 채 다시 한 번 ‘너희들 뭐 하냐니까?’라고 물었다. 태목구가 녹지현의 뜻을 이해했다는 듯 ‘시익’ 웃으며 장난스레 포권했다.

“잘 다녀오십시오, 녹 형님.”

녹지현이 손을 저었다.

“아니, 아냐. 인사를 받자는 게 아니라 너희들도 빨리 짐을 챙기라는 소리다. 책아를 옮길 수레도 준비하고.”

“무슨 소립니까? 아직 몸도 성치 않으신 악 형님을 중경으로 모신다고요?”

“아까 살펴보니 괜찮더라. 죽을 고비를 넘긴 지 두 달이 채 안 됐는데 저 정도라면 불사신은 내가 아니라 저 녀석이겠군. 쳇. 아무튼 저 정도면 됐다. 어서 데리고 가자.”

비로소 한보와 태목구는 녹지현이 뭔가 감추고 있음을 알았다. 한보의 얼굴이 급격히 굳더니, 목소리도 다가올 가뭄처럼 메마른 채 흘렀다.

“무슨 일이에요? 저희가 알면 안 되는 중요한 일이라도 생긴 거예요?”

“아니, 그런 건 아니지.”

"그럼 뭐예요! 여기 오시자마자 얘기를 해주셨어야죠!"

한보의 윽박에 응수하듯 녹지현이 힘껏 봇짐을 휘둘러 막당의 머리통을 후려쳤다. 막당은 녹지현의 봇짐에 별 다른 물건이 없음을 알고 있었기에 피하지 않고 얻어맞았다. 하지만 아픈 척은 잊지 않았다. 아쉽게도 녹지현은 막당이 배려하는 모습을 쳐다보지도 않고 한보에게 소리치는 중이었다.

"이 계집애야, 나도 좀 쉬며 살자! 원래는 내일 말하고 떠날 셈이었는데, 이렇게 빨리 말해준 것이 고맙지도 않냐? 너희들이야 늘 여기서 탱자탱자 놀고 자빠지겠지만, 난 중경에서 여기까지 죽어라 뛰어오느라 다리도 아프고……."

"알았으니 얘기나 해요. 죽어라 뛰기는 개뿔. 정말로 무슨 일이에요, 녹 오라버니?"

"사숙께서 중경에 서신을 보내셨다."

"으아악!"

한보는 기겁하며 녹지현을 향해 달려갔다. 녹지현이 깜짝 놀라며 급히 신형을 돌려 뛰었지만, 한보의 명령보다 빠를 수는 없었다.

"당아야, 다리 걸어!"

콰당!

"이놈, 막내야! 강호 어느 문파에서도 대사형과 막내 사제가 제일 돈독한 관계를 유지하거늘, 신성육장씩이나 되는 놈이 배신을 때려?"

“죄송합니다! 저는 하기 싫었는데 제 다리가 먼저 그랬습니다!”

“둘 다 헛소리 닥치고 빨랑 보여줘요, 그 서신! 정말 주 도사님께서 살아 계세요?”

녹지현은 한보의 무릎에 허리가 깔린 상태에서 손사래쳤다.

“서신은 없지만 사실이다, 사실이야! 어서 내려와! 남녀가 유별한데 감히 여자가 남자 위에 올라… 컥! 막내, 네 이놈!”

“계속 딴소리하시면 태목구도 올라올 거예요! 어떻게 되셨어요? 지금 잘 지내고 계신대요? 녹 오라버니는 그 서신을 보셨을 것 아녜요!”

녹지현이 자포자기한 채 차디찬 땅바닥으로 코를 박았다.

“주 사숙뿐 아니다. 유법 스님도 같이 있는 것 같더라. 중경에 도움을 청하는 내용이었으니 그리 편치만은 않을 듯하다. 그러니 어서 내려와! 짐 안 챙길 게냐?”

한보는 녹지현의 허리를 누르던 무릎을 급히 펼치며 짐을 꾸리기 위해 방으로 들어갔다. 하지만 막당은 여전히 녹지현의 엉덩이에 앉은 채 ‘제자 스님을 보고 싶습니다!’ 라며 기뻐했다. 녹지현은 지금 당장 일어서면 좀 더 빨리 만날 수 있을 거라며 막당을 타일렀다. 짐을 꾸리느라 정신없을 때, 소청에 앉아서 담배를 피우던 귀향공이 녹지현에게 넌지시 물었다.

“그런데 어째서 악책을 데려오라 하는 게냐?”

녹지현이 싸리문에 기댄 채 답했다.

"저것들이 모두 떠나면 수발을 들 사람이 없잖습니까."

"단지 그런 것만은 아니다 싶은데……."

"뭐 또 다른 게 있습니까?"

귀향공은 대답 대신 게슴츠레한 눈으로 녹지현을 응시했다. 녹지현이 별 다른 반응을 보이지 않자, 귀향공은 쓰게 웃었다.

"금영진, 그 계집이 시킨 대로 하는 거지?"

"예, 선배님."

"보기엔 순진이 더덕더덕 붙은 것 같은 얼굴을 하고서는 속에 구미호를 하나 키우는 계집이로다. 당아, 저놈뿐 아니라 책아까지 데리고 가면 나는 반드시 따라올 것이라 믿었겠지."

그제야 녹지현이 귀향공의 말뜻을 알고 쓰게 웃었다.

"좀 봐주십쇼, 선배님. 갑자기 많은 사람이 죽어서 요즈음 중경의 정도맹 분위기가 심상치 않습니다. 선배님이 굳이 나서지 않으시더라도 그곳에 계시는 것 자체가 안전을 꾀하는 결과가 되겠죠?"

"흥!"

귀향공은 담뱃대를 입에 물며 냉소했다.

"나를 외천(外天)에 두고서도 이용해 먹을 때는 가차없구나. 그래도 마침 잘됐다. 네놈이 늘 엉뚱한 책들만 가져와서

짜증나던 참이었거늘. 이제 내가 직접 가서 거기 있는 계산식을 살펴야겠다."

"잘 생각하셨습니다, 선배님."

녹지현이 빙긋 웃었다. 그 웃음에서 귀향공은 녹지현의 마음속에 응어리가 있음을 알았다. 그것이 무엇인지는 모르나 나쁜 길에 들어서는 흉물은 아닐 듯했다. 예전에 중경에서 보았던 모습과 다르게, 지금의 녹지현은 눈에 띌 정도까지는 아니나 일에 대해 좀 더 적극적인 모습을 보이고 있었다.

"가자."

모든 준비를 마친 세 명의 동생들을 보자마자 녹지현은 빠르게 몸을 돌렸다. 의원이 선물한 마른 짚을 잔뜩 깔아놓았기에 악책은 우차에 편히 누울 수 있었다. 막당이 앞서 걸으며 횃불로 길을 밝혔다. 횃불이 더 이상 빛을 발할 수 없을 때쯤 모두가 중경에 도착했다. 일출하지 않은 이른 새벽인 데도 한보는 거침없이 금영진의 처소로 들어갔다. 놀랍게도 금영진은 떠날 준비를 모두 갖춘 채 형제들을 기다리던 중이었다.

"다들 왔니?"

"얼래?"

한보가 금영진의 행장을 보고 멍한 표정을 지었다. 금영진은 현재 중경에 남은 일들이 대부분 행정이며, 그마저도 부관들에게 일임했다고 말했다. 남은 일은 비록 결재뿐이지만, 그래도 환자인 악책에게 그 일을 떠넘길 생각인 것이다. 한보는 불안한 느낌을 받았다. 중경의 일을 환자에게 떠넘기면서까지 스스로가 나선다는 건 그만큼 중요한 일이 숨겨졌음을 의미한다.

"서신의 내용이 뭐예요?"

"주 도사님이 청성에 잠입해서 유법 스님을 구출하셨대. 아미파도 안전하지 않은 듯해서 화전민 마을에 숨어 있었는데, 청성의 장문인 놈이 그걸 눈치 챘나 봐. 지금 그 마을을 청성 도사들이 점령해서 횡포를 부리고 있다더라고. 그곳을 벗어난 행상이 주 도사님의 서신을 가져왔더라. 읽어볼래?"

한보가 고개를 끄덕이며 주향상의 서신을 읽는 사이에, 태목구와 막당이 들어왔다. 두 남자가 들어가고서도 여인의 방에서 별 다른 비명 소리가 들리지 않자 녹지현도 안심하고 뒤따라 들어온다. 녹지현은 곁눈질로 금영진의 행상을 보더니 곧장 몸을 돌리며 기지개를 켰다.

"밤새 걸었더니 졸려 죽겠네. 빨리 그 마을 찾아가서 한잠 자자."

녹지현이 밖으로 나가자 한보와 금영진은 서로 이마를 맞대며 놀라움을 속삭였다. 녹지현은 분명 자신의 사숙인 주향상을 걱정하고 있는 것이다. 서신에 청성 도사들이 살기를 담고 잔뜩 포진해 있다는 내용도 들어 있는데, 단 한 번도 발뺌할 의사를 보이지 않은 게 증거였다.

여정을 갖추고 기다리긴 했으나, 금영진은 바로 떠나지 않

았다. 금영진이 제일 먼저 확인한 것은 악책의 건강을 살피는
일이었다. 그리고 귀향공에게 막당의 건강을 물었는데, 지독
하게 무리해도 된다는 괴상한 진단서를 받았다.

악책을 제외한 신성육장의 여정에 뜻밖의 문제가 생겼다.
맏형님의 변덕이었다. 서둘러 가자고 재촉할 때가 있는가 하
면, 갑자기 배가 아프고 다리에 쥐가 났단다. 그럴 때마다 일
행의 움직임이 멈추면 피곤한데 여기서 뭐 하고 있냐며 호통
을 치더니 앞서 달렸다. 운 좋게도 한보가 녹지현의 변덕에
대한 처방전을 가슴에 품고 있었다. 쌍철권을 끼고 '오라버
니고 나발이고…' 라 주문을 외우니 녹지현의 변덕병이 기적
적으로 완치되었다.

"하고 싶은 말이 있어요."

해가 질 무렵에 한보가 입을 열었다. 해가 뜨기 전에 출발
했으니 모두의 발이 부르텄을 때다. 한보의 뾰루퉁한 얼굴을
보고 태목구도 입을 열었다.

"식, 식. 저도 할 말이 있습니다, 금 누님."

"나도!"

지쳐서 숨조차 제대로 가누지 못하던 녹지현마저 우수를
치켜들며 불만을 꺼냈다. 금영진이 뭐냐고 묻기도 전에 막당
이 모두의 의견을 대변했다.

"너무 오래 걸어서 녹 형님이 힘들어 보입니다. 의원님 집
이 바로 옆이니 쉬었다 갔으면 좋겠습니다."

“그러니까!”

한보가 발을 구르며 화냈다.

“차라리 금 언니랑 악 오라버니만 교체하면 되는 걸, 왜 우리들 전부가 왔다 갔다 했어야 되냔 말예요! 태목구 걸음으로 백 보면 의원님 집이라는 거 언니도 알죠?”

“그러게. 내가 왜 그랬을까?”

“저기 금 누님…….”

녹지현은 바닥에 주저앉더니 의원 집을 향해 기어가기 시작했다. 한보와 태목구는 각각 동과 서를 바라보며 허탈하게 웃었고, 막당은 금영진과 대화를 지속했다.

“왜 그러셨습니까?” “몰라. 내가 왜 그랬지?” “저도 모르겠습니다. 금 누님이 왜 그러셨는지 모르시면 누가 아는 겁니까?” “음. 누가 알까?” “저도 모르겠습니다. 아는 사람이 누구였으면 좋겠습니까?” “당아, 닥쳐!”

참다 못한 한보가 막당의 말을 끊는 것으로 대화가 종결됐다.

의원은 다섯 명을 기꺼이 받아들이며 당연하다는 듯 약초 심부름을 시켰다. 금영진은 모두가 고된 여정을 했다는 이유로 의원에게 돈을 쥐어줘 약초 심부름을 거부했고, 의원이 흔쾌히 응했다. 새벽에 떠나기로 예정을 잡은 뒤 각각 쉴 자리를 찾았는데, 이날 밤도 한보는 잠을 이루지 못했다. 효험은 없지만 잠이 오지 않을 때 자주 애용되는 초구를 백칠십 마리까지 세다가 한보는 몸을 일으켰다.

"잠이 안 오니?"

곁에 누워 있던 금영진이 한보를 돌아본다. 한보가 깜짝 놀라며 고개를 돌렸다.

"언니도 안 자고 계셨어요?"

"응. 잠이 오지 않아서."

한보는 투덜거렸다.

"이 집이 문제였던 거야. 여류 문필가가 이 집으로 이사 오면 백 권의 책을 쓸 테고, 신혼부부가 이사 오면 애 열둘은 낳을 거야! 분명해! 하지만 남편은 일찍 가겠지. 으윽, 무서운 집이다!"

"난 네가 무서워, 한 매. 대체 무슨 말을 하는 거니?"

"아니, 혼잣말이에요. 언니는 왜 잠이 오지 않아요?"

금영진은 어둠 속에서 천천히 몸을 일으켰다. 음영만 가득한 모습이었지만, 어깨의 들썩임이 어렴풋이 보였다. 한보는 금영진이 한숨을 쉬고 있음을 알았다. 걱정이 되어 뭐라 묻기도 전에 금영진이 울적한 목소리로 말했다.

"나… 정도맹을… 그리고 팔기금문을 떠날까 해."

"에엣?"

한보가 놀라 소리쳤지만, 어둠 속 금영진의 동세가 '조용해!' 였기에 급히 입을 다물었다. 한보는 금영진의 얼굴에 자신의 얼굴을 가까이 내밀며 속삭였다.

"왜 그런 생각을 하셨어요? 동방인 때문이죠?"

금영진이 고개를 끄덕였다. 뒤이어 꺼내는 음성에는 분노마저 담겨져 있었다.

"정도맹에 동방진양 대협처럼 좋은 사람도 많다는 건 나도 잘 알아. 하지만 이건 아니야. 근 두 달 동안 생각해 봤지만 뾰족한 수를 떠올릴 수가 없더라고. 나는 동방인, 그 자식을 '적'으로 여기고 있어. 답답한 것은 적을 적으로서 상대할 수가 없다는 거지. 내가 정도맹의 소속이라는 것 때문에."

한보가 잠시 고민하다가 쓰게 웃었다.

"그 생각에 빠져서 우리가 걸어왔군요."

"그럴지도……."

"확실하다고!"

"그럴지도……."

한보는 가슴을 치며 불면증으로 죽기 전에 속 터져서 죽을 거라고 한탄했다. 금영진이 몇 번 웃음소리를 내더니, 이번에는 음영의 선으로 확인하지 않아도 한숨을 쉬고 있음을 알 정도로 큰 소리를 냈다.

"하아아, 한 매가 이해해야 돼. 중경에 살던 무사들은 모두 다 나와 술 한 잔씩 나누지 않은 이들이 없어. 난 죽은 형제들의 이름을 모두 기억해. 그 웃음 짓는 얼굴까지도. 하아. 도대체… 도대체가 그 사람들의 죽어가는 모습을 상상할 수 없어! 동방인, 그 미친… 아! 모르겠다. 하아아아."

“그럼 나와요, 정도맹. 뭐가 문제예요?”

“그 미친놈이 팔기금문에까지 수작을 부릴까 봐 겁이 나는 거야.”

“그럼 나와요, 팔기금문.”

한보의 대답에 금영진의 말투가 급작스레 차가워졌다.

“쉽게 말하지 마, 한 매. 팔기금문은 내가 태어나고 자랐던 곳이야. 그리고 그곳 식구들은 내 친혈육이라고. 모두 다 일반적인 관점에서 나의 출세를 기꺼워하는 분들인지라, 정도맹과 금문을 떠나면 그만큼 실망하실 거야. 그리고 반대하시겠지. 나는 그 모두를 뿌리칠 자신이 없어.”

“그럼 어쩌자고요?”

“나도 몰라. 그러니까 이러고 있지.”

금영진과 한보가 동시에 한숨을 쉬었다. 순간, 막당이 말했다.

“왜 걱정하시는지 모르겠습니다.”

“으악!”

“꺅! 당아, 너 어디 있어?”

“헛간에 있습니다.”

한보는 가슴을 쓸며 고함쳤다.

“이이… 괴물딱지야! 왜 남의 말을 엿듣고 난리야? 당장 귀 닫아!”

“어떻게 닫는지 모르겠어, 보아야. 그냥 막 들려.”

“세상에, 기가 막혀서⋯⋯.”

금영진은 고개를 설레설레 저으며 중얼거렸다.

“저 애는 어떻게 된 애야? 정말 두 달 전에 초주검이 됐던 애 맞아?”

두 여인이 놀라는 것도 당연했다. 막당이 있는 곳은 집 뒤쪽에 짚을 깔아놓은 헛간이었는데, 밤이 깊어서 주변 소리가 없다 해도 한보와 금영진이 있는 방의 소리를 들을 수 있을 만큼 만만한 거리는 아니었다. 게다가 지금 막당은 동방량의 흉내를 내고 있었다. 두 여인이 막당의 말을 듣고 깜짝 놀랐던 이유는, 그 목소리가 자신들이 있는 방 안에서 들린 것 같았기 때문이다.

“태사부가 재한테 무공을 가르쳐 준 것 아냐?”

한보가 낮은 음성으로 투덜거렸는데, 막당이 아니라고 답해서 크게 혼났다.

“이 정도 목소리까지 들린다면 옷 벗는 소리도 듣겠다?”

빈정거리듯 불평했더니 ‘너도 들릴 거잖아, 보아야’ 라는 대답이 돌아와서, 한보는 끝내 문밖으로 뛰쳐나갔다. 금영진은 방문이 열려 차가운 공기가 들어오는 것이 반가웠는지 한보의 뒤를 따라 밖으로 나왔다. 별이 많아 다시 방으로 들어가기 싫어졌다. 마침 막당이 한보에게 귀를 잡혀 끌려 나왔다. 금영진은 막당에게 웃음을 던지며 말했다.

“나중에 중경에 돌아가면 귀향공께 특별히 부탁하여 너에게 내력을 갈무리하는 법을 가르쳐 주라고 해볼게."

"그게 무엇입니까?"

"듣고 싶지 않을 때 듣지 않는 법이야."

막당이 힘차게 고개를 끄덕이며 '그게 필요합니다! 보아가 제 귀에 대고 소리지르면 꽉꽉 하고 무슨 바가지를 긁는 것 같은 소리로 들립니다!' 라고 외쳤다. 물론 한보는 막당의 귀를 놓아줌과 동시에 품에서 쌍철권을 꺼내어 장착했다.

"그만 해! 다들 잠에서 깨겠어!"

막 우권을 당기던 한보가 부들부들 떠는 것으로 상황을 종료했는데, 의원이 자는 방 안에서 녹지현이 '네 목소리가 결정타였다' 라고 중얼거린다. 금영진은 방을 향해 미안하다고 말한 뒤, 뒷짐을 진 조용하고도 느긋한 걸음으로 싸리문을 나섰다. 한보와 막당이 당연하다는 듯 뒤를 따라갔다. 금영진은 오랜 세월 거닐던 산책로를 통하듯 거침없이 걸어가다가 한보에게 조언을 받았다.

"금 언니, 거기서 열 발짝쯤 더 가시면 낭떠러지요."

"어머, 고마워."

금영진이 대답한 뒤 계속 간다. 한보가 급히 손을 뻗어 뒷덜미를 당기고서야 금영진은 진정한 극락화가 되는 것을 면할 수 있었다. 한보에 의해 엉덩방아를 찧은 금영진이 일어설 생각조차 하지 않고 중얼거렸다.

"방법이 없을까?"

“무슨 방법 말입니까?”

한보야 대답할 말이 없었으니 침묵이 대수였다. 덕분에 막당의 목소리만 세 사람 주변의 어둠을 떠돌았다. 금영진은 갑자기 장난끼가 발동했는지 막당을 돌아보며 웃었다.

“호호. 너라면 어쩔래, 당아야? 난 정도맹을 나와서 동방인과 싸우고 싶어.”

“예.”

“그런데 정도맹을 나오는 걸 팔기금문이 원하지 않아. 아니지. 쉽게 말해서 내 아버님과 어머님, 그리고 형제들이 원하지 않아. 그래서 난 팔기금문도 나오고 싶어.”

“예.”

“이 모든 것을 가족들이 무척 반대할 거야. 그분들 모두 마음이 아프시겠지. 나는 중경의 수많은 형제들을 잃고서 그나마 남은 또 다른 정에게 상처를 입히기가 싫어.”

“예.”

“너라면 어쩔래?”

막당의 대답을 기대한 것이 아니라 본인 스스로에게 묻는 말이었다. 예전의 금영진이라면 선택의 여지도 없이 실행했을 것이다. 하지만 이제는 달랐다. 호기에 넘쳐 결정했던 ‘금전구역 선포’로 인해 중경의 수많은 형제들이 목숨을 잃고, 다쳤다. 선택이 얼마나 커다란 책임을 요구하는지 ‘현실’로 깨달은 지금의 금영진으로서는 갈팡질팡에 몸을 담는 것 외에 할 수 있는 일이 없었다.

"금 누님 말씀이 너무……."

"어렵지? 괜찮아. 답하지 않아도 되는 물음이었어. 호호호!"

금영진은 막당을 지나치며 웃음을 터뜨렸다. 하지만 그 웃음이 오래 가지 않았다. 뒤에서 막당이 한보에게 투덜거리는 소리를 들었기 때문이다.

"녹 형님은 저게 날 무시하는 소리라고 했어, 보아야. 그래서 내가 계속 바보인 거래."

"이 쓸데없는 오빠 같으니……."

금영진이 걸음을 멈춘 채 주먹을 떨었다. 한보가 낄낄거리며 금영진의 물음을 해석했다.

"그러니까 금 언니는 정도맹을 나오고 싶은 거야. 동방인과 싸우고 싶어서. 하지만 가족들이 그걸 싫어해서 정도맹을 나올 수 없는 거지. 이해돼?"

"이해 안 돼."

막당의 대답에 한보가 당연하다는 듯 '그럴 줄 알았어!' 라고 외치며 멱살을 잡았다. 곧 막당이 급히 물었다.

"동방인 대협이랑 싸우고 싶으면 정도맹을 나와야 해?"

"응."

"응?"

금영진과 한보가 서로 다른 억양으로 같은 소리를 뱉었다. 금영진은 확인하듯 다시 말했다.

“나와야 해. 그렇지 않으면 이번과 같은 일이…….”

“그러고 보니까, 왜요? 우리가 뭘 잘못했다고?”

“한 매가 몰라서 그래. 동방인이 우리에게 보낸 편지와 기습 관련의 모든 내용을 동방세가, 그리고 팔기금문뿐 아니라 소림, 무당에도 보냈어. 하지만 그에 대한 아무런 답도 돌아오지 않아. 결국 그 말은 같은 뜻을 가진 무리 속의 적이 제일 난감하다는 얘기지. 동방인을 상대하려면 동방세가에게 등을 지는 수밖에 없는 거야.”

“금 누님 말씀은 너무 어렵습니다.”

막당이 불평했다.

“동방인 대협이랑 싸우고 싶으면 ‘싸우자’ 그럼 됩니다. 정도맹 나오기 싫으면 ‘안 나간다’ 그럼 됩니다. 그렇지, 초구야?”

그때까지 두 여인은 초구가 뒤를 따라오고 있다는 것을 전혀 모르고 있었다. 막당이 돌아본 곳으로 고개를 돌리니, 정말로 초구가 있었다. 초구는 막당을 잠시 응시하다가 고개를 가로젓더니 몸을 돌렸다. 막당이 울상 지으며 초구의 꽁무니를 향해 ‘아닌 거야?’ 라고 물었다. 꼬리도 가로젓는다. 금영진이 웃음을 터뜨리며 초구의 뒤를 따랐다. 곧 막당이 금영진의 뒤를 따랐고, 그 뒤에서 한보가 한동안 침묵하며 서 있다가 천천히 걸음을 옮겼다. 한보는 모두가 들을 수 없을 정도의 작은 목소리로 혼잣말했다.

“가끔은 당아를 뺀 세상 사람들 모두가 바보라는 생각이 들 때도 있다니까.”

다음날 새벽에 한보의 코 고는 소리에 맞춰 모두가 기상했다. 금영진이 한보의 코를 세게 쥐고, 얼굴에 장강 물을 붓기도 했지만 깨어나지 않았다. 막당이 한보를 직접 들어서 초구의 등에 업힌 뒤에야 일행이 출발할 수 있었다. 한보는 초구의 등에 업힌 지 얼마 되지 않아서 깨어났다. 초구가 한보를 업은 채 달리다 멈추고 재주를 부리는 기교를 펼치며 놀았기 때문이다.

“이제 거의 다 왔어. 저 마을 너머에 있는 산기슭이야.”

금영진이 주향상의 서신을 품에 넣으며 말했다. 제법 강행군으로 왔건만 거리가 멀었던지라, 금영진의 검지가 가리키는 산의 모습은 달을 이고 있었다. 하현으로 돌아서는 달의 모습이었으나 여전히 보름처럼 둥글어서 주변 경관을 일부 밝히는 빛의 위용을 뽐낸다. 막당은 마을이 반가운지 제일 앞서 갔다. 이미 녹지현은 초구의 꼬리가 아니면 걸을 수 없는 반송장이 되어 있었다. 졸지에 맹인돈(盲人豚) 비슷한 역할을 하고 있던 초구는 딴청부리듯 걸음을 빨리하여 녹지현을 뿌리치려 했다. 하지만 제아무리 빠른 돼지라도 녹지현의 주둥이보다 빠를 수는 없었다. 녹지현은 초구에게서 수상한 낌새라도 채면 칠십 먹은 노인의 다독거리는 음성으로 ‘초구야아’ 라며 달랬다.

“너머의 마을은 청성파가 장악하고 있다니 일단은 저쪽 마을에서 쉬면서 계획이라도 세워야겠어요.”

금영진이 예의상 녹지현을 돌아보며 의견을 밝혔다. 태목구와 한보가 고개를 끄덕였고, 녹지현은 만세라도 부를 듯 기뻐했다. 달을 뒤로한 채 조용히 잠에 빠져 있는 마을은 현 시대가 전쟁 중이라는 것을 전혀 모르는 듯 평온했다.

“다들 자나 봐요.”

한보가 막당의 뒤를 따라 폭 좁은 외길을 걸으며 좌우를 둘러봤다. 금영진이 쓰게 웃으며 말했다.

“시간이 이렇게 늦었으니 당연한 일이지. 그래도 혹시 모르니 불을 켠 집이 있나 잘 찾아봐.”

일행이 도착한 마을은 대도시 선빈(宣賓)에서 멀지 않은 곳이었다. 선빈 역시 성도와 마찬가지로 정도맹과 사도맹의 격전지로 유명하여 시장이 침체된 도시였다. 그러나 선빈이 격전지라 해도 일행이 도착한 마을과는 크게 상관이 없을 가능성이 높다. 달빛에 훤히 드러난 마을의 전경을 보면 굳이 천외선이 아니더라도 뭔가를 계산할 수밖에 없는 입장이 될 것이다. 밭의 면적과 불 꺼진 집들의 수를 비교하여 각 집마다 딸랑 한 사람만 살고 있다 여겨도, 일인당 수확물 보유량이 ‘피죽 한 사발 감지덕지’ 라는 답이 나올 만한 전경이었다. 달빛 받은 마을의 전경은 다섯 명의 여행자에게 외치고 있었다.

우리 살림이 좀 이래. 그러니 가진 거 다 내놓고 그냥 가.

"행상들이 모여 사는 마을 같은데?"

태목구가 주변을 모두 둘러본 끝에 결론을 내렸다. 금영진이 일리 있는 말이라며 고개를 끄덕였다. 그것을 증명하듯 막당이 어둠 속에서 큰 소리로 외쳤다.

"이 집에 사람이 없습니다! 여기서 자면 되겠습니다!"

"무턱대고 들어가지 마! 그건 도둑이라고!"

한보가 그렇게 외치면서도 일행을 돌아보며 '저기서 자면 되겠네요'라고 말한다. 금영진이 몇 번 웃음소리를 내더니 녹지현과 태목구의 의사를 묻지도 않고 거취할 곳을 결정해 버렸다. 모두가 막당이 서 있는 곳을 향해 걸음의 속도를 높였다. 하지만 막상 집 앞에 도착하니 막당이 보이지 않는다.

"이 집도 비었습니다! 이 집이 더 크고 좋으니 여기서 자면 되겠습니다!"

"도둑이라니까!"

"저 집에 가보겠습니다!"

"내 말 좀 들어!"

"저 집도 비었습니다!"

"그 집에 도착했으며, 저 집이 아니라 이 집이라고 해야 되는 거야!"

"이 집도 비었을 것 같습니다. 제가 빨리 뛰어갔다 오겠습니다!"

“그만둬!”

한보를 제외한 세 사람이 일제히 막당을 꾸짖었다. 지금껏 막당과 대화하던 한보는 입술을 악다물고 철권을 꺼내던 중이었는데, 금영진에 의해 제지되었다. 태목구가 야심한 밤이라는 것을 무시한 채 큰 소리로 막당을 불렀지만, 이미 재미붙인 소년은 자신이 선택한 또 하나의 집마저 침공했다. 그리고 외쳤다.

“여긴 사람이 있습니다! 덜덜 떨고 있습니다!”

“그렇지.”

금영진이 고개를 떨구며 중얼거렸다.

“패를 남김없이 다 까면 그중 하나는 반드시 개패가 있는 법이지. 우리 막내가 일을 저질렀으니, 늘 그렇듯 수습하러 가죠.”

“난 잘란다.”

녹지현이 비틀거리며 집 안으로 들어갔다. 금영진과 한보, 그리고 태목구와 초구는 너털거리는 걸음으로 막당이 손을 흔드는 곳으로 걸었다. 막당은 마을에서 가장 커다란 집—그렇다고는 해도 다른 도시의 일반적 가옥에 비해 추레했지만—의 방문을 활짝 열어놓은 채 손을 흔들고 있었다. 세 사람과 한 짐승이 도착하자, 막당이 방 안으로 고개를 내밀며 물었다.

“넌 왜 떨어?”

“너 때문이야!”

한보가 소리쳤다가 금영진에게 입이 막혔다. 금영진은 굳은 표정으로 한보에게 속삭였다.

"당아의 말투를 보니 어린아이 같아. 절대 큰 소리를 내지 마."

한보가 그제야 놀라며 고개를 끄덕였다. 금영진은 조심스러운 걸음과 작위적인 미소를 병행하며 막당에게 접근했다. 막당이 돌아보며 웃음 짓자, 금영진이 방 안의 어린아이에게 보여줄 미소를 먼저 시험해 보였다. 그리고 물었다.

"아이가 많이 떨고 있니? 우린 나쁜 사람이 아닌데."

"예. 많이 무서워하고 있습니다, 금 누님."

"어디 좀 봐."

금영진이 미소를 지우지 않은 채 막당의 곁에 붙었다. 그리고 방문이 열린 곳으로 고개를 내밀었는데 달빛을 받은 방 안이 훤히 보인다. 금영진은 막당의 팔뚝을 세차게 꼬집었다.

"누… 누가 있다는 거야, 이 자식아."

"어? 없어졌네?"

금영진은 품에서 담뱃대를 꺼냈다.

"내, 내가 이런 장난 무척 싫어하는 걸 알면서도 네가 장난을 칠 리가 없지. 쉬지 않고 걸어서 네 눈이 피곤한가 봐. 이 누님께서 우리 당아의 썩은 눈알에다가 담뱃불로 뜸을 해주면 깨끗이 나을 거야. 이리 오렴, 당아야."

"잘못했습니다! 잘못했습니다! 꼬마야, 어딨냐?"

용서를 빌면서도 방 안에 고개를 내밀며 외치는 막당의 모습에, 금영진은 상당히 감동받고 곰방대에 불을 붙였다.

"그놈의 눈시깔이 회복 기미가 없구나. 어서 와, 당아야. 눈 대."

"앗! 여기 구멍이 있습니다!"

그제야 금영진이 안도하며 막당의 곁에 붙었다. 막당이 보는 곳으로 시선을 집중하니, 정말로 방구석 바닥에 작은 구멍이 하나 있었다. 금영진은 마침 불붙인 곰방대를 구멍 가까이 가져가서 힘껏 빨았다. 희미하게 밝혀지는 구멍 속에서 어린 아이의 머리통이 보였다. 금영진은 구멍 속 아이에게 말을 걸었다.

"얘, 거기서 뭐 하니? 우리 무서운 사람 아니야."

아이는 꼼짝도 하지 않았다. 금영진은 담뱃대를 뒤로 물리고 우수를 뻗어 아이의 뒷덜미를 잡아 일으켰다. 어째 상당한 무게감이 느껴지나 싶더니, 아이가 웅크린 자세 그대로 들어올려졌다. 금영진은 자신의 근력을 자랑스럽게 여기며 소년을 든 채 이리저리 돌려보며 상태를 살폈다. 앞섶이 목에 걸려 소년이 '캑!' 소리를 내자, 막당이 깜짝 놀라며 아이의 엉덩이와 발바닥을 받쳐줬다. 곧 한보와 태목구가 다가왔다.

"얘 혼자예요?"

"그런가 봐. 얘! 너네 부모님은 어디 계시니?"

금영진의 물음에 아이가 웅크린 자세를 유지하며 대답했다.

"올 거야."

"어디 가셨니?"

"올 거야."

"라는 것은 이 집에 너 혼자구나? 그럼 차라리 다른 집에라도 가서……."

말을 잇던 금영진이 갑자기 눈에 이채를 띄웠다. 금영진은 막당에게 명령하려다가 아이의 엉덩이와 발을 받치는 모습을 보곤 표적을 한보로 바꿨다.

"한 매! 지금 당장 이 마을의 모든 집들을 살펴봐. 사람이 한 명이라도 있는지."

"엥?"

"이 마을, 이상해."

한보뿐 아니라 태목구까지 고개를 끄덕이고는 서둘러 뛰기 시작했다. 금영진이 몇 가지 질문을 더 했지만, 아이는 막당에 버금갈 정도로 답답한 대답만을 꺼냈다.

"아무도 없어요."

얼마 되지도 않아서 한보와 태목구가 땀에 젖은 얼굴로 돌아와 말했다. 그때까지 금영진은 아이를 들고 있었다. 한보의 제안에 따라 아이를 내려놓았는데, 그 순간 생쥐처럼 방으로 달려간다. 이번에는 한보가 똑같은 방법으로 구멍 속의 아이를 꺼내 왔다. 한보는 아이에게 가장 도움이 될 만한 질문을 했다.

"너 배고프지?"

"아빠랑 엄마가 먹을 거 갖고 올 거야."

"그전까지는 배고프지?"

"누나도 먹을 거 갖고 온다고 했어."

"그건 그거대로 먹고, 일단 지금은 우리랑 밥 먹자."

"……."

아이는 아무 대답도 하지 않았지만 침을 삼키는 소리가 났다. 금영진은 처음으로 후회했다. 나도 보아처럼 당아와 많은 대화를 나누어 세대 차이를 극복할 걸 그랬어. 금영진의 후회가 지속되던 와중에, 한보는 녹지현이 자는 곳으로 달려가서 먹을 것을 들고 왔다. 어느새 구덩이로 들어간 아이에게 한보는 거침없이 만두를 내밀었다. 차갑고 딱딱한 만두였지만 밀향이 은은하게 흘러서 절로 군침이 도는 음식이었다. 아이는 잠시 머뭇거리다가 한보의 손에게서 만두를 낚아챘다. 어금니로 만두를 씹는 모습을 보며 한보가 미소를 머금은 채 물었다.

"네 아빠, 엄마, 누나는 먹을 거 가져 오러 언제 떠났어?"

"몇 년 됐어."

한보가 놀라 물었다.

"엑! 그럼 넌 그동안 뭘 먹고살았어?"

"안 먹고살았어."

'요런 이슬만 먹고사시는 앙큼한 아기동자님. 나 몇 살에 결혼하세요?' 라며 빈정대고 싶었지만, 한보는 가까스로 울화를 진정시키며 미소 지었다.

"마을에 다른 사람은 어디 있니?"

"같이 갔어."

"어디로?"

"저어기."

아이가 손을 뻗은 곳은 일행이 가야 할 방향이었다. 한보는 점점 더 급하게 만두를 씹는 아이의 모습이 불안하여 물주머니를 가져오기 위해 몸을 일으켰다. 금영진이 한보를 대신하여 방에 들어갔지만, 아이가 적대적으로 등을 돌렸기에 다시 나와야만 했다.

"정말 몇 년은 아니겠지?"

"당연히 아니죠. 재 생긴 걸 봐요. 기껏해야 일곱 살이 될까 싶은데 몇 년 전 일을 어떻게 기억하겠어요?"

"무슨 일일까."

금영진은 걱정스러운 얼굴로 아이가 있는 방을 바라보았다.

"혹시……."

"더 이상 얘기하지 말아요, 금 언니."

한보는 울적한 얼굴이 되어 등을 돌렸다. 물과 만두를 주었으니 아이에게 특별히 큰 탈은 없을 것이다. 금영진도 한보와 비슷한 생각을 하며 몸을 돌렸고, 태목구 또한 뒤를 따랐다. 막당과 초구가 아이의 곁에 남았지만, 그것을 오히려 다행으로 여기며 셋은 녹지현이 자고 있는 집으로 돌아갔다. 그리고 주향상이 있는 마을에서의 계획을 논의했다.

다음날 한보가 막당의 멱살을 잡고 아이의 행방을 물었다. 구덩이에서 막당이 자고 있었기 때문이다. 막당은 아이가 갑자기 사라졌다고 말하여 금영진에게도 멱살을 잡히는 수난을 겪었다. 반 시진 가까이 마을을 돌아다니며 아이를 찾았지만 소용없었다. 한보는 아이가 먹을 음식을 깨끗한 천에 싸서 방 안 구덩이에 넣어주었다. 보이지 않는 아이를 찾기에는 주향상 일행의 문제가 더 급했기 때문이다.

목적지에 도착했을 때, 일행 모두는 스스로의 눈을 의심했다. 자신들이 도착한 곳이 청성파 분지가 아닐까 의심될 정도로 수많은 청성파 도사들이 마을을 채우고 있었다. 도복을 입은 사람 외의 존재는 보이지 않았다. 산 중턱에서 바위의 도움을 받아 몸을 감춘 채 마을을 살피니, 약 삼십 명가량의 도사들이 마을에 있었다.

"아직 주 도사님을 찾지 못한 것 같아요."

한보가 중얼거렸다. 금영진이 고개를 끄덕였다.

"그렇겠지. 찾았다면 저렇게 작은 화전촌에 머물 이유가 없을 테니까. 하지만 마을 사람이 보이지 않는 게 이상해. 아무래도 어제의 계획을 취소하고 정탐부터 해야겠어."

애초의 계획은 밤에 기습하여 숫적으로 우세하게 되었을 때 주향상을 구출하는 것이었다. 편지에는 열 명가량의 도사들이라고 적혀 있었는데, 아무래도 그 이후로 더 많은 인원이 추가된 듯했다.

"상관없잖아요. 삼십 명이 넘더라도 무위는 뛰어나지 못할 거예요. 밤에 기습해서 되는 대로 두들겨 패면 계획대로 되는 것 아네요?"

"그 소란 속에 누군가가 인질극을 하면?"

"인질극이라뇨?"

"저놈들이 마을 사람을 모두 죽여 버렸을까?"

한보는 입을 다물며 고개를 끄덕였다. 주향상의 소재를 알기 위해서 마을 사람들을 가둔 상황일지도 모른다. 금영진이 계획을 고민할 때, 녹지현이 허리를 곧게 폈다.

"갔다 오마."

"예?"

금영진이 깜짝 놀라며 녹지현을 바라보았다.

"어쩌시게요, 녹 오빠?"

"내가 말로 수작을 부려서 저들의 눈을 돌릴 테니 나머지는 너희들이 알아서 해봐라."

"어떻게 돌린다는 거예요?"

"내게 다 생각이 있다."

녹지현은 느릿느릿 마을을 향해 걸어갔다. 금영진과 한보, 태목구는 기대에 어린 눈으로 녹지현의 뒷모습을 응시했다. 한보가 낮게 중얼거렸다.

"녹 오라버니가 요즘 많이 이상해졌어요. 저런 일을 할 사람이 아니잖아요."

"그만큼 주 도사님이 걱정된다는 뜻이겠지… 만! 역시 이상해졌어! 미치지 않고서야 어떻게 녹 오빠가!"

"시익. 어제 그 마을에서 잠자다가 귀신이 씌었나?"

태목구의 혼잣말에 금영진이 호랑이 눈으로 돌아보며 입으로만 웃었다.

"태 아우, 그런 쪽 얘기는 이 누님이 무척 싫어해. 그러니까 하지 마."

"시이익. 좋은 걸 알았네요, 금 누님."

"뒤질려고……."

그렇게 대화하는 사이에 녹지현이 몸을 돌려 돌아오고 있다. 한보가 '그럼 그렇지'라고 중얼거리며 한숨을 뱉을 때, 녹지현은 몸을 되돌려 마을로 걸어갔다. 몇 걸음 걷기도 전에 녹지현이 또 한 번 몸을 돌려 돌아오자, 참다못한 금영진이 담뱃대를 치켜들었다.

'알짱거리지 말고 선택을 확실히 하라고!'

담뱃대를 쥔 주먹과 호랑이 눈이 그렇게 외치자, 녹지현은 고개를 끄덕이더니 크게 한숨을 뱉고 마을을 향해 거침없이 걸었다.

"이봐."

녹지현은 제일 가까이에 있던 도사에게 말을 걸었다. 청성파에서 제법 싸돌아다녔던 녹지현이지만, 지금 상대하는 도사는 한 번도 본 적이 없는 자였다. 놈은 녹지현을 보자마자 잠시 고민하더니 인상을 찌푸렸다.

"또 왔어?"

녹지현은 상대에게 익살맞은 포권으로 답했다. 상대의 물음이 가진 의미를 알 수 없기 때문이었다. 그래도 상대방과 말문을 틀 수 있는 방법을 고민하던 녹지현으로서는 과거의 자신만큼이나 배가 튀어나온 도사의 반응이 고마웠다. 녹지현을 보자마자 대뜸 '적군이 나타났다!' 라고 소리치지 않은 것만으로도 천만다행인 것이다. 녹지현은 상대의 다음 말을 기다렸다.

"이번에는 뭐래?"

녹지현은 또 한 번 익살맞게 포권했다. 상대의 말이 무엇을 의미하는지 알 수 없을 때 사용하는 수작이었다. 녹상문에서는 어깨를 으쓱하는 행위로 해결이 됐지만, 청성파는 쓴웃음 비슷한 미소와 건성으로 하듯 헐렁거리는 포권의 자세가 '난 모르겠으니 너 좋을 대로 생각하는 게 정답이야' 라는 의미로 자주 쓰였다. 항상 그렇듯 이번에도 통했다. 상대는 드디어 녹지현이 기다리던 답을 꺼냈다.

"이젠 구할 놈들이 더 이상 없어. 하다못해 행상도 이 마을은 피하는 것 같더라. 그런데 왜 자네 혼자야? 다른 사람은? 아니, 혹시 우리 모두 철수하래?"

"응! 지금 당장!"

녹지현이 재빨리 대답했다. 그러자 도사가 환한 얼굴이 되어 몸을 돌렸다.

"이봐! 우리들 철수하랬대!"

"뭐? 누가?"

마을을 맴돌던 도사들 몇몇이 깜짝 놀라며 고개를 돌렸다. 녹지현은 당황했다. 저 많은 도사들 중에 자신을 아는 자는 분명히 있을 것이다. 이자가 이렇게 대처해 버릴 줄이야. 녹지현이 급히 주변으로 눈을 굴려 도사들의 얼굴을 확인했는데, 놀랍게도 아는 얼굴이 하나도 없다. 순간, 녹지현의 뇌리를 스치는 것이 있었다. 이놈들은 가짜 도사다! 유사품 청성 도인들이 녹지현을 향해 다가오기 시작한다. 모두 다 얼굴에 '반신반의(半信半疑)'라는 글자를 써놓은 채 접근하고 있었다.

"정말 철수하래?"

"이 친구가 그러는데? 자!"

녹지현과 처음 대화했던 도사는 당연하다는 듯 손바닥을 내밀었다. 뭔가를 내놓으라는 뜻이다. 녹지현은 또 한 가지 사실을 알았다. 이 쪼잔한 놈들은 명령 하나하나를 문서화해야만 신용 사회를 이룩하는 것들이구나. 이제 녹지현은 선택의 여지가 없었다. 문서가 없다는 것을 알게 되면, 저들은 곧바로 녹지현이 유사품 우리편이라는 것을 깨닫게 되리라. 녹지현은 애초에 계획한대로 힘껏 검지를 뒤로 뻗었다.

"지금 그게 문제가 아니지. 여기 오면서 수상한 놈들을 봤다고."

"뭐?"

"저 바위 뒤에서 정탐하던데 그것도 눈치 채지 못했어?"

모든 도사들의 시선이 일제히 검지를 따라 옮겨졌다. 곧바로 실망감 어린 목소리가 튀어나왔다.

"장난하냐? 저건 돼지잖아."

"바위 뒤에 숨어 있다니까!"

"아! 정말!"

누군가의 외침이 터져 나온다. 녹지현이 힐끗 고개를 돌려 바위를 바라보니 막당의 손이 바위 측면에서 살짝 빠져나와 초구에게 숨으라는 지시를 내리듯 까닥거리고 있었다. 마을에 있던 자들은 일제히 허리춤에서 검을 꺼내며 달리기 시작했다.

"와아아아!"

"누구냐! 거기 숨어서 뭘 하고 있었던 거냐!"

도사들이 함성을 지르며 달려가자마자 바위에 숨어 있던 자들이 일제히 일어났다. 한보는 아예 바위 위로 뛰어오르며 철권을 장착한 손으로 녹지현에게 삿대질했다.

"죽일 거야! 두고 봐!"

"죽인댄다! 적이다!"

녹지현이 도사들 뒤에서 힘껏 고함쳤다. 산을 오르는 도사들의 달음질이 더 빨라졌고, 네 명과 돼지 한 마리는 급히 도망쳤다. 그사이에 녹지현은 휘파람을 불며 천천히 뒷걸음질했다.

"다 갔나?"

아쉽게도 산을 오르는 자들은 스무 명 남짓이었다. 녹지현은 검을 뽑아 든 채 집을 지키는 도사들을 보고 한숨을 뱉었다. 분명 저 집 안에 누군가 있을 것이다. 녹지현은 표적을 향해 걷기 시작했지만, 자신을 바라보는 놈들의 눈빛이 심상치 않아서 빨리 걷기 어려웠다. 하지만 어물거리는 것이 더 위험하다는 것을 잘 알기에 느린 걸음을 느긋한 걸음처럼 보이도록 최대한 신경 썼다.

"넌 누구지?"

집을 지키던 자들 중에서 얼굴은 유비처럼 인덕 많게 생겼는데 수염은 장비고, 목소리는 초선인 놈이 말을 걸었다. 목소리 때문에 전신이 가려웠지만, 녹지현은 꾹 참고 대답했다. 짐짓 목소리를 가라앉힌 녹지현은 얼굴뿐 아니라 행동거지에도 근엄을 담고 있었다.

"내가 누구라고 생각하냐?"

"나는 지금 너에게 누구냐고 물었어."

"나는 지금 너에게 내가 누구라고 생각하느냐 물었다."

"수상한 놈이군."

놈의 초승달처럼 굽어졌던 눈매가 급작스레 날카로워졌
다. 가슴이 철렁 내려앉았지만 녹지현은 내색하지 않았다.

"그렇지. 수상한 놈이라서 너희들의 철수를 명령하고, 수
상한 놈들을 쫓아가라는 명령까지 내렸다. 그리고 감히 내 명
령을 따르지 않은 너희들의 태도가 기이하여 묻고 있는 거다.
너희들 임무가 뭔데 이 수상한 놈의 명령을 따르지 않는 거
냐?"

순간, 놈의 눈매가 다시 초승달로 변신했다.

"으음. 저희들은 이 집을 지켜야 하는 임무를 맡았습니다.
저기 가신 부장께서 돌아오시면 알게 되실 겁니다."

"나보다 부장의 명령이 우선이다?"

"그, 그건 원래……."

녹지현은 놈의 당황하는 얼굴을 향해 미소 지었다.

"기분 나쁜 게 아니라, 그 결정이 옳았음을 치하하기 위해
묻는 것이다. 만족스럽군."

"감사합니다. 그런데 대체 뉘신지?"

"이젠 더 이상 구할 놈들도 없겠지?"

"예에……. 항상 눈에 불을 켜고 대기했지만 근 한 달 동안
이 마을을 지나는 놈들이 없었으니 아무래도……."

"그래. 이제는 이 마을에 볼일이 없을 것 같다."

녹지현이 그렇게 대답하는 순간, 놈의 안색이 변했다. 예상하던 표정의 종류와 너무도 동떨어진 얼굴이기에 녹지현은 자신도 모르게 눈살을 찌푸렸다. 놈의 얼굴은 창백했다. 마치 공포에 질린 것처럼. 녹지현은 자신이 마지막으로 꺼낸 말을 곱씹었다. 이 마을에 볼일이 없다. 이 말이 왜 댁의 얼굴을 창백하게 만든 거지? 혹시 당신 성은 이씨고, 이름이 마을? 녹지현은 그건 아니다 싶어서 놈의 반응을 지켜봤다. 놈이 말했다.

"아직 십팔 호인데……."

그렇게 말하던 놈의 안색이 굳었다. 참 다양한 얼굴을 갖고 있구나, 라고 녹지현은 생각했다. 가면 없이 변검 공연을 해도 성공할 텐데 왜 이런 험난한 무림에 들어섰을꼬, 라고 녹지현이 걱정할 무렵에 놈이 기대에 어긋나지 않게 싸늘한 얼굴로 말했다.

"신분증을 보여주십시오."

녹지현은 신분증을 보여주는 대신 익살맞게 포권했다. 안 통했다.

"이런 빌어먹을!"

장비수염에 걸맞는 얼굴이 되어 검을 휘둘렀지만, 녹지현은 일 장 가까이 떨어진 거리에 있었다. 도망가는 것이다.

"저놈 잡아! 놓치면 우린 모두 죽을 거야!"

집을 지키던 자들은 둘의 대화를 모두 듣고 있었다. 자신들의 선배가 신분증 얘기를 꺼내기 전까지 모두 다 녹지현을 상관으로 착각하고 있던 터였다. 하지만 저렇게 필사적으로 퍼덕거리며 자신들에게서 도망가는 상관의 등은 본 적이 없었다. 확실한 결론이 나왔다. 유사품 상관이다. 그런 주제에 결코 들어서는 안 될 중요한 정보를 듣고 말았다. 또 하나의 확실한 결론이 나왔다. 녹지현을 죽이지 않으면 우리도 죽는다. 이런 상황에 접해졌다는 게 너무도 두려워서 열한 명의 무사들이 필사적으로 신형을 날렸다.

"잡아아아!"

타타타탁!

"아이고! 당아야, 당아야!"

녹지현은 울먹이는 목소리로 고함을 지르며 목숨 걸고 달렸다. 그때 산 어귀에서 막당의 목소리가 들렸다.

"예, 큰형님!"

녹지현이 기뻐 외쳤다.

"나 좀 도와줘!"

"여기도 바쁜데 잠시 후에 도와드리면 안 되겠습니까?"

"여기가 더 바쁘다, 이놈아! 이 형님이 죽고 나서도 그런 소리를 할 테냐? 헉헉헉! 어서 와, 쳐 죽일 놈아! 내 무덤 앞에서도 울지 않을 놈 같으니! 당장 오지 않으……."

말을 맺기도 전에 막당이 모습을 드러냈다. 녹지현도 그렇

고, 뒤에서 쫓아오던 자들도 그렇고 모두가 잠시 동안 입을
벌렸다. 수풀이 '퍼덕' 거리며 뭐가 솟구치기에 다들 새라고
생각했는데, 그게 막당이었다. 녹지현의 뒤에서 누군가 소리
쳤다.

"저런 경공이라니! 대체 누구지?"

다시 수풀 속으로 가라앉은 막당의 목소리가 들렸다.

"진짜로 녹 형님이 위험해, 보아야! 으앙! 왜 안 돼? 아냐,
큰형님은 죽어도 싸지 않아!"

"이게 다 작전이었다고 전해!"

고함을 지르면서도 녹지현은 놈들과의 거리를 벌리고 있
었다. 경공으로 따라잡을 수 없다는 것이 억울했는지, 뒤쪽
누군가가 들고 있던 검을 던졌다. 하지만 그것이 녹지현의 발
뒤꿈치에도 미치지 못한다. 쫓는 자들도 경공에는 자신이 있
었지만, 녹지현의 경공술과는 확연하게 차이가 났다. 건곤자
손우강이 유언으로 남긴 경신법 '교통운(交通雲)'의 위력이
었다. 청성파뿐 아니라 정도맹의 어떠한 경공도 이보다 빠른
것이 없었는데, 단점은 이를 시전하는 동안에는 다른 어떤 행
동도 할 수 없고, 공격이나 방어 등의 형태로 급히 전환하는
것 역시 불가능했다. 모든 행동 하나하나가 교통운이라는 경
신법 그 자체만을 위해서 이루어지기 때문이며, 내력의 운용
또한 마찬가지라서다. 녹지현은 중경과 의원 집을 오가면서
교통운을 수련했는데, 두 달의 수련만으로도 자신조차 놀랄

정도의 결과를 얻었다. 그리고 지금 그 실효를 보고 있었다.

"어서 오지 못하느냐!"

그 뛰어난 경공을 가지고도 녹지현이 다급하게 호통 쳤다. 교통운에게는 사소하지만 단점이 하나 더 있었기 때문이다. 교통운은 정해진 형태로만 기와 체를 운용하여 달리는 경신법이다. 그렇기 때문에 운전하기가 힘들었고, 급히 멈추는 것도 어려웠다. 만약 교통운을 시전하고 있을 때 앞에 장애물이 나타난다면? 장애물을 염두에 두고 급히 방향을 트는 순간, 기가 흐트러질 뿐 아니라 근육에 무리가 와서 반병신이 될 수 있다. 급히 멈출 경우는 더했다. 심할 경우, 시전자의 앞쪽 살을 찢고 근육이 튀어나오고 기가 일시에 앞으로 쏠려서 파괴되고 눈알도 튀어나오고… 까지는 아니겠지만, 그와 엇비슷한 고통을 느낄 정도로 몸에 커다란 손상이 오게 된다. 앞에 장애물이 나타날 때 제일 좋은 방법은 '저것은 신기루려니'라고 생각하며 그냥 가던 대로 가는 것이었다. 운이 없어서 장애물이 신기루가 아닐 경우라 해도, 튼튼한 몸으로 부수고 지나가는 것이 앞서 언급한 '급방향 전환'이나 '급정지'보다는 건강에 이로웠다. 장애물이 몸보다 약간 더 튼튼해서 부서지지 않았다 쳐도 고통을 느끼기 전에 죽어버렸을 테니, 손우강의 말을 빌리자면 '그 어떤 방법보다 탁월한 선택'이었다.

"당아야아아아아아! 진짜다! 형님 죽을 거야!"

예민한 녹지현은 그 사소한 단점조차 신경 쓰여서 멀리서부터 보이는 장애물을 염두에 두고 미리 차분하게 방향을 바꾸는 연습을 많이 했었다. 하지만 지금처럼 급히 도망치던 와중에는 그 노고가 하나도 도움이 되지 않았다. 십여 장 앞은 화전의 영역이 끝나는 지점이었고, 그 뒤로 근엄한 노송과 고아하게 이끼 맺힌 바위들이 '이것도 신기루려니?' 라고 묻는 듯한 마음가짐으로 분포되어 있었다. 이미 녹지현은 조금씩 속도를 줄이는 중이었다.

콰콰콰콰콰콰콰!

녹지현이 속도를 줄이면 줄일수록 무섭게 달리는 소리가 났다. 녹지현의 발이 아닌 산속에서 들려오는 소리다. 녹지현은 그것이 인간의 발소리가 아니라는 것을 깨달았다. 너무도 고마워서 눈물이 날 지경이었고, 미안한 마음이 앞섰다. 내가 널 두고 바보 따위의 이름을 부르다니. 정말 미안하구나. 녹지현은 눈물을 훔치고 싶었지만, 교통운으로 달릴 때는 손도 마음대로 써먹을 수 없었다.

콰하!

진정으로 교통운을 배웠어야 할 존재가 모습을 드러냈다. 작은 나무 하나를 정말로 신기루로 여긴 듯 그대로 들이받아서 뿌리째 넘겨 버린 초구가 녹지현을 향해 매섭게 달려왔다. 곧 녹지현뿐 아니라 뒤를 쫓던 자들까지 경악했다. 초구의 뒤에서 막당이, 그리고 한보, 금영진, 태목구가 모습을 드러냈기 때문이다. 서슬 퍼런 눈을 하고서.

“죽일 거야!”

“이럴 거면 어제 밤을 새며 작전을 세울 필요도 없었잖아
요!”

“시이이이이이익!”

“큰형님! 왔습니다! 아직 안 죽으셨으니 안 죽으실 겁니
다!”

녹지현은 좀 더 속도를 줄이면서 허탈하게 웃었다.

“스무 명을 벌써 눕히고 온 거냐?”

금영진이 달리던 와중에 곰방대에 불을 붙인다.

“잊었어요? 우린 신성육장이잖아요.”

선두에 있던 다섯이 일제히 초구를 향해 검을 휘둘렀다. 그
때까지 초구는 놈들을 향해 일직선으로—마치 도망갈 때의 녹
지현처럼—달려오던 중이었다. 초구에 대한 소문은 이들도 잘
알고 있었다. 모를 턱이 없다. 강호가 아무리 넓어도 사람 잡
는 돼지에 대한 소문이 느릿느릿 기어갈 리가 없다. 게다가
그런 기이한 내용의 소문은 좀 더 과장되게 퍼지기 마련이어
서 가끔은 객잔에 ‘신돈(神豚)의 여섯 신장’이라는 특별한 명
칭으로 신성육장의 이름이 회자되는 경우도 있었다.

휘이이익! 붕! 붉! 부우욱!

모두의 검날이 허공을 쳤다. 다섯 명은 믿을 수가 없었다.
녹지현보다 빠르면 빨랐지 결코 느리다 할 수 없는 속도로 달
려들던 초구가 고개조차 틀지 않고 방향을 바꿨기 때문이다.

게다가 그 방향 전환이라는 것이 직각의 경로였다. 정면으로 달려오던 돼지가 연해주의 게처럼 옆 걸음으로 달려 버리니 기가 막힐 지경이었다. 뒤에 있던 여섯 사람 중 셋이 몸을 뒤틀었다. 초구가 자신들이 서 있는 방향으로 옆 걸음을 했기 때문이다. 셋은 재빨리 앞으로 나서며 검을 휘두르려 했는데, 옆 걸음으로 전환했던 것만큼이나 빠르게 정면 돌진을 한다.

퍽!

돼지의 코와 사람의 코가 부딪쳤다. 검을 휘두르기는커녕 뒤로 당긴 상태에서 앞으로 내밀지도 못한 채 당한 것이다. 사람의 허리가 뒤로 저렇게까지 꺾일 수 있구나라며 감탄할 만큼 직격을 당한 자가 크게 휘어진다. 얼굴은 피투성이가 되어 있었고, 다시 일어날 것 같은 모습은 결코 아니었다. 두 사람은 재빨리 몸을 돌려 초구의 다음 계획을 살폈다.

퍽!

돼지의 엉덩이와 사람의 코가 부딪쳤다. 이번에도 몸을 비틀어서 방향을 전환한 것이 아니라, 곧장 뒤로 달린 것이다. 난생처음 보는 전천 후 방향 전환 돼지의 위용은 나머지 한 명의 얼굴에서 핏기를 빼앗기 충분했다. 뒷 열의 또 다른 세 동료가 지원하기 전에 초구는 공격을 개시했다. 창피했지만, 초구의 표적이 된 자는 검날로 자신의 몸을 방어하는 소극적 자세를 펼치고 말았다. 초구가 박치기를 시도했다가는 방어자의 검날에 몸이 동강날 것이다.

펙!

"끄아아악!"

방어자는 그것이 최악의 선택이었음을 뒤늦게 깨달았다. 초구는 당연하다는 듯 박치기를 시도했는데, 그 표적이 검을 든 손이었다. 자신의 검에 얼굴과 가슴이 베인—정확히 말하자면 찍힌—자는 쉴 새 없이 비명을 지르며 바닥을 뒹굴었다. 초구가 손님으로서 첫 인사를 할 때부터 세 명이 바닥을 구를 때까지의 시간은 찰나와 다름없을 정도로 짧았다. 그때까지 선두 열이 할 수 있는 일이라고는 고개를 돌리는 것과 눈알을 굴리는 일뿐이었다. 뒷 열의 다른 세 명이 도움을 주기 위해서 곧바로 신형을 날렸지만, 고작 두 걸음을 내딛기 전에 동료는 바닥을 뒹굴고 있다. 지원자 세 명은 자신들의 세 번째 걸음을 방어세 전환으로 이용했다. 초구의 시선이 자신들을 향했기 때문이다. 누군가 이를 갈며 초구를 인정했다.

"작전을 바꿔야 할 것 같습니다! 일단 저기서 달려오는 '부하들' 부터 잡고 나서 저 돼지를 협공하는 게 어떻겠습니까?"

그 말을 들은 '초구의 부하들' 이 분기탱천하여 빨라졌다. 놈들에게 먼저 도착한 사람은 막당이었다. 막당은 자신에게 검을 겨눈 두 명을 거침없이 상대했다.

"파황제일권!"

상대는 막당의 속도에 맞춰서 미리부터 검을 휘두르던 중이었다. 막당이 정권을 뻗어 상대의 가슴을 후려치기 전에,

검도 막당의 어깻죽지를 갈라 버릴 게 분명하다. 하지만 막당
은 정권을 물리지 않았다.

콰사아아아!

"뭐야, 이건!"

펑!

검을 휘두르던 두 명도, 뒤에서 달려오던 세 명 형제도 직
접 보고서도 믿을 수 없었다. 막당의 정권에 맞아 바닥을 뒹
구는 자의 모습에 모두가 입을 벌렸다. 막당은 주먹을 끝까지
뻗어서 상대를 쳤다. 그리고 상대도 검을 끝까지 휘둘렀다.
놀라운 것은 막당이 주먹을 뻗는 과정 속에 다리만 따로 움직
여서 방향을 틀었던 것이다. 짧게 끊어서 치는 단타도 아니
고, 있는 힘껏 내뻗는 일격이었다. 그런 공격은 진각의 도움
이 없이 제대로 된 힘을 발휘하기 어려웠는데, 막당의 발은
메뚜기 날개처럼 땅바닥을 수도 없이 디디며 달렸던 것이다.
옆에서 검을 휘둘렀던 또 한 명은 막당의 그런 움직임이 기가
막혔는지 검을 다시 당길 생각조차 못했다. 막당이 맑은 눈망
울을 굴려서 놈의 눈과 마주쳤다. 잠시 고민하던 막당은 넌지
시 말했다.

"그쪽 분도 파황제일권."

"응?"

퍼엉!

당신께 여쭐 말이 있습니다, 식의 조용한 목소리와 다르게

일격은 강맹했다. 검을 당길 새도 없이 두 번째 인물도 바닥을 뒹굴었다. 남은 여섯 명이 마른침을 삼키며 당연하다는 듯 수세를 취했다. 서로의 등을 기대어 여섯 방향으로 검을 내세운 것이다. 때마침 금영진이 도착했다. 금영진은 담배 연기를 뿜으며 말했다.

"정신없죠?"

"뭐라고?"

반문하는 자를 마주 응시하며 금영진이 곰방대로 하늘을 가리킨다. 놈은 금영진이 수작을 부린다고 여겼는지 위를 보지 않았다. 그때 뒤에 있던 자가 낮게 속삭였다.

"돼지가 안 보여. 누가 좀 찾아봐."

"윽. 빨리 찾아! 제일 위험한 놈을 놓쳐서 어쩌자는… 꺽!"

뻐큭! 콰락탕!

허공에서 추락한 초구는 육중한 몸으로 여섯 모두의 머리를 짓눌렀다. 일시에 기습을 받은 여섯 명은 약속이라도 한 듯 무릎을 꿇었고, 그중 세 명이 검을 놓쳤다. 태목구와 한보가 도착했을 때, 상황은 끝난 것이나 다름없었다. 금영진은 악책이 아닐까 의심될 정도로 빠르게 다리를 놀려서 땅에 떨어진 세 개의 검을 주워 그것을 한 손에 쥔 채 내민 상태였다. 세 개의 검끝은 검을 놓치지 않았던 세 명의 머리를 정확하게 겨누고 있었다. 한 손으로 세 개의 검을 몰아서 쥐었으니, 그것으로 위해를 가하기란 쉽지 않을 것이다. 하지만 초구와 막

당의 무용을 직접 확인한 이들은 금영진까지 높게 평가하며
스스로의 무기를 떨궜다. 상대가 신성육장이니 어려운 싸움
이 될 것이라고는 짐작했었지만, 그 절반이 도착하기도 전에
제압될 줄이야. 제압된 모두가 기가 막혀서 헛웃음만 나왔다.

"이상한데요?"

태목구가 도착하자마자 고개를 기울였다. 산까지 쫓아왔
던 자들도 그렇고, 이곳에 있는 자들 역시 상상 이상의 무공
을 보여주고 있었다. 청성파 도사들이라고 하기에는 너무 약
했다. 모두를 엎드리게 하여 상황을 완전히 끝내자 녹지현이
그제야 유유자적하게 다가와 말했다.

"이자들은 청성파가 아니야."

"알고 있어요. 청성파에 녹 오빠 같은 분이 이렇게 많으리
라 믿고 싶지 않아요."

금영진이 빈정거렸지만, 이미 녹지현은 다른 사람에게 눈
과 귀를 돌린 뒤였다.

"당아야, 너는 이 주변의 집들을 살펴서 주 사숙과 네 제자
스님이 있는지를 알아보거라."

"예!"

막당이 호쾌하게 답하며 집을 향해 달려갔다. 놀랍게도 막
당이 달려가는 집은, 지금 바닥에 엎드려 있던 자들이 지키고
있던 집이었다. 녹지현은 집 안으로 들어가는 막당의 모습을
보며 곧 막내의 환호성이 문밖으로 튀어나올 것이라 여겼다.

하지만 막당 그 자체가 튀어나왔다.

"빨리빨리빨리빨리!"

막당의 호들갑에 한보가 깜짝 놀라며 집을 향해 달렸다. 금영진과 태목구는 포로들을 감시하느라 움직일 수 없었기에, 목청 높여 이유를 물었다. 곧 집 안에서 한보의 고함 소리가 들렸다.

"다 죽었어!"

"뭐?"

금영진이 창백해져 외쳤다.

"주 도사님도? 유법 스님도?"

"아니, 안 계셔. 마을 사람들 같은데 끔찍하게 죽어 있어!"

한보의 대답에 금영진보다 먼저 녹지현이 말했다.

"그럴 리가 없잖느냐! 이놈들이 왜 죽은 사람들을 지키고 있었겠어?"

순간, 금영진은 이상한 기분이 들었다. 태목구를 돌아보며 포로를 잘 지키라는 명령을 내릴 때는 가슴이 심하게 두근거릴 정도였다. 막당과 한보가 있는 집으로 걸어가니 시체 썩는 악취가 코를 찔렀다. 그리고 입구로 고개를 내미니 정말로 시체가 보였다. 몇 겹으로 쌓아서 인원조차 알 수 없을 정도로 많은 수였다. 금영진은 시체더미를 마주하는 한보와 막당 사이로 걸어가며 인상을 찌푸렸다.

"무림인도 아닌 것 같은데… 대체 이 많은 사람들을 왜 죽인 거야!"

"죽지는 않았습니다."

시체더미 속 누군가가 중얼거렸다. 금영진은 살풋 웃으며 뒷걸음질을 치더니 '이제 슬슬 귀신 저항력도 숙련도가 쌓이고 있어' 라고 농담했다. 한보도 적잖게 놀란 것 같았다. 쌓여 있던 시체들 몇 구를 바깥으로 옮기니 시체가 아닌 자가 다섯이었다. 괴이한 것은 다섯 모두가 가장 시체다운 모습을 하고 있었다는 점이다. 악취 가득한 반송장을 응시하며 금영진이 낮게 중얼거렸다.

"마교……."

"마교라고 하셨어요, 금 누님?"

태목구가 호기심에 어린 질문을 던졌으나, 금영진은 더 이상 대답하지 않았다. 녹지현은 마을의 어떤 집에도 주향상이 없음을 알고 크게 흥분하여 떠들었다. 그 상대는 물론 포로들이었다.

"대체 네놈들은 누군데 마을 사람들을 이 꼴로 만든 것이냐! 그리고 아까 내게 말한 십팔 호의 의미가 뭐냐!"

집 앞에서 녹지현과 대화했던 자가 어쩔 수 없다는 듯 고백했다.

"우리들은 청성파다."

"하!"

녹지현이 놈의 대답을 듣자마자 코웃음 쳤다.

“청성파 좋아하고 있다. 그런데 날 몰라? 바른대로 이실직고하지 못할까!”

“정말로 청성파다.”

“그렇다면 청성파의 십대 규율이 뭔지 말해봐라.”

녹지현이 도끼눈을 뜬 채 윽박지르자, 녀석은 태연하게 청성의 십대 규율을 읊었다. 곁에 있던 태목구가 녹지현을 돌아보며 ‘맞습니까, 녹 형님?’ 하고 묻자, 진정한 청성파 도사님께서 당황하셨다. 녹지현은 포로의 따귀를 때리며 의기양양하게 외쳤다.

“역시 가짜구나! 진짜 청성파 도사가 그런 쓸데없는 것을 외우고 있을 턱이 없다! 어서 정체를 밝혀라! 너희들은 마교지?”

“아, 아니다! 하지만…….”

“하지만 뭐? 규율까지 알고 있는 마당에 계속 청성파라고 우길 셈이냐!”

과정이야 어찌 되었든 녹지현의 심문은 효과적이었다. 놈은 청성파라고 우기는 것을 체념하고 자신의 정체를 밝혔다.

“저는 원래 이 마을 사람이었다. 계속되는 전쟁과 흉년으로 마을에서 살아갈 방법이 없을 때, 누군가 찾아와 청성파에 들어가서 무공을 배울 수 있게 해주겠다는 제안을 했던 거다. 그리고 저희들에게 청성파의 규칙이나 기본적인 무공, 규율 등을 가르치셨다. 이제 제 말을 믿겠나?”

“말투가 상당히 겸손하면서도 맞먹으려고 든다?”

“저희들은 말투도 배웠다.”

이야기의 본질을 외면하고 말투에 대해 논하려던 녹지현은 금영진의 제지를 받아 입을 다물었다. 금영진은 다섯 명의 반송장을 가리키며 물었다.

“저들도 마을 사람?”

“몇몇은 그렇다.”

“같은 마을 사람인데 저런 짓을 해?”

“그렇지 않았다면 저희가 저 꼴이 됐을 테니까. 게다가 대부분은 저희 마을 사람들이 아니라 주로 이곳을 지나던 자들이었다.”

“그걸 시킨 자는 누구지? 마교? 천외천?”

금영진이 천외천이냐 물은 이유는 이들이 청성파의 도복을 입고 있기 때문이었다. 하지만 심증은 마교 쪽으로 굳은 상황이다. 아무래도 저들의 몸은 인체 실험의 결과물로 보였다. 낙랑이 살아 있을 때까지만 해도 마교는 그런 종류의 실험이 잦았다. 좀 더 강해질 수 있는 방법을 고민하기 위해 명이 다한 자들에게 ‘마교의 앞날을 위하여’ 라는 명목으로 허락을 받고 인체 실험을 강행했던 것이다.

“빨리 말해! 마교주 이후식이 시킨 거지?”

“누군지 알면 진작에 말했지! 신분증에 용이 그려졌던 것 외에는 아무것도 모른다!”

"용?"

"그래! 저희들은 흑룡이 새겨진 신분증을 가진 자에게 명령을 받고 따랐을 뿐이다. 그래도 그분들은 저희들에게 먹을 것만큼은 항상 챙겨줬다! 이렇게 입을 것도 주고!"

금영진은 포로에게서 몸을 돌리며 이를 갈았다.

"마교가 뒤에서 이따위 짓을 하고 있을 줄이야."

그사이에 막당은 한보와 함께 생존자를 방으로 옮기는 일을 하고 있었다. 가슴이 모두 으깨져 뼈와 내장이 보이는 이도 있었는데, 그자의 정신이 제일 맑았다. 끝내 주향상 일행을 찾지 못한 신성육장은 피실험자와 포로들에게서 답을 듣기로 결정했다. 산에서 얻어맞은 자들이 다시 돌아오지 않는 것을 보면, 누군가가 마을 상황을 파악하고 도망가기로 합의를 본 듯하다. 도망자 중에는 자신들의 상관을 만나서 '당했다'라는 보고를 하는 이도 있으리라. 그런 일이 없더라도 정체불명의 상관은 이 마을에 올 것이 분명했다. 마을에 음식이 많지 않은 데에다 피실험체를 시체까지 보관하고 있는 것을 보면, 아직은 쓸데가 있다는 의미다. 신성육장은 포로들을 시체가 있던 방에 묶어놓았다. 그리고 마을 내 제일 귀퉁이에 박혀 있던 작은 집을 선택해 자리 잡았다. 주향상과 유법이 이곳에 묵었는데 지금은 없다. 행방을 알기에 가장 좋은 방법은 이들의 상관을 잡아 족치는 수일 것이다.

"얘기 하나 해도 되겠습니까?"

살아 있다는 것을 알면서도 금영진은 누워 있는 자가 말할 때마다 깜짝 놀라곤 했다. 가슴이 으깨진 자를 같은 방에 둔 이유는, 그만큼 상태가 좋지 않아 보였기 때문이었다. 사내는 '귀퉁이'였는데, 어릴 때 잔꾀를 부리길 좋아하여 화전 귀퉁이에서 일을 하는 시늉만 했기 때문에 그 이름을 얻었다고 한다. 막당이 주로 귀퉁이를 간호했다. 간호라고 해봤자, 상처에 달라붙은 이물질을 하나씩 떼내는 일뿐이었다. 귀퉁이는 상처를 만져도 전혀 통증을 못 느끼는 듯했다. 금영진이 곁눈질로 귀퉁이의 얼굴을 보며 답했다.

"어떤 얘기죠?"

"혹시 찾고 있는 사람이 스님과 도사님 맞습니까?"

"마, 맞아요! 그분들 지금 어디에 계시죠?"

예상치도 못한 정보에 모두의 시선이 집중되었다. 귀퉁이는 신성육장이 바라는 정보를 자신이 가지고 있다는 사실에 만족한 듯 미소를 띠었다.

"제 딸 좀 찾아주십시오."

"예?"

"주고받아야죠. 제가 알고 있는 모든 것을 알려드릴 테니, 대협님들께서도 제 딸 좀 찾아주셨으면 합니다."

한보가 불평했다.

"그런 걸 뭘 주고받아요? 그냥 부탁하면 되는 거지. 딸은 지금 어디 있는데요?"

귀퉁이는 한보를 잠시 응시하다가 미안하다는 말부터 꺼냈다. 그리고 희미한 미소를 지은 채 말을 이었다.

"아까 저기 계신 대협께 말씀드렸듯 전 여기서 멀지 않은 화전 마을에 살던 놈입니다. 가족을 먹여 살린답시고 행상을 했는데, 그 재미가 쏠쏠하여 나중에는 가족 모두가 함께 나섰죠."

기이한 신체였다. 회복력이 빠르기로 신성육장의 형제들이 크게 인정하는 막당이라 해도 귀퉁이처럼 가슴이 으깨진 상태라면 숨소리조차 제대로 내지 못했을 것이다. 하지만 이 반송장은 한 점 흐트러짐 없는 표정과 목소리를 거리낌없이 꺼내고 있었다. 사내가 말하는 내용보다는 '말을 한다는 것' 자체가 신기하여 모두가 눈을 떼지 않고 귀퉁이를 응시했다.

"그러다가 이 마을에서 놈들에게 붙잡혀 이 꼴이 되었습니다. 아내는 아까 대협들께서 묻어주셨고, 딸은 진작에 놈들에게 끌려갔지요."

"부인의 성함을 말씀해 주시면 저희가 묘비라도 해드릴게요."

금영진이 만면에 측은함을 가득 닦고 말했지만, 귀퉁이는 고개를 저었다. 자신에게 슬픔의 감정 같은 게 거의 느껴지지 않는다는 말을 답으로 내놓았는데, 그것이 금영진에게 흉수가 마교라는 확신을 갖게 했다. 마교는 낙랑 이전의 시기부터

‘섭혼공’을 연구했던 경력이 있었기 때문이다.

“계속 말하겠습니다. 제 딸은 아무래도 살아 있을 듯합니다. 제 몸보다 좀 더 괴이한 꼴로 만들었겠지요. 그쪽으로 끌려갔다가 이곳으로 다시 돌아온 친구가 그러더군요. 제 딸이 ‘구호’라 불린다고요. 스님들과 도사님도 그곳에 끌려가셨으니 서두르셔야 할 겁니다.”

녹지현이 벌떡 일어서며 당장 가자고 재촉했지만, 누가 뭐라고 말하기도 전에 한숨을 쉬며 다시 앉았다. 놈들이 직접 오기 전에는 본거지를 알 수 없음을 깨달았던 이유다. 금영진이 귀퉁이에게 몇 마디를 더 물었지만, 그 외의 쓸 만한 정보라고는 없었다. 입을 다문 채 생각에 잠겼던 태목구는 방 안의 대화가 모두 끝났다고 여겨지자 헛바람 뿜듯 가녀린 어조로 말했다.

“얘기 다 끝났으면 우린 먼저 일어나야겠군요.”

“일어나다니?” 한보가 놀라 물었다. “왜?”

“시익. 유법 스님과 주향상 도사님이 녹록한 분들은 아니잖아. 그분들을 제압했다면 오늘 만난 놈들과는 다른 수준의 것들이겠지. 이렇게 드러내 놓고 상대할 만한 놈들이 아닐 수도 있어.”

“그건 그러네. 태 아우 말대로 일단 우리는 산속에 몸을 숨기는 게 낫겠어.”

덕분에 귀퉁이와 네 명의 반송장까지 산속으로 이동하게

되었다. 밤이 깊어서 자리를 잡는 것이 쉽지 않았지만, 산에 익숙한 초구가 일행의 뜻을 짐작한 듯 제법 괜찮은 쉼터를 찾아냈다. 금영진은 태목구와 막당에게 마을을 감시하라는 임무를 맡겼다. 두 시진씩 휴식하며 교대하자는 제안이었다. 처음 마을에 들어설 때 형제들을 지극히 실망시켰던 만형 녹지현은 산속 터에 자리를 잡고서야 벌을 받았다. 혼자서 정탐하는 임무를 맡긴 것이다. 녹지현도 자신의 죄를 뉘우쳤는지 흔쾌히 응했다.

37장

강시(殭屍)

강시(殭屍)

“당아야.”

새벽에 녹지현이 막당을 깨웠다. 교대 시간이 한참 지났을 때였고, 녹지현 혼자 마을을 살피는 시간대였다. 막당이 게슴츠레한 눈을 뜬 채 대답하려던 찰나, 녹지현이 잽싸게 입을 막았다. 녹지현은 속삭였다.

“이 형님께서 낮에 무리했나 보다. 특별히 오늘만 네가 나를 대신하여 보초 좀 서 주면 안 되겠느냐?”

막당이 입을 막힌 채 고개를 끄덕였다. 녹지현은 허락을 받고서도 막당의 입을 덮은 손을 떼지 않은 채 추가 주문을 했다. 다른 형제들이 알지 못하도록 임무가 끝나기 전에 자신과 다시 교대하라는 내용이었다. 막당은 흔쾌히 응했다.

이미 태목구와 보초를 한 번 섰었기 때문에 어떻게 해야 되는지는 잘 알고 있었다. 막당은 화전이 모두 보이는 바위 뒤쪽에 앉아서 고개만 빼꼼 내민 자세를 유지했다. 마을에서 수상한 자가 보이면 곧장 형제들이 있는 곳으로 돌아가서 녹지현을 깨우면 끝이다. 그러면 녹지현이 수상한 자가 나타났다며 형제들을 깨우게 될 것이다. 막당은 예전에 악책을 처음 만났을 때처럼 무릎을 반쯤 굽힌 자세로 바위 너머에 시선을 던졌다. 반 시진 가까이 그 자세를 고수하고 있었으니 몸이 쑤시기 시작했다. 하지만 막당을 괴롭히는 것은 몸 저림이 아니었다. 뒤에서 느껴지는 괴이한 기척이 오랜 시간 막당의 신경을 건드렸다. 소리가 나거나 냄새가 나는 것도 아니었지만, 뒤에는 분명 누군가가 있었다. 만약 보초 임무만 아니었다면 막당은 진작에 고개를 돌려 누구의 기척인지 확인했을 것이다.

"우웅."

막당은 신음했다. 뒤에서 느껴지던 기척은 오랫동안 침묵과 무동을 유지하다가 조금씩 움직이고 있었다. 그것은 자신을 향해 접근하는 게 분명했다. 녹지현을 대신하는 보초의 임무가 있었지만, 더 이상은 막당도 참기 어려웠다. 그 기척이 대단히 불쾌했기 때문이다. 자신의 목숨, 또는 동료의 목숨을 노리고 득달같이 달려들던 자들에게서 느껴지던 기척과 대단

히 비슷했다. 막당은 두어 번 더 신음하다가 마을에 시선을
둔 상태에서 입을 열었다.

"뒤에 누굽니까?"

"크크크. 마침 지겹던 참에 물어주는군. 고맙구나."

목소리가 들린다. 막당은 비로소 고개를 돌렸다. 일 장쯤
떨어진 뒤쪽에서 오십을 넘긴 듯한 자가 막당을 응시하고 있
었다.

"내가 누군지 아느냐?"

"그거… 방금 제가 물었습니다."

막당이 공손하게 반문했다. 상대는 입가에 희미한 미소를
띠었다. 그 미소가 어디서 본 듯하여 막당은 열심히 기억을
더듬었다. 마음에 드는 미소는 아니었다. 오히려 저 미소는
자신을 언제나 불쾌하게 만들었던 것 같은 기분이 들었다. 상
대가 자신을 소개했다.

"후후, 서족에게는 내 이름이 많이 알려지지 않았겠지. 나는
대강호(大江湖)의 무인이니까. 가소롭게도 이 땅의 무림을 중
원(中原)이라 칭하는 자들이 나를 이렇게 부른다. 동방신붕(東
方神鵬) 조종성(朝宗星)이라고."

"아, 예. 처음 뵙겠습니다."

"나는 너를 안다. 몇 달 전, 주군의 검에 맞서던 꼬마. 네가
용이지? 그때 경황이 없어서 뒤에 있던 나를 제대로 확인 못
한 모양이구나."

"아! 봤습니다!"

막당이 기억난 듯 손뼉을 쳤다. 곧 막당은 입술을 뾰족하게 내밀었다.

"나쁜 사람이라고 생각했습니다."

"너에겐 나쁜 사람이 맞다. 크큭크."

조종성은 눈을 부릅뜨고 있었으나, 적대감이 깃든 눈이라고 보기 어려웠다. 마치 생쥐를 바라보는 고양이의 동그란 눈과 같았다. 스스로의 변태적 쾌락을 위해 누군가를 노리는 광인(狂人)의 눈! 막당은 당연하다는 듯 권을 내밀며 말했다.

"싸우겠습니다."

"네가 감히 나를?"

조종성은 코웃음 쳤다. 우수를 반쯤 들자, 아직 새벽어둠이 가시지 않은 수풀 뒤에서 '부스럭' 거리는 소리가 났다. 막당은 자신이 착각했음을 알았다. 오랫동안 신경을 거슬리게 만들었던 기척은 앞에 있는 노인의 것이 아니었다. 지금 저편에서 다가오는 한 무리의 존재들에게서 나는 기척이었다. 기이한 것은 저들의 수가 상당한 데도 모두에게 똑같은 하나의 기척만 느껴진다는 점이었다.

"주군께서 네깟 놈을 친히 상대하셨다고 기고만장했구나. 귀를 먹었느냐? 내가 동방신붕 조종성이다. 한때 동방량과 호각을 겨룬 조종성이란 말이다. 크흐흐흐흐. 흐……."

조종성의 웃음소리가 흐려졌다. 스스로가 내뱉은 말을 뒤늦게 생각해 보니 창피했다. 새까맣고 새까만 후배한테 자조나 하고 자빠졌다니, 이런 부끄러울 데가.

"후."

조종성이 한숨을 쉬며 우수를 좀 더 높게 치켜들었다. 뒤에서 거친 소리와 신음이 흘러나왔다. 조종성은 막당에게서 몸을 돌렸다. 이제 자신의 역할은 끝이다. 언제나 그렇듯 천외천이 원하는 최선의 선택만을 행하는 것이 자신의 임무였다.

"첫 상대가 신성육장이라면 그 이상을 바랄 게 없으리라. 큭크흐."

파륵!

조종성이 어둠 속으로 신형을 날리는 순간, 새로운 존재들이 모습을 드러냈다. 그제야 막당은 자신의 임무를 떠올렸다. 막당은 조종성만큼이나 빠르게 신형을 날려 녹지현을 찾았다.

"녹 형님, 녹 형님."

녹지현이 시킨 대로 귀에 대고 낮게 속삭였다. 녹지현은 인상을 찌푸리며 파리를 쫓듯 손을 휘저을 뿐, 눈을 뜨지 않았다. 그동안 적들은 막당과 녹지현의 주변으로 바짝 붙었다. 막당이 강한 살기에 불쾌감을 느끼다 못해 녹지현의 수염 몇 가닥을 뽑았다.

"크헙!"

녹지현은 바람같이 상체를 일으키며 막당을 죽일 듯 노려

보려다가,

“끄헉?”

막당의 어깨 너머에 있는 존재들을 발견하고 숨을 들이켰다. 녹지현은 망설이지 않았다.

“얘, 얘들아! 이게 다 뭐냐! 어서 일어나!”

새벽 공기가 녹지현의 고함에 힘을 실었다. 잠을 자기 전에 긴장을 마음속에 담아두었던 형제들은 바람처럼 몸을 일으켰다. 그리고 깨어나자마자 적을 발견했다.

“으베렉!”

“뭐야!”

“시식! 시체… 강시다!”

한눈에 보기에도 적들은 강시였다. 온전한 사람의 몰골을 하고 있었으나 형(形)에서 느껴지는 생기(生氣)라고는 조금도 찾아볼 수 없었다. 가장 크게 놀란 이가 금영진이었고, 가장 먼저 검을 뽑은 자도 금영진이었다. 금영진은 마른침을 한 번 삼킨 뒤 힘껏 외쳤다.

“마교의 강시가 틀림없어! 어지간한 상처로는 죽지 않으니 모두 검을 들고 다리와 팔을 베어버려! 사지를 쓸 수 없게 해서 전투 불능으로 만드는 게 우선이야!”

“금 언니! 전 검이 없고 쓸 줄도 몰라요!”

“한 매는 내 곁에서 날 도와줘!”

“금 누님! 저는 검이 없고 쓸 줄도 모르…….”

태목구의 익살맞은 목소리는 급히 가라앉았다. 금영진이 강시의 퀭한 눈빛보다 더 소름 끼치는 눈으로 노려봤기 때문이다. 태목구는 자신이 알아서 하겠다는 숨죽인 말을 던지곤 강시 쪽으로 시선을 돌렸다. 녹지현도 검을 뽑았으나 감히 덤벼들 생각을 못한 채 형제들의 맨 뒤쪽으로 물러났다.

스슥.

강시들은 움직일 때 내는 소리 외의 그 어떤 소음도 내지 않았다. 악령의 신음 소리조차 없었다. 아직 날이 어두웠고, 뒤쪽에서 들리는 소리도 있어서 놈들이 몇 구인지 알기도 어려웠다. 최소한 열다섯이 넘는 것은 확실했다. 태목구가 '식' 하며 거친 숨소리를 내더니 스스로의 어깨를 두드렸다.

"제가 오른쪽에 있는 셋을 맡겠습니다. 자를 수는 없으나 부러뜨릴 수는 있으니 매한가지 아니겠습니까."

"좋아!"

금영진은 좌수에 검을, 우수에 금도를 쥐고 왼쪽으로 한 발 나섰다.

"내가 왼쪽의 둘을 맡을게. 그동안 한 매는 나를 보조하고, 당아는 나머지 놈들을 방해해 줘."

"예!"

"얘들아, 나는?"

금영진은 잠시 고민하다가 한숨을 섞어 말했다.

"살아남으세요, 녹 오라버니."

"옳거니! 좋은 작전이구나!"

서로가 뜻을 맞추고 행동에 들어설 때였다. 숲 속 어둠 한 구석에서 강시의 모습만큼이나 기분 나쁜 목소리가 흘러나왔다. 막당은 그것이 조종성의 음성임을 알았다.

"선택이 너희에게 있다고 생각했느냐? 큭크흐!"

"홍! 웃는 것도 잠시뿐이야! 곧 신성육장이 네놈 앞에 이것들을 걸레로 만들어놓고 찾아갈 테니까!"

"기대하마."

'기대하마', '기대하마' 어둠이 스스로 메아리를 만들 듯 목소리가 여러 번 울렸다. 반복하여 들릴 때마다 작아지던 목소리는 땅에 스며들 듯 사라졌고, 그 순간 강시들이 일제히 움직였다. 마침 금영진도 금도를 힘차게 휘두르던 찰나였다. 관운장의 것처럼 패기있게 휘둘러지던 금도는 놈들의 움직임이 뚜렷해졌을 때 급히 회수됐다. 강시들이 예상 밖의 움직임을 보였던 이유다.

"뭐야?"

콰라라라라!

넓게 포진하여 다가오던 강시들이 일시에 막당에게로 날아들었던 것이다. 공세를 가한다기보다 막당을 일점으로 하여 그저 경신술을 펼치는 것 같은 모습이었다. 이에 당황하지 않은 사람은 정작 위기에 빠진 막당뿐이었다. 막당은 놈들의 득달같은 달음질에 맞서며 새벽하늘을 찢어버릴 듯 고함쳤다.

"파황제일권!"

"강시한테까지 초식명 부르지 마!"

한보가 고함치며 막당에게로 달렸다. 신성육장의 계획은 일시에 막당을 돕는 방향으로 수정되었다. 제일 먼저 금영진의 금도가 놈들 중 하나의 어깨를 잘랐다. 육 척 장봉의 끄트머리에 달린 도날이었지만, 살을 가르는 감촉이 금영진의 손에 고스란히 느껴졌다. 그렇기 때문에 금영진의 안색은 핏기를 잃었다.

"말도 안 돼."

금도가 강시의 왼쪽 쇄골을 찍으며 어깻죽지를 가르고 겨드랑이 밑으로 빠져나왔는데, 놈의 팔은 떨어지지 않았다. 일순간 살이 베인 흔적만 남았다가 급히 회복되었던 것이다. 금영진의 일도는 놈의 움직임에 아무런 영향도 주지 못했고, 막당을 향한 공세는 조금의 방해도 받지 않은 채 그대로 진행되었다.

퍼어억!

그 순간에 막당의 우권이 정면의 강시에게 적중됐다. '우드득' 하며 가슴뼈가 부러지는 수리가 들린다. 또한 그 충격에 밀려 강시의 몸뚱이가 강바람에 휩쓸린 낙엽처럼 뒤쪽으로 흩날렸다. 그것도 잠시,

"어?"

막당은 일격을 당한 놈이 땅에 발을 딛자마자 아무렇지도 않게 달려오는 것을 보고 깜짝 놀랐다. 덕분에 사방의 공세를 잠시 잊었다.

콰투투투!

"으앗차!"

도저히 피하기 어려운 순간에 이르자, 막당은 대경하여 비명을 지르더니 급히 신형을 낮췄다. 하지만 수많은 손과 발과 몸뚱이를 모두 피한다는 것은 무리였다. 적은 공격을 하는 것이 아니라 그저 달려오고 있었다. 마치 무리 지어 달리는 소 떼의 길에 놓인 것처럼 막당은 떼거지에게 밟힐 위기에 놓여 버렸다.

콰콰쾅!

그 순간 태목구가 어깨를 날렸다. 무려 일곱 구의 강시들이 태목구의 어깨에 밀쳐지며 갈대처럼 쓰러졌다. 태목구는 막당이 아닌 금영진을 돌아보며 외쳤다.

"열여덟! 모두 열여덟 구입니다, 금 누님!"

"잘했어, 태 아우!"

금영진은 무기를 바꿔 쥐던 중이었다. '혹시나' 하여 또 한 번 검과 도를 휘둘러 시험해 보기에는 상황이 너무 급박했다. 한보는 자신이 나설 때가 됐음을 자각하며 쌍철권을 힘껏 마주쳤다. 순간, 예상치 못한 고함 소리가 신성육장의 뒤쪽에서 터져 나왔다.

"작은 여협 분입니다!"

"네?"

콰라락!

"으학?"

한보는 뒤를 돌아보려다가 갑작스레 몰아치는 강시들의 위협을 느끼고 몸을 띄웠다. 모든 강시들이 이번에는 한보를 노리고 달려들던 중이었다. 이번에는 그냥 달려오는 것이 아니라 우권을 뒤로 당기고 있다. 모든 강시들이 약속이라도 한 듯 우권을 날린 것이다.

콰! 하! 학!

"예쁘다고 얕보지 마!"

그 와중에 농담하며 한보의 우철권이 각종 우권들을 휩쓸었다. 한보의 신체 중에 가장 많이 단련된 곳이 있다면 단연코 허리였다. 한보는 허리에 강한 회전력을 주어 놈들의 우권이 자신에게 이르기 전에 세 번을 회류했다. 우철권이 육중한 회오리바람의 바깥 면이 되어 놈들의 팔뚝을 훑어버리자 강시들 중 어느 누구도 한보를 공격하는 데 성공할 수 없었다. 뒤에서 목소리가 다시 들렸다.

"다시 막내 대협!"

금영진과 태목구는 비로소 목소리의 주인공이 누군지 알았다. 그리고 그 뜻도 깨달았다. 둘은 약속이라도 한 듯 바람처럼 신형을 날려 막당의 곁에 자리를 잡았다. 그와 동시에 모든 강시들이 막당이 있는 곳으로 쌍수를 뻗었다.

"허억!"

"윽."

두 번의 공세를 통해 금영진과 태목구는 놈들이 그다지 위협적이지 않다고 여기던 터였다. 공세가 너무 단순했던 이유다. 하지만 세 번째 공격은 달랐다. 놈들이 뻗는 쌍수의 흐름이 심상치 않았고, 그것은 내력이 없이는 발휘할 수 없는 상승무공의 일부가 분명했다. 태목구는 놈들에게 공세를 펼치려던 계획을 수정하여 자신의 금강고갑을 이용한 방어세로 전환했다. 금영진 역시 쌍수에 쥐고 있던 편곤의 형태를 바꾸어 수세를 취했다.

퍼퍼. 팍! 퍼퍼퍽! 쾅!

여럿의 강시들이 금강고갑과 편곤에 막혀 뒤로 튕겨 나갔지만, 일부는 방어진을 뚫고 막당에게 이르렀다. 막당은 그 모두를 상대하다가 옆구리를 당했다. 그림자처럼 어둡고 날쌘 손이 막당의 옆구리를 꼬집듯 쥐었는데, 옷과 살점의 일부가 뜯겨 나갈 정도의 위력이었다.

"괘, 괜찮아?"

금영진이 창백한 얼굴로 돌아보며 소리쳤다. 막당이 옆구리를 쥔 채 아프다며 울상 짓는다. 그 모습을 보며 금영진이 다시 한 번 괜찮냐고 물었다. 손가락 두 개를 흔들며 '이게 몇 개야?'라고 물으니, 태목구가 곁에서 불평했다.

"그, 금 누님. 숫자 놀음은 나중에……."

"마교 강시 중에는 역병을 옮기는 놈들도 있단 말야! 상처를 입으면 중독된다고! 하루가 가기 전에 죽고, 똑같은 강시가 돼."

태목구는 찰나의 고민을 하다가 의심 가득한 눈초리로 금영진을 쏘아봤다.

"그거… 비 뭐시기라는 작자가 쓴 '좀비' 라는 이야기책에서의 강시 얘기 아닙니까?"

"어떻게 알았어?"

"허구와 현실을 구분해 주세요, 금 누님! 그런 강시가 있었으면 백 년 전에 이미 마교천하가 됐을 겁니다!"

"아무튼 괜찮아, 당아야?"

"아픕니다. 옆구리에서 피 납니다."

"그 정도뿐이면 됐어."

금영진이 이렇게 말을 맺을 때까지 강시와 목소리가 잠시 대기 중이었던 것은 아니었다. 목소리는 현재까지 열심히 떠들었던 금영진을 지정했고, 강시들은 금영진을 향해 득달같이 달려오던 중이었다. 이미 한보가 금영진의 앞을 막아서며 쌍철권을 휘둘렀고, 태목구도 금영진과 대화하면서 어깨를 비틀고 있었다.

콰아하! 쾅!

"아악!"

한보와 태목구로는 열여덟 구의 강시를 모두 막을 수 없었다. 놈들의 네 번째 움직임이 더 화려해졌기 때문이다. 금영진은 열심히 물러서며 팔기금문의 병장기를 모조리 사용했지만, 끝내 뺨과 어깨와 왼쪽 허벅지를 당했다. 금영진이 일 장 가까이 뒤로 물러나더니 왼쪽 무릎을 꿇으며 신음했다.

"무공이 보통이 아냐. 마치……."

"마치?"

"동방세가의 육십육형(六十六形)을 보는 것 같아."

금영진이 말을 맺자마자 어둠 속에서 다시 조종성의 목소리가 들렸다.

"크큭흐. 역시 팔기금문의 여식이라 눈썰미가 있구나. 내가 절대검존 이후 처음으로 육십육형을 모두 익혔던 자였으니 이제 그것을 듬뿍 맛보여 주마."

순간, 금영진이 딸꾹질했다.

"선대 아비신장… 동방신붕 대협?"

"크흐흐."

목소리는 더 이상 이어지지 않았다. 그 대신 강시들의 몸에서부터 이는 매서운 바람 소리가 신성육장을 덮쳤다. 도움을 주는 목소리는 금영진을 다시 불렀다. 막당도 목소리의 의미를 알고 금영진을 방어하기 위해 신형을 날렸다. 그리고…….

'끼.'

조금씩 밝아지는 새벽하늘과 산기슭의 경계선에서 무언가

가 움직이며 소리 냈다. 막당은 다급하게 외쳤다.

"어디 갔었어? 도와줘!"

초구의 그림자는 곧 사라졌다. 산허리가 담고 있는 어둠 속으로 들어간 것이다. 질주하는 소리가 모든 강시들의 바람 소리를 능가할 정도였다. 강시들은 초구에게서 흐르는 매서운 폭음에도 아랑곳 않고 금영진을 노려 날았다. 금영진은 자신의 앞을 가린 아우들에게 외쳤다.

"난 놔두고 모두 도망쳐! 이 강시들이 동방신붕의 무공을 모두 알고 있다면 승산이 없어! 우린 죽을 거야!"

그 순간 막당의 어깨가 움찔했고,

"대마령초월신공(大魔靈超越神功)!"

외침이 터졌다. 강시들의 바람 소리가, 초구의 땅을 박차는 폭음 소리가, 새벽 산등성이를 가로지르는 자연의 소리가 모두 숨을 죽였다. 막당의 두 팔에서 흐르는 매서운 폭풍의 외침만이 천하를 장악했다.

꽈꽈꽈꽈꽈꽈꽈꽈!

막당의 두 팔이 보이지 않았다. 두 팔은 형상 없는 폭풍이 되어 새벽어둠 속으로 사라졌다. 맹렬한 바람 소리만 강시들의 전신을 후려칠 뿐이었다. 강시들은 달려들었던 그 모습처럼 일관성있게 뒤로 나자빠졌다. 쓰러지자마자 몸을 일으키는 강시들을 향해 막당이 신형을 날리며 다시 한 번 외쳤다.

"대마령초월신공!"

‘독상쾌주다!

‘독상쾌주다!

금영진과 녹지현이 똑같은 생각을 하며 식은땀을 흘렸다. 큰사부가 누군지 그렇게 말 안 하더니, 사실은 공작왕 금사희 였단 말야? 어둠 속에서 신음성이 흐른다. 금영진과 녹지현 은 저 속의 인물도 자신처럼 식은땀을 흘리고 있을 것이라 생 각했다.

“독상쾌주… 공작왕의 제자가 왜 정도맹에 있는 거냐?”

막당이 외쳤다. 주변 반 장 내에 단 한 구의 강시도 없는데 어둠 속 조종성에게 들으라는 듯 필사적으로 외치며 주먹을 내뻗는다.

“대마령초월신공! 대마령초월신공! 우형. 독상쾌주 아니고 대애마령초워얼신공! 힝. 큰사부님이 이거 쓰지 말랬는데.”

강시들도, 목소리도, 신성육장도 선택의 폭이 확연히 좁혀 졌다. 조종성이 오로지 막당만을 노렸기 때문이다. 표적이 단 순해졌다고 신성육장이 편해진 것은 아니었다. 강시들의 무 공은 좀 더 극랄하고 강력해졌다. 게다가 막당이 강시도 아닌 데 마냥 주먹을 뻗을 수는 없는 일이다. 시간이 꽤 흐르고 많 이 회복되었다지만, 여전히 막당은 크게 내상을 입은 환자 입 장에서 벗어나지 못한 상태다.

쾌!

한창 수세에 몰리고 태목구와 막당이 몸에 피 칠할 정도로 중상을 입었을 때, 초구가 뛰어들었다. 조종성은 초구를 알았다. 일부의 마을을 휘저으며 실험체를 구하고 강시를 만드는 일뿐 아니라 사천 지역의 정보를 전달하는 일도 담당했기 때문이다. 평소 초구의 위력에 감탄하던 조종성이었던지라 돼지라고 무시하려 들지 않았다. 오히려 더 독랄한, 아직 강시들에게 한 번도 시전해 보지 않았던 고위 무공을 명령했다.

그. 크스스!

효과는 뚜렷했다. 강시들의 움직임이 급작스레 부드러워지고, 막당을 향한 공격이 일류고수의 협공인 양 날카로워졌다. 초구가 선두에서 강시들에게 공세를—초구에게 방어세라는 것은 없었다—펼쳤으나 두 구의 강시만 나동그라졌을 뿐, 나머지 열여섯의 흉수는 막당에게로 고스란히 날아갔다. 금영진과 한보, 뜻밖에도 녹지현까지 검을 내세우며 막당을 지키려 했다. 하지만 초구를 통과했을 때부터 강시들의 무공이 일제히 변화되더니 새로운 초식으로 셋을 마주했다. 단 한 구의 강시만 금영진과 태목구에 의해 밀쳐졌을 뿐, 열다섯의 강시들은 막당에게 공세를 펼치는 데 성공했다.

"당아야!"

한보와 금영진이 창백한 얼굴로 고개를 돌렸을 때, 막당의 모습은 강시들에게 뒤덮여 확인하기 어려웠다. 강시들로 이루어진 무덤 속에서 막당의 외침이 들리지 않았다면 두 여인은 눈물을 쏟았을 것이다.

“파천쌍익붕!”

막당이 강시들을 헤치며 허공으로 치솟았다. 이제는 눈에 띄게 밝아진 초목들 사이에서 신음이 흘렀다. 여럿 강시들이 허우적거리더니 무릎을 꿇고 있다.

“큭흐흐.”

조종성의 낮은 웃음소리가 나무와 바위 사이를 헤쳤다. 웃음소리는 미미하게 흐트러지는 중이었다. 금영진은 조종성의 웃음소리에서 정체불명의 희망 하나가 존재하고 있음을 눈치 챘다. 희망은 모습을 드러낸 조종성보다 강시들에게서 먼저 나타났다. 강시들이 모두 다 무릎을 꿇은 채 신음했던 것이다.

“애송이들이…….”

조종성의 두 눈에서 혈광이 일었다. 그와 때를 맞춰 하늘도 핏빛으로 물들기 시작하며 곧 해를 토할 것임을 알렸다. 금영진은 차가운 목소리를 꺼내어 하늘과 조종성의 열기에 맞섰다.

“마교가 아니었군. 아니었어…….”

금영진은 스스로를 질책했다. 바보같이! 악 오라버니는 이미 눈치 채고 있었을 거야. 난 왜 그 생각을 못했지? 저놈. 저놈의 얼굴은 잊을 수 없지. 개 같은 천외천의 뒤에 있던 두 놈 중 하나였으니까. 그때 천외천이 나타난 걸 우연이라 생각하고 있었다니 너무 바보 같잖아. 동방인이었어! 동방인이 천외천의 첩자였던 거야! 저자가 동방세가의 선대 아비신장이었던 조종성이 분명하다면, 동방세가는 오래전부터 천외천의 첩자들이 활동했을 게 분명해. 왜 한 매의 말과 연결시키지 못했을까. 동방세가의 자식들 중에 천외천의 첩자가 한 명 있다는 얘기를 듣고서도 왜 동방인의 그 미친 짓과 결부시키지 않았을까. 난 바보야! 금영진은 스스로에 대한 자책과 노기를 들키지 않으려고 조종성에게 억지웃음을 지었다.

"천외천도 생각만큼 대단하지는 않네. 강시라도 만들지 않으면 중원을 넘볼 능력이 못 되나 보죠?"

"곧 죽을 목숨, 비아냥거리는 정도는 이해해 주마. 큭흐흐."

조종성도 웃음을 흘리고 있었지만 속마음은 금영진만큼이나 뒤집어진 상태였다. 너무 함부로 다룬 탓에 강시들이 신체의 무리를 감당하지 못하고 있는 것이다. 오랜 시간 동안 공을 들여서 간신히 얻은 열여덟 구다. 이들 모두를 죽인다 해도 단 하나의 강시를 잃는 것이 조종성의 입장에서는 큰 손해였다. 조종성은 두 눈에 살기를 담고 신성육장을 향해 다가갔다.

"나도 너무 쉬었지."

신성육장에게는 뜬금없는 소리처럼 들릴 것이다. 자조하는 말이었다. 나이 오십에 이를 때까지는 끊임없는 싸움으로 무력을 키웠던 자신이었다. 한때 동방량과 쌍벽을 이룰 정도의 무위를 가졌었지만 지금은 그렇지 못했다. 천외천을 만나면서부터 맡은 일에 열중하느라 수련을 게을리 했던 것이다. 홀로 수련하는 것은 성실했다. 그러나 동방세가의 근본이 실전에 있었기에 홀로 이루는 수련은 금세 한계를 보였다. 어느 날 동방인, 아니, 자신의 친아들인 조인의 수련을 보았을 때 조종성은 가슴이 답답함을 느꼈다. 아무리 봐도 아들의 무위가 자신을 앞서고 있었기 때문이다.

"내 너희들의 관을 직접 만들어주마."

강시들의 약화는 핑계일지도 모른다. 조종성은 지금이라도 늦지 않았다고 생각했다. 다시 실전을 쌓아 무력을 높이면 동방량의 수위를 앞설 수 있으리라. 자신의 주군은 천하제일의 천외천이 아니던가. 가능하다! 조종성은 두 눈에 살기를 담고 강시에 담아두었던 공력을 회수했다.

쿠투투투투!

일순간 강시들이 무너지듯 쓰러지는 것처럼 보였다. 하지만 쓰러지는 것이 아니라 인피갑(人皮甲)이 떨어져 나가는 소리였다. 끔찍할 정도로 피골이 상접한 모습들이 드러났다. 강시들의 본체였으며, 도저히 살아 있다고 보기 어려운 형상의 몰골이었다. 다행히 저들 속에 주향상이나 유법을 닮은 강시는 보이지 않았다. 인피갑이 모두 떨어져 나가는 순간, 지금껏 신성육장을 돕던 목소리가 거칠게 울렸다.

"제 딸입니다! 저기 제 딸이 있습니다!"

“윽.”

한보가 신음성을 흘렸다. 열여덟 강시들 중에 체구가 유난히 작은 존재가 있었다. 살에 달라붙어 옷인지 살인지 구별조차 안 갈 저 의복은 여인의 것이 분명하다. 강시가 된 소녀의 모습을 보니 절로 눈물이 솟았다. 한보는 조종성의 눈에 담긴 것보다 더 강한 살기를 전신에 담았다.

“미… 미친 자식.”

쩌헝!

“홍.”

쌍철권의 청명한 소음과 조종성의 냉소가 섞였다. 마치 홀로 조종성을 상대할 듯, 한보가 거침없이 앞으로 나선다. 태목구가 대경하여 억지로 몸을 일으켰다. 태목구는 전신의 살이 찢기고 근육도 크게 상하여 싸움 자체가 불가능할 정도였다. 하지만 한보의 무모함을 제압할 주둥이는 무사했다.

“적당히 화내라. 네가 저 애를 보고 화가 나듯, 우리도 강시가 된 네 꼴을 보면 상당히 화날걸?”

그 목소리를 듣는 순간 한보는 환상을 보았다. 눈앞의 조종성이 작혈왕 장삭과 겹쳤다. 스스로에 대한 분노가 머리끝까지 치밀어 올라 혀라도 깨물고 싶을 정도였다. 난 왜 이렇게 약한 거야!

투. 쿠. 푸!

억지로 울음을 삼키던 한보는 자신의 귀를 괴롭히는 소리에 시선을 옮겼다. 초구가 거칠게 땅을 차고 있었다. 그리고 태목구만큼은 아니지만 상당한 부상을 입은—이전의 부상과 합체하면 태목구보다 더 심한—막당이 초구의 곁에 바짝 다가서며 주먹 쥔 손을 세우는 중이었다. 한보는 태목구의 마음을 이해할 수 있었다. 울음이 미처 지워지지 않은 목소리가 막당을 말렸다.

"너야말로… 관둬, 당아야."

"누가 먼저건 결과는 같다."

휘이익!

조종성이 드디어 신형을 쏘았다. 놀랄 만큼 빠른 공격은 아니었지만, 전신의 형태에서 어떤 공격을 펼칠지 감을 잡기 어려웠다. 저 몸에서 어떤 공격이 펼쳐지더라도 당연하다 여겨질 모습! 금영진은 조종성이 육십육형의 궁극인 무형(無形)을 펼치고 있음을 알았다.

"당……!"

말을 잇기도 전에 막당과 초구가 조종성에게 맞섰다. 한보가 '그만둬!' 라고 외칠 때는 이미 서로의 공격이 펼쳐지는 중이었다. 조종성은 쌍수에 서로 다른 기운을 담아 막당에게는 강맹한, 초구에게는 부드러운 초식을 동시에 펼쳤다. 육십육형 중에서 제일 기분 나쁜 이름을 가진 형태, 아수라형(阿修羅形)을 펼치는 것이다. 조종성은 무식하게 일직선으로 날아들 줄만 아는 초구와 움직임이 현란한 막당에게 아수라형이 제일 적절하다 여겼다.

콰라라라라!

"이걸로……."

찰나의 순간에 조종성의 등줄기가 차갑게 식었다.

"큰사부님과……."

둘의 움직임은 아수라형을 제일 적절하지 않게 만드는 움직임이었다. 허공에서 초구가 그 육중한 몸을 반으로 접을 듯 동그랗게 말았고, 그보다 앞서 신형을 날렸던 막당이 교묘한 몸놀림으로 상체를 젖히더니 동그란 돼지 뒤쪽으로 모습을 감춘다.

"딱 한 번!"

"이, 무슨!"

돼지의 몸이 터질 것이다! 조종성은 그렇게 생각했다. 매섭게 쏘아지는 자신의 좌수와 솜털처럼 흐르는 우수가 모두 초구를 뒤덮는 중이었다. 쌍수가 모두 초구의 몸에 닿았다. 하지만 감촉이 이상했다.

"비겨봤어!"

서로의 공세가 교차되는 짧은 순간 속에서 튀어나온 막당의 외침에, 금영진과 녹지현은 백치가 되었다.

'공작왕과 비겨봤다고?'

'아니… 둘이 합치면 구천대제신데, 왜 이런 누추한 신성육장 따위가…….'

금영진과 녹지현이 백치가 되었다면, 조종성은 천치가 되었다. 초구의 몸을 강타하는 순간, 그 비곗살 속에서 괴이한 변화가 일며 쌍수의 공격을 모조리 흩어버렸기 때문이다. 조종성은 외쳤다.

"이 기공법이 대체 무엇이냐! 강과 유를 함께 품다니!"

그렇게 말한 직후, 조종성의 얼굴은 새빨갛게 달아올랐다. 자신의 공격을 흘린 결정적 힘은 내공이 아니었음을 깨달았기 때문이다. 외공이 근본이었다. 막당이 초구의 비곗살과 그 속에 감춰진 내력을 무기처럼 이용하여 적의 공격에 대응한 것에 불과했다. 그 때문에 초구가 몸을 둥글게 말아서 최대한 비곗살이 모이도록 힘을 썼던 것이다. 합작은 그것으로 끝이 아니었다. 조종성의 공격이 무위로 돌아가는 순간, 초구는 마치 사람처럼 '쿠헤!' 하고 한숨을 토하더니 몸을 펼쳤다. 그리고 초구의 꼬리가 막당의 우수에 쥐어져 있었다.

후아아아악!

"철퇴(鐵槌)… 는 아니겠고… 돈퇴(豚槌)?"

녹지현이 기가 막혀 중얼거렸다. 막당이 휘두른 초구의 몸뚱이는 조종성의 오른쪽을 매섭게 몰아쳤다. 마치 죽은 돼지처럼 흐느적거리는 초구의 몸짓도 막당이 휘두르는 회전력을 강화하기 위한 동작임이 분명했다. 조종성은 제자리에서 물레방아처럼 전신을 회전시키며 초구의 몸뚱이를 흘려보냈다. 그 순간, 막당도 조종성처럼 공중제비를 펼치더니 허공을 가르던 초구의 몸뚱이를 위에서부터 발로 찍었다.

부우욱.

초구는 당연하다는 듯 막당의 발을 받아들이며, 그 힘을 얻어 조종성의 가라앉은 몸뚱이로 추락했다. 순간 조종성은 우수를 뻗어 비스듬히 땅을 내쳤다. 사선으로 숫구치며 초구의 몸뚱이를 벗어났는데, 땅을 부술 듯 들이받은 초구가 독자적으로 튀어나가며 조종성의 신형을 쫓아갔다. 그와 함께 막당도 땅을 박차며 조종성에게로 날아들었다.

쐐애애액!

조종성은 급히 방향을 틀어 초구를 지나치게 하는 한편, 얄미운 비곗덩이를 향해 송곳처럼 세운 우수를 뻗었다. 하지만 초구의 뒤에 막당이 있었고, 그보다 먼저 초구의 몸뚱이가 반으로 접혔다.

"제, 제기랄!"

날카롭게 뻗었던 우수가 비계 속을 파고드는가 싶더니 힘없이 튕겨 나온다. 동시에 반대편에 있던 막당이 쌍장을 뻗어 초구의 몸을 힘껏 밀치자, 육중한 몸뚱이가 그대로 조종성을 덮쳤다.

"이햐아아아!"

조종성은 경호성을 터뜨리며 쌍장으로 초구의 몸을 힘껏 내쳐서 바닥에 처박았다. 라고 생각했는데, 반으로 접힌 초구의 몸뚱이를 밑에서 막당이 받쳐 주고 있다. 강한 내력을 실었건만 그것이 외공에 밀려 반탄되었다. 조종성은 본의 아니게 만세를 부른 꼴이었지만, 본의로도 기가 막혀서 만세를 부르고 싶은 심정이었다. 과거에 수많은 실전을 겪으면서도 이렇게까지 별난 무공을 사용하는 사도의 인물은 만난 적이 없었다.

콰콰콰콰콰!

이번에는 막당이 밑에서 길게 다리를 훑으며 공세를 펼치고 있다. 몸을 띄워 피하자니 초구가 막당의 우장을 뒷발로 차며 정면으로 날아드는 중이다. 다시 사선으로 신형을 날려 초구와 막당의 공격을 한꺼번에 피했는데, 회피하는 방향에서 묘한 열기가 느껴졌다.

화라라라락! 콰!

"으헉!"

콰콰쾅!

혼백이 날아갈 정도의 경악이었다. 한 치만 덜 피했더라도 얼굴 반쪽이 저 나무처럼 박살났으리라. 한보의 푸른 불꽃에 대해서는 들은 바가 있었다. 귀향공의 청화! 천라궁수부 전원이 힘을 합하여 백 근의 철화살 한 개를 쏜 것처럼 매서운 일격이었다. 한보는 폭죽처럼 쏘아 보낸 우철권을 주울 생각도 않고, 조종성의 얼굴에 좌철권을 겨누었다.

"그 낯짝에 권(拳) 자를 확실히 새겨줄 거야."

살기등등한 한보의 눈도 신경 쓰이고, 얼굴 가까이 내밀어진 푸른 불꽃의 철권도 신경 쓰였으며, 뒤편에서 땅바닥을 '펑!' 하고 터뜨리는 돼지의 짓도 수상했고, 놓쳐 버린 폭죽처럼 땅바닥에서 매섭게 자전하는 막당의 짓도 불안했다. 게다가 극락화의 등에도 봉황 날개가 펼쳐져 있다. 조종성은 전신 공력을 모두 모아서 사력을 다해 숏구쳤다.

콰하학!

숏구치는 데 누구보다 자신있던 막당도 경악할 정도의 부상이었다. 적게 잡아도 일 장 반은 숏구친 것 같은 느낌이다. 포물선의 정점에서 조종성이 파리한 얼굴로 모두를 내려다보다가 이를 악물었다.

"크와아아아하!"

"피, 피해!"

콰콰콰콰쾅!

조종성은 자신이 박찼던 그 자리를 향해 가차없이 구성 공력의 내력을 쏟았다. 기밀 유지를 위해 천외천 소속의 수하들을 데려오지 않은 것이 후회되었다. 조종성은 확신했다. 천외천이 막당을 살려준 것은 언제고 큰 해로 돌아오리라! 이제 조종성이 할 일은 하나였다. 모든 강시들을 데리고 최대한 빨리 천외천에게로 돌아가는 것. 허공에서 조종성은 내력을 쥐어짜며 강시들을 다스렸다. 열여덟 강시들이 비틀거리며 일어나던 찰나, 그중 한 구가 '칵!' 소리를 내더니 부서졌다. 마치 점력이 약한 흙으로 빚은 인형처럼 허물어져 버린 것이다.

자식을 잃은 것처럼 원통했지만, 조종성은 나머지 강시들을 도약시켰다.

파파팍!

열일곱 강시들이 허공에 솟구치더니, 마침 추락하던 조종성의 발을 밀쳤다. 조종성은 그 힘에 도움을 얻고 산 쪽으로 방향을 바꿔 도약했다. 도망자가 흔히 하는 '두고 보자' 라는 말조차 꺼내지 못했다. 그 말을 하고는 싶었는데, 새로운 위협이 자신을 향해 몰아쳐서 기회를 얻을 수 없었다.

"이 무슨!"

퍽!

"끄아아아아아악!"

조종성의 비명이 날 밝은 하늘을 맴돌았다. 신성육장은 조종성이 왜 저런 비명을 질렀는지 알 수 없었다. 그 비명과 때를 같이하여 마침 추락하던 강시들이 시체라도 된 것처럼 그대로 엎어졌다. 그리고 처음으로 신음 소리를 내기 시작했다.

"으… 으으으……."

"아, 아빠."

"윤아야!"

소녀 강시가 말했고, 반송장이 화답한다. 소녀를 제외한 열여섯의 강시들이 일제히 신음성을 섞어 떠들었다. 살려달라고. 제발 살려달라고. 모두 이구동성으로 신성육장에게 애원했다. 자신의 모습이 이렇더라도 절대 땅에 묻지 말아달라고 없는 눈물까지 흘리려고 애쓰는 강시도 있었다. 신성육장에게 관심을 갖지 않는 강시는 소녀뿐이었다. 소녀는 바닥에 엎어진 상태였다. 소녀의 위치에서 도저히 귀퉁이를 볼 수가 없는데, 그곳에 귀퉁이가 있다는 걸 잘 알고 있다. 금영진은 혼잣말로 중얼거렸다.

"모든 강시들의 정신이 연결되어 있어. 그래서 누굴 공격하려고 했는지 알았던 거야. 저분도 반은 강시였던 건가. 그런데 지금은 왜 따로따로……."

금영진은 조종성이 추락한 수풀 저편을 응시했다. 그때 소녀의 울음소리가 들렸다. 끔찍한 몰골의 얼굴은 수분이라고는 하나도 없는지 눈물 한 방울 고이지 않았다. 그저 눈매가 울음 짓는 그것의 형태였을 뿐이다.

"아빠, 어떻게 해. 숭아가 기다릴 텐데. 숭아한테 먹을 거 갖다주기로 했었는데……."

소녀의 울음소리에 비해 귀퉁이의 음성은 덤덤했다. 그 고저없는 억양이 금영진의 가슴을 아프게 하여, 수풀 저편에 추락해 있을 조종성을 잊게 만들었다.

"네겐 감정이 있구나. 아니, 감정을 잃어서 내가 실패작일 수도 있겠지."

"어떻게 해, 아빠. 숭아는… 숭아는? 나 곧 미칠 거야. 숭아, 어떻게 해."

막당이 조심스레 소녀에게로 다가갔다. 누가 봐도 말하는 시체에 불과했다. 소녀의 목소리에 대해 어떤 시인이 감상시를 남겼다면 '푸석푸석'이라는 문구가 반드시 들어가 있었을 것이다. 막당은 말라붙은 소녀의 얼굴 가죽을 유심히 바라보다가 끝내 물었다.

"왜 울어?"

"숭아한테 이거 줘야 해요. 기다리고 있을 거예요."

소녀가 앙상한 우수로 몸을 매만진다. 너무 말라서 살과 달라붙은 옷자락이었는데, 살도 아니고 옷자락도 아닌 것이 하나가 더 달라붙어 있었다. 막당은 그것을 한참 쳐다보다가 조심스레 중얼거렸다.

"말린 고기?"

"숭아 줄 거예요. 저 곧 미쳐요."

"미친다는 게 무슨 말이야?"

참다못한 한보가 물었다. 한보는 소녀의 목소리를 들을 때마다 조종성이 추락한 지점을 향해 이를 갈던 참이었다. 소녀는 여전히 '숭아'라는 이름을 들먹이며 칭얼대기만 했다. 다시 한 번 물었을 때, 소녀를 대신한 다른 강시가 말했다.

"제발 도망가 주십시오. 우릴 죽이지 말아주십시오."

"살려주십시오."

"도망가라고요?"

대화를 듣기만 하던 금영진이 마른침을 삼키며 물었다.

"미친다. 도망간다. 살려달라. 무슨 말인지 자세하게 말씀해 주지 않으시면 도망도 안 가고 죽일 수도 있겠죠?"

"오오, 금 누님이 강시에 적응하신다."

"허약해서 환자나 되어버린 놈은 안정이나 취해. 말해봐요. 미친다는 게 무슨 말이에요?"

"주인이 죽어가고 있어서 잠시 정신을 얻은 것입니다. 하나 주인이 죽으면 저희의 마음은 다시 엮입니다. 그리고 주인이 없었던 그때처럼 무엇이든 닥치는 대로… 제발! 제발 그냥 가주십시오. 우릴 죽이지 말아주십시오!"

"주인이… 죽어간다고요?"

금영진이 멍한 얼굴로 물었다. 여러 명의 강시들은 더 이상의 설명이 없이 살려달라고 빌기만 할 뿐이었다. 막당은 소녀 강시에게 말을 걸고 있었다. '숭아는 어딨어?' '너 배고파 보여. 먼저 그거 먹어. 나 만두 있어' 마치 사람을 대하듯 정성스레 소녀와 대화하는 막당의 모습에 태목구가 한숨을 쉬었다.

"우릴 이 꼴로 만든 것들하고 잘도 친해진다. 이것들 말대로 미치기 전에 여길 벗어나고 싶군. 시익."

"돌아가자, 일단. 주 도사님과 유법 스님도 문제지만, 태목구와 당아가 많이 다쳤어. 어휴. 저 몸에 초구랑 그런 신기한 무공까지 쓰고……. 당아, 넌 분명 진시황이 만든 불사의 괴물일 거야."

"응. 사부님이 나보고 그런 놈일 거라고 하셨어, 보아야.

근데 얘. 숭아 어딨어?"

태목구는 허탈하게 웃으며 한보에게 빈정거렸다.

"에이고, 신기한 놈. 그래도 난 저 바보랑 평생 살겠다는 여자가 더 신기해."

한보는 당연히 환자고 나발이고를 떠나서 태목구를 향해 좌철권을 던질 듯 당겼다. 태목구가 당황하여 외쳤다.

"숭아, 숭아가 누군지 알았어!"

"엥?"

"그 마을 있잖아! 방 구덩이에 있던 꼬마 놈. 귀퉁이 저 양반이, 어이고, 이름도 귀퉁이셨네. 아무튼 저 양반이 말한 마을과 위치도 비슷한 것 같고 말야. 그 애 아닐까, 숭아?"

"맞다, 태목구! 맞아!"

막당이 환호성을 터뜨렸다. 그 순간, 모든 강시들이 일시에 신음성을 토하며 몸을 비틀었다. 한보와 태목구, 그리고 애초에 모든 강시들로부터 멀리 떨어져 있던 녹지현까지 바짝 긴장했다. 금영진은 강시들의 불안정한 모습을 잠시 응시하다가 조종성이 떨어진 방향을 응시하며 중얼거렸다.

"정말 죽어가는 건가?"

"끄, 끄윽!"

조종성은 가슴을 부여잡고 전신을 떨었다. 두 손으로 힘껏 누르고 있었지만, 손가락 사이로 끊임없이 피가 솟구쳤다. 그런 조종성의 곁으로 누군가가 다가왔다. 마치 산행하던 자가 우연히 조종성이 있는 곳으로 다가가는 것처럼 편안한 걸음 걸이다. 조종성은 부릅뜬 눈으로 상대를 보았다.

"끄! 혀, 현……."

순간, 흑의사내는 머리를 긁듯 우수를 치켜들었다.

퍼헉!

"꺽!"

가슴을 부여잡고 있던 조종성의 손등에 붉은 점이 새겨졌다. 곧 점은 커지고 화산을 벗어난 용암처럼 손등 전체로 피가 번졌다. 흑의사내는 우수에 쥐어진 작은 화살을 몇 번 휘저어 그것에 맺힌 핏방울을 털었다.

"네 몸이 전하겠지. 세외의 나를 부른 죄는 크다, 천외천."

"꺼, 꺼헉!"

일순 활처럼 휘었던 조종성이 몸이 늘어졌다. 흑의사내는 다시 걷기 시작했다.

"끄! 끄에에에에에에!"

"진짜 미쳤다!"

"으아악! 어떻게 해!"

"일단 도망가!"

순식간에 아수라장이 되고 말았다. 열일곱 강시들은 일제히 미쳐 날뛰며 닥치는 대로 박살 냈다. 그 와중에 바닥에 누워 있던 귀퉁이를 비롯한 네 명의 반송장도 갈가리 찢겨 명을 다했다. 한보가 막당에게 태목구를 업으라고 명령했지만, 그 명령을 이행한 것은 초구였다. 정작 막당은 강시들의 광란 속 한가운데에서 제일 위험한 상황을 맞이하고 있었다.

"당아야! 어서 빠져나와! 도와줘?"

"보아야, 숭아."

"미친놈아아악!"

막당은 자신의 목숨을 노리고 득달같이 달려드는 소녀강시를 마주하는 중이었다. 무공을 알고 있던 조종성이 없으니 모든 강시들이 단조로운 공격만을 펼치는 것이 다행이었다. 그러나 강시들의 신체에 잠재된 정체불명의 기운이 엄청난 근력으로 표출되고 있어서 아주 다행은 아니었다. 막당을 공격하는 소녀강시의 힘은 아무리 봐도 무시할 게 못 됐다. 어쩔 줄을 몰라 하는 막당이 소녀의 쌍수에 의해 살이 긁히고 찢기는 중이었다. 한보가 참다못해 외쳤다.

"빨리 거기서 빠져나오지 않으면 여기에 있는 모든 강시들을 다 부숴 버릴 거야! 학! 그러고 보니 내 우철권!"

한보는 막당을 잠시 쏘아보다가 자신이 우철권을 날렸던 곳으로 급히 달려갔다. 막 우철권을 주우려고 허리를 숙이려던 찰나,

"캬캬캬캬캬캬캬!"

강시의 소름 끼치는 괴성이 등 뒤에서 들려왔다. 한보가 깜

짝 놀라 급히 몸을 돌리며 좌권을 휘둘렀는데, 그 경로에 막당의 얼굴이 있었다. 한보는 급히 철권을 회수하며 외쳤다.

"뭐, 뭐야? 뭐냐고!"

"숭아!"

"이야아아아아아아아! 바보야아아! 네가 지금 제정신이야? 널 죽이려는 강시 손목 붙잡고 그 마을까지 간다고?"

"캬캬캬하!"

이미 막당은 뒷모습을 보이고 있다. 한보는 어이가 없어 쌍수에 철권을 장착하자마자 막당의 뒤를 따라 달렸다. 순간, 이상한 기분이 들었다.

"헉!"

좌우로 고개를 돌린 한보는 가슴이 내려앉다 못해 땅속에 박힌 것만 같은 기분이었다. 열여섯 구의 강시들이 막당과 소녀강시를 쫓아서 일제히 달려가고 있었다. 그리고 그 행렬의 중심에 한보 자신도 있었다. 한보는 달리는 방향을 조율하여 강시들 무리 속에서 살며시 빠져나왔다. 그 덕에 막당은 좀 더 멀어졌다.

"정말 가는 거야? 이 미친놈."

한보가 뒤를 쫓으면서 울상 지었다. 그런 한보의 뒤통수를 때리는 여인의 손이 있었다.

"왜 이렇게 늦어? 빨리! 더 빨리 달려! 당아의 부상을 우습게보지 마! 애 죽는다고!"

콰! 콰콰콰콰콰!

막당의 턱에 숨이 차오른다. 소녀강시가 끌려가지 않기 위해, 그리고 막당에게 해를 끼치기 위해 매서운 힘을 아낌없이 쏟아 붓고 있었다. 소녀강시의 손목을 쥔 막당의 손은 날카로운 손톱에 의하여 처참하게 찢겨지는 중이다. 땅지기를 구한 이후에 다시 자란 손톱들이 살점과 함께 뜯겨져 나갔다. 마을은 멀지 않았으나 부상 입은 막당으로서는 당장 숨이 넘어갈 것처럼 괴로웠다. 달리면서 몇 번이나 쓰러질 뻔했지만, 그래도 용케 중심을 잡아가며 계속 달렸다.

타학!

소녀가 다른 손으로 나무를 잡아채며 막당과 힘 씨름을 한다. 그와 동시에 다른 강시들이 일제히 막당에게 손과 발을 날렸다. 얻어맞고 찢기는 고통이 뺨에 용문을 새길 때와 비교할 것이 못 되었다. 막당은 울음을 터뜨리며 '가자니까! 숭아!' 라고 외치더니 소녀강시를 끌어안았다. 그리고 스스로 팽이처럼 회전하며 소녀가 손톱을 박고 있던 나무에서 벗어나는 데 성공했다.

"숭아! 숭아!"

"당아, 이놈아! 섯거라!"

뒤에서 녹지현의 고함 소리가 들렸다. 나무가 많은 산길인지라 온전히 발휘하지 못한 교통운이었지만, 그래도 다른 형제들보다 녹지현이 제일 빨랐다. 강시들과 한 번도 제대로 맞선 적이 없었던 탓도 있었다. 녹지현의 외침을 분명히 들었을 텐데도 막당은 계속 달렸다. 녹지현은 고개를 가로젓는 힘까지 포함하여 최선을 다해 고함쳤다.

"그 숭아라는 아이까지 위험하단 말이다, 이놈아!"

그 외침 후 녹지현은 속력을 줄였다. 저 앞에 마을이 보였다. 막당은 곧 저 마을에 도착할 것이고, 강시들에게 소년을 소개시켜 줄 것이다. 만약 소녀강시가 소년을 공격한다면? 거기에 더하여 소년이 정말로 숭아라 불리는 그 아이가 맞다면? 녹지현은 다시 외쳤다.

"이놈, 당아야! 천하의 패륜 제공자가 되기 전에 어서 멈춰어! 아, 아니… 그전에… 무, 무슨 짓이야? 목을 물어뜯잖아! 안지 마! 아까처럼 손만 잡고 뛰어! 어서 팽개쳐! 이놈아, 여기서도 피 튀는 게 보여!"

"으. 으엑!"

막당은 달리는 와중에 어깨를 힘껏 움츠리며 머리와 어깨로 소녀강시의 악귀 같은 면상을 밀어내려 애썼다. 목을 물어뜯기는 중이었는데, 아픈 것은 둘째 치고 몸에 힘이 빠져서 달리기가 힘들었다. 눈앞도 흐려지기 시작한다. 막당의 무릎이 휘청거릴 즈음, 소녀강시가 기다렸다는 듯 쌍수에 힘을 주어 목과 뒤통수에 손톱을 박았다.

"아아윽!"

결국 막당은 무릎을 꿇으며 엎어졌다. 수많은 강시들이 막당을 향해 악귀처럼 달려왔다. 막당은 소녀강시의 몸에 엎어진 상태에서 괴로운 턱짓으로 정면을 가리켰다.

"저, 저기 마을! 아으흑, 흐이잉. 저기에 숭아……."

막당의 말이 끝을 맺기도 전에 소녀강시가 '카악!' 하고 괴성을 지르며 몸을 뒤집었다. 막당은 소녀강시에게 눌린 채 하늘을 응시했다. 손만 뻗으면 마을인데. 숭아인데. 다친 목이 괴로워 입 밖으로 소리를 내기 힘들었다.

"어? 어어?"

목소리가 들린다. 고집이 담겨진 누군가의 앳된 목소리였다. 막당을 향해 몰려들던 강시들이, 그리고 막당의 얼굴과 목을 찍어 누르려던 소녀강시가 일제히 고개를 비틀었다. 어린 소년이 막당과 소녀강시를 응시하고 있었다.

"피 나."

마을의 그 아이였다. 막당이 아이를 돌아보더니 '흐' 하고 웃는 표정을 지었다. 눈앞이 흐려져서 그 아이가 맞는지 확인할 수 없었다. 그저 막당은 힘겨운 목소리로 '숭아…' 라는 한 마디를 뱉는 것이 전부였다.

"피 나. 아프겠다. 그치, 누나?"

"응."

또 다른 소녀의 목소리가 들린다. 아이의 옆에 누군가 있었다. 강시들 무리를 두려워하지 않는 두 어린 남매는 막당의 전신을 적신 피만이 유일한 관심사였다. 아이는 막당을 알아보는 게 분명했다. 시야가 흐릿하여 얼굴을 확인할 수는 없었지만, 녀석의 동작이 어떠한지는 감지할 수 있었다. 아이는 막당을 향해 뭔가 내미는 중이었다.

"이거 우리 누나가 줬다? 내가 그랬지? 우리 누나가 먹을 거 가지고 온다고."

그때까지 소녀강시는 남매를 향해 으르렁거리던 중이었다. 하지만 아이의 말을 듣는 순간, 소녀강시의 입술이 다물어졌다. 강시는 막당의 몸에서 일어나더니 옆구리를 매만졌다. 살덩이, 옷자락, 그리고 건량이 겹쳐서 달라붙은 그것이 날카로운 손톱에 의해 찢어지기 시작한다. 하지만 강시의 재생력이 그것을 뜯어내지 못하게 만들었다. 소녀강시는 바닥에 주저앉았다. 막당의 몸 위가 아닌 그저 땅바닥에 주저앉아 자신의 옆구리 살을 뜯는 데 열중했다. 놀랍게도 모든 강시들이 소녀강시의 그 짓을 따라 했다.

툭.

소녀강시가 끝내 뜯어낸 조각은 옆구리에 붙은 건량의 십분지 일도 안 되는 작은 분량이었다. 소녀강시는 그 조각을 스스로의 얼굴 앞에 놓고 여러 번 살폈다. 그리고 아이를 향해 고개를 돌리더니 마치 정권을 날리듯 건량을 내밀었다.

"……."

아이는 잠시 침묵하며 강시를 응시했다. 아이의 누나는 그제야 겁을 먹기 시작했는지 동생의 목을 끌어안고 조심스레 물러났다. 하지만 아이는 누나의 손을 뿌리치고 소녀강시 앞으로 다가갔다.

"나 주는 거야?"

소녀강시는 대답하지 않았다. 그저 퀭한 눈으로 아이를 응시할 뿐, 그저 내뻗은 손이 나뭇가지처럼 굳어 있을 뿐이다. 아이는 낚아채듯 소녀강시의 손에서 조각을 빼앗았다. 그리고 누나의 손을 잡고 마을을 향해 달려가기 시작했다. 엄마와 아빠를 힘차게 부르며.

"나무아미타불. 나무아미타불. 아니지. 난 도사지. 태상노군. 모르겠다. 천지신명 칠성님이시여."

목석처럼 굳어 있는 강시들 틈새로 녹지현이 슬그머니 걸었다. 녹지현은 피투성이가 되어 바닥에 누워 있는 막당에서 숨죽여 물었다.

"사, 살았냐?"

"녹… 형… 아파……."

녹지현은 급히 검지를 입술에 가져가 더 이상 말하지 말 것을 요구했다. 모든 강시들이 굳어 있는 이 기회에 가장 아끼는 아우를 구하고 말겠다! 녹지현은 그렇게 다짐하며 최대한 조심스레 막당을 들쳐 업었다. 그리고 속삭였다.

"아무 소리도 내지 마. 알았지?"

대답도 듣지 않고 녹지현은 슬그머니 강시들 무리에서 빠저나왔다. 때마침 도착한 금영진과 한보가 주먹을 불끈 쥐며 소리없는 환호성의 입모양을 보였다. 녹지현이 둘을 향해 턱을 세우며 좀 더 걸음을 빨리했다.

"흐헉! 노, 녹 오빠, 강시들이 움직여요."

"쉿! 조용해! 쉿! 아무 말도 하지 마."

녹지현은 파랗게 질린 얼굴이 되어 발끝을 바짝 세워 걸었다. 소리없이. 최대한 소리없이 걸으려고 노력했지만, 강시들은 묵묵히 일어나더니 녹지현과 그 등에 업힌 막당을 돌아봤다.

투걱. 투걱.

소녀강시가 먼저 걸었다. 끔찍하리만큼 마른 얼굴 속에 담겨진 퀭한 눈은 막당의 등에 고정되어 있었다.

"어, 어떻게 해. 노노, 녹 오빠, 강시들이 따라와요."

"쉿! 조용해! 쉿! 아무 말도 하지 마. 이거 미치겠네."

녹지현의 다리가 후들거렸다. 곧 소녀강시의 뒤를 이어 모든 강시들이 녹지현과 막당을 쫓아 걸었다.

『용들의 전쟁』 6권에 계속…

다세포 소녀 원작 만화 출간!!

전국 서점가 최고의 화제작!

OCN 슈퍼액션 드라마 시리즈 방영!

왜? 사람들은 다세포 소녀에 주목하는가!
상식을 뒤엎는 기발하고 엉뚱한 상상력!

『다세포 소녀』의 숨겨진 힘!!

다세포 소녀 원작만화 (전 5권 예정)
B급 달궁 글·그림 | 값 9,000원 / 부록 예이츠 시집

몇 페이지만 읽어도 좌중을 휘어잡을 이야깃거리가 넘쳐난다!
둔감해진 머리에 영감을 주는 아이디어가 마구마구 솟구친다!
원작을 더욱더 빛내주는 기발한 댓글 퍼레이드!
300만 다세포 폐인을 열광시킨 상식을 뒤엎는 엉뚱한 상상력!

또 하나의 이야기! 또 하나의 재미!
소설 『다세포 소녀』

초우 장편소설 | 값 9,000원 / 원작자 B급 달궁

"그건 모르겠고, 나는 외눈의 사랑이야. 사랑을 줄 수는 있어도 마주 할 수 없는 사랑이지. 두 눈을 가진 사람은 주고받을 수 있지만, 나는 주는 것만 할 수 있어. 나는 주는 사랑으로 족해. 외사랑이지."
－외눈박이

초등학생이 반드시 읽어야 할 좋은 책 49권

각 학년별로 초등학생이 반드시 읽어야할 좋은 책을
선정하여 통합논술의 기본이 되는 '올바른 독서법'을
일깨워 줍니다.

교과서와 함께하는 초등학교 통합논술

초등1학년 | 값 12,000원 / 초등2학년 | 값 9,500원 / 초등3학년 | 값 11,000원 / 초등4학년 | 값 9,500원 / 초등5학년 | 값 9,500원 / 초등6학년 | 값 11,000원

♣ 혼자 할 수 있어요.

엄마가 책 읽는 방법을 가르쳐 주어도 좋아요.
독서지도하는 선생님이 가르쳐 주어도 좋답니다.
"초등 교과서와 함께하는 **통합논술 시리즈**"는
아이 스스로 독서할 수 있도록 꾸며진 책이에요.
엄마와 선생님은 요령만 가르쳐 주시면 된답니다.

♣ 교과서의 중요한 내용이 총정리되어 있어요.

각 학년별로 중요한 교과 내용이 함께 수록되어 있어요.
초등학생은 교과서 내용을 충실하게 공부해야 합니다.
아울러 그와 병행한 독서가 대단히 중요하지요.
"초등 교과서와 함께하는 **통합논술 시리즈**"는
두가지 방법 모두 알려준답니다.

♣ 이 책은 훌륭하신 선생님들이 함께 쓰신 책이랍니다.

동화작가 선생님들이 쓰셨어요. 소설가 선생님도 쓰셨답니다.
국어 논술독서지도 선생님들도 함께 쓰셨지요.
"초등 교과서와 함께하는 **통합논술 시리즈**"는
엄마의 마음으로 모든 선생님들이 함께 꾸민 책이랍니다.

입소문을 통해 아는 분은 다 알고 계십니다!
올 한해 공인중개사 최고의 화제작!

1~2권 합본 | 이용훈 지음
3~4권 합본 | 이용훈 지음
5~6권 합본 | 이용훈 지음
용 어 해 설 | 이용훈 지음
1~2차 문제풀이집 | 이용훈 지음

수험생 기본 필독서
만화 공인중개사

제목 : 만화공인중개사 쓰신 분에게 감사드립니다.

학원을 두달 다녔어요. 근데 과연 그 숫자 와우기 그렇게 몇 문제나 나올까 생각을 했어요.

아니라는 생각이 드네요. 학원강의를 뒤로 하고 서점을 갔어요. 내 머리에 가장 이해될 수 있는

책이 없나 하구요. 거기서 만화를 발견했어요. 무조건 세번 봤어요. 3개월 걸렸어요. 문제 집을

보라고 했는데 그건 시행을 못했어요. 근데 합격을 했네요.

어떻게 감사의 말을 해야 될지…

도서관에서 만화책 늘고 다니니까 사람들이 바웃더라구요. 만화책으로 공인중개사를 공부한

다고 미친사람처럼 보더라구요. 근데 그거 다 감수하고 했던 내가 자랑스럽습니다.

어떻게 감사의 말을 해야 할지 정말 감사합니다.

부디 행복하세요. 제 나이 41살에 좋은 스승을 만난 거 같습니다.

엎드려 감사드립니다.

−본사 홈페이지에 독자분이 올린 메일 中에서 발췌−

잘나가고 싶은 사람은 읽어라!

그에게 한눈에 반했다! 그것은 분위기 탓?
애인과 나란히 걸어갈 때 당신은 좌, 우 어느 쪽에 서는가?
이성은 왜 서로 끌리는 걸까? 그 심층 심리를 해명한다!

30초의 심리학

■ **30초의 심리학**
아사노 하치로우 지음 / 계일 옮김 | 값 8,500원

처음 본 사람인데 와 닿는 느낌이
너무나도 강렬한 사람이 있다.
흔히 하는 말로 '필이 꽂힌 사람',
그래서 잊혀지지 않는 사람,
한눈에 반했다고 하는 것이 바로 그것이다.
이런 인간의 감정을 논하는 데
남녀의 구분이 있을 수 없다.
사랑하는 그, 혹은 그녀를
생각하는 것만으로도 가슴이 두근거린다.
이상할 것 없다. 당연히 그럴 수 있는 것이다.
그렇기에 인간을 감정의 동물이라 하지 않는가.
그러나 그렇게 좋아하는 그 사람이
어느 날 갑자기 싫어지는 경우는 왜일까?

Psychology